# 中國語言文字研究輯刊

初 編

許錟輝 主編

第 12 冊

楚系簡帛文字研究（上）

陳 立 著

花木蘭文化出版社

國家圖書館出版品預行編目資料

楚系簡帛文字研究（上）／陳立 著—初版—新北市：花木
蘭文化出版社，2011〔民100〕

目 4+284 面；21×29.7 公分

（中國語言文字研究輯刊 初編；第12冊）

ISBN：978-986-254-708-3（精裝）

1. 簡牘文字 　2. 帛書 　3. 研究考訂

802.08 　　　　　　　　　　　　　　　100016548

ISBN-978-986-254-708-3

9 789862 547083

中國語言文字研究輯刊

初　編　　第十二冊　　　　　ISBN：978-986-254-708-3

## 楚系簡帛文字研究（上）

作　　者　陳立

主　　編　許錟輝

總 編 輯　杜潔祥

出　　版　花木蘭文化出版社

發 行 所　花木蘭文化出版社

發 行 人　高小娟

聯絡地址　新北市永和區中正路五九五號七樓之三

　　　　　電話：02-2923-1455／傳眞：02-2923-1452

網　　址　http://www.huamulan.tw 信箱 sut81518@gmail.com

印　　刷　普羅文化出版廣告事業

初　　版　2011 年 9 月

定　　價　初編 20 冊（精裝）新台幣 45,000 元

# 楚系簡帛文字研究（上）

陳 立 著

## 作者簡介

作者／陳立

學歷／國立臺灣大學文學博士

現職／國立高雄師範大學國文系

## 提　要

　　全文分爲十章：第一章爲「緒論」，主要介紹本文寫作的緣由、材料、方法、目的，以及章節、內容的安排。第二章爲出土簡帛的概述，就楚系墓葬出土的竹簡、帛書予以觀察和介紹，並依據竹簡所載史事、墓葬的形式與隨葬品組合、碳14（放射性碳素）等方面，作初步的斷代，藉以知曉這批龐大資料的前後年代順序。第三章至第九章爲正文的部分，藉由與甲骨文、金文等資料的對照，以及簡帛中相同或相近的辭例裡所出現同一文字的字形比較，瞭解其間之增繁、省減、類化、文字異體與合文的現象，並就簡帛所載的通假字進行討論，透過上古聲韻的分析，瞭解楚系簡帛文字習用的通假方式，然後再逐漸向外探討簡帛文字與同域的楚金文間的差異，以及與《說文》古文字形的相合情形。第十章爲整篇論文的總結。

# 目次

# 凡　例

一、楚系簡帛文字形體結構演變的現象十分繁多，無法一一詳細論述。論文裡列舉之所從偏旁或是部件相同的字例，一概只列出一個字例作為代表，予以說明，其餘以表格的方式臚列，不再另外詳加論述。具有相同現象的字例，因字數甚多，在處理上亦無法一一論述，故僅將之列於表格，未再加以說明。再者，表格所引出土簡帛資料名稱一概以簡稱示之，表示如下：

△曾侯乙墓竹簡：曾

△江陵雨臺山 21 號墓竹簡：雨

△信陽 1 號墓竹書竹簡：信 1

△信陽 1 號墓遣策竹簡：信 2

△江陵天星觀 1 號墓卜筮竹簡：天 1

△江陵天星觀 1 號墓遣策竹簡：天 2

△江陵藤店 1 號墓竹簡：藤

△江陵九店 56 號墓竹簡：九 56

△江陵九店 621 號墓竹簡：九 621

△江陵望山 1 號墓竹簡：望 1

△江陵望山 2 號墓竹簡：望 2

△荊門包山 2 號墓竹簡：包

　　△江陵馬山 1 號墓竹簡：馬

　　△長沙子彈庫楚帛書甲篇：帛甲

　　△長沙子彈庫楚帛書乙篇：帛乙

　　△長沙子彈庫楚帛書丙篇：帛丙

　　△荊門郭店楚墓竹簡：郭

　　△江陵秦家嘴 1 號墓竹簡：秦 1

　　△江陵秦家嘴 13 號墓竹簡：秦 13

　　△江陵秦家嘴 99 號墓竹簡：秦 99

　　△常德市德山夕陽坡 2 號墓竹簡：常

　　△長沙五里牌 406 號墓竹簡：牌

　　△長沙仰天湖 25 號墓竹簡：仰

　　△長沙楊家灣 6 號墓竹簡：楊

　　△江陵范家坡 27 號墓竹簡：范

　　△江陵磚瓦廠 370 號墓竹簡：磚

　　此外，郭店楚簡出土的竹書種類共有 18 種，以郭店楚簡《老子》甲本爲例，其表示方式，如：郭・老子甲本，下同。

二、論文引用之甲骨文、金文著錄專書名稱，除「本文引用著錄甲骨、金文專書簡稱對照表」所列外，悉書以全名。

三、論文引用的金文資料，大多出自《殷周金文集成》，其中尤以字形占多數，爲避免篇幅過大，凡引用文字形體者，在正文中一律僅列出該器銘名稱，而未加上書名與編號。爲使讀者便於尋找出處，於正文後附上〈引用器銘著錄索引〉，以供檢索之需。

四、論文引用之甲骨文、金文、侯馬盟書、秦簡等字形，多據著錄專書摹寫，若該字形體太大或太小，或無法與其他同時引用的文字書寫於欄位時，則重新繕寫。引用的楚系簡帛文字，由於多數的相關報告所附的竹簡圖片，並非十分清晰，在使用上多重新繕寫，而非以摹寫的方式；尚未正式發表者，悉據滕壬生《楚系簡帛文字編》摹寫者爲準。

五、上古音採取王力的上古音系統，所擬的音值，則據郭錫良《漢字古音手冊》所列的擬音。

六、論文的注解，採取當頁作注的方式，凡是同一章裡首次出現的專著、學位論文等，悉於引用時註明出版的機關與日期，期刊論文則註明出版日期與期數。

七、「參考書目」的排列，依照作者姓名筆畫多寡，同一個作者再按出版年代先後順序，若同一年度有多篇著作者，則於該年度上加上小寫英文字母。此外，出版日期悉以西元紀年表示。

八、本論文為了滿足阿拉伯數字、古音擬音、及英文書寫之方便，一律採用橫排的格式。

九、「本文引用著錄甲骨、金文專書簡稱對照表」：

甲骨文著錄專書：

中國社會科學院歷史研究所：《甲骨文合集》　　　《合》

中國社會科學院考古研究所：《小屯南地甲骨》　　《屯》

李學勤、齊文心、艾蘭：《英國所藏甲骨集》　　　《英》

金文著錄專書：

中國社會科學院考古研究所：《殷周金文集成》　　《集成》

馬承源：《商周青銅器銘文選》　　　　　　　　　《銘文選》

# 第一章　緒　論

## 第一節　寫作緣起

　　中國文字起源甚早，造字之始多以眼目所見爲據，時代愈早的文字，其圖畫的形象愈濃厚。隨著時代的推移，以及使用者對於文字的需求，文字的發展，走向多條的路線，其一則是由象形轉化爲形聲。據殷商甲骨文字所見爲數不少的形聲字觀察，在此之前應有更早的文字存在。而從陝西西安半坡、臨潼姜寨等地出土的新石器時代之仰韶文化陶器上的刻畫符號觀察，如:「丨」、「一」、「↑」等，〔註1〕這些刻畫的符號，雖然尚無法確定爲文字，應可視爲文字的濫觴。由此推測，早在甲骨文出現之前，已經有一段很長的文字蘊釀期，如此才能解釋甲骨文裡出現的形聲字。造字之始多據所見之物的形象造字，可是每一位造字者的觀察角度不同，其描繪的形象也不一。因此早期的文字形體多有變化，同一個文字卻不一定有一個標準的字形。但是受到社會的共識作用所趨，形體雖然不一，所傳達的意義卻不會有太大的不同。

　　自甲骨文、金文至春秋、戰國時期文字的書寫十分任意，在部件與偏旁的位置經營上常見左右、上下等互置的現象，偏旁亦時見互換的情形。此外，隨

---

〔註 1〕中國社會科學院考古研究所編:《新中國的考古發現和研究・新石器時代》(北京:文物出版社，1984 年)，頁 62。

著周王室的解體，諸侯國各自爲政，禮樂崩壞之際，文字的使用也走向地域化。至春秋中、晚期行於各諸侯國的文字，已經由原本同源的西周文字系統，逐漸發展出屬於自己的特色。其中最爲人知曉者，即爲流行於南方楚地一帶的「鳥蟲書」。之後諸侯各國的文字，經過春秋時期的蘊釀，終於戰國時期形成特有的文字特色，直至秦始皇接受李斯「書同文」的建議，文字的書寫才由「文字異形」的現象，初步達成統一的局面。

從現今已出土的楚系簡帛資料觀察，這批資料時代最早者爲曾侯乙墓出土的竹簡，據墓室同時出土所見的銅器銘文所載，此墓應屬於戰國早期的墓葬，其他諸如：信陽、天星觀、雨臺山、望山、包山、九店、郭店、藤店、仰天湖、五里牌、楊家灣等地出土的竹簡，以及長沙出土的楚帛書，皆爲戰國中、晚期的楚國文物。將簡帛文字與銅器上的文字相較，不難發現其間的差異：前者以毛筆書寫於簡帛之上，竹簡的寬度大小不一，從出土的竹簡觀察，寬度多不足1公分，或許受限於竹簡面積的大小，所以文字多扁平、敧斜；後者則多莊重。隨著時代的改變，發現銅器上的文字往往流於簡帛文字的形式，多草率之意。這種現象的產生，應是銅器文字受到簡帛文字的影響所致。由此可知，原本書寫於不同材質、運用於不同場合的文字，雖然有不同的形體，彼此之間卻會相互的影響，如：時代較早的曾侯乙墓竹簡文字多狹長之勢，是受銅器文字影響所致，相對的，屬於戰國中晚期的〈侶盤埜匕〉、〈鑄客豆〉等器上的文字則是深受簡帛文字影響。

自楚系簡帛出土以來，歷來學者的研究方向，可以分爲文字的考釋，以及思想、制度的考證等方面。以文字的考釋爲例，多著重於單一文字的考釋，如：李家浩〈信陽楚簡「澮」字及從「关」之字〉，[註2] 何琳儀〈說无〉，[註3] 周鳳五〈包山楚簡文字初考〉，[註4] 張桂光〈楚簡文字考釋2則〉，[註5] 朱德熙〈望山楚簡裡的「敝」和「簡」〉、〈戰國文字研究6種〉、〈信陽楚簡考釋5篇〉，

---

〔註2〕 李家浩：〈信陽楚簡「澮」字及從「关」之字〉，《中國語言學報》第1期（北京：商務印書館，1982年）。

〔註3〕 何琳儀：〈說无〉，《江漢考古》1992年第2期。

〔註4〕 周鳳五：〈包山楚簡文字初考〉，《王叔岷先生八十壽慶論文集》（臺北：大安出版社，1993年）。

〔註5〕 張桂光：〈楚簡文字考釋2則〉，《江漢考古》1994年第3期。

〔註6〕徐在國〈包山楚簡文字考釋4則〉，〔註7〕高智《包山楚簡》文字校釋14則〉，〔註8〕劉信芳〈楚簡文字考釋5則〉〔註9〕等，從上面所舉的幾篇文章可知：在文字的研究上，亦多僅就某一批的簡帛資料探討，並未見對於所有已出土、發表的資料，作一個整體的研究。此外，其所重者多為文字考釋，對於文字本身的現象規律並未多予以著墨討論，只有少數幾篇學位論文對於文字的現象之規律作一系列探討，如：謝映蘋《曾侯乙墓鐘銘與竹簡文字研究》，〔註10〕莊淑慧《曾侯乙墓出土竹簡研究》，〔註11〕王仲翊《包山楚簡文字研究》，〔註12〕李運富《楚國簡帛文字構形系統研究》，〔註13〕林清源《楚國文字構形演變研究》〔註14〕等。謝氏、莊氏與王氏的論文，多限於單一的材料，而且在討論上並不完備；李氏的論文，主要是透過電腦的處理，將整理過的楚系簡帛文字之單字，通過一系列的排序、檢索和歸納等方法，作出構形系統的觀察與測查分析，而且，在材料的運用上，僅止於楚帛書、仰天湖竹簡、信陽楚簡與包山楚簡等四批資料，並未全面的將出土資料蒐集整理；林氏的論文，表面上雖然蒐羅的材料遍及所有出土的楚國文物資料，然而細閱該文，仍以楚金文為主體，而輔以其他相關的資料為證，並非一部真正以楚系簡帛文字作為討論主題的論著。有鑑於至今尚未見到一部完整地以楚系簡帛文字作為研究、整理的對象，再加上

---

〔註6〕朱德熙歷來討論楚系簡帛文字的相關著作，多收錄於《朱德熙古文字論集》（北京：中華書局，1995年）。

〔註7〕徐在國：〈包山楚簡文字考釋4則〉，《于省吾教授百年誕辰紀念文集》（長春：吉林大學，1996年）。

〔註8〕高智：〈《包山楚簡》文字校釋14則〉，《于省吾教授百年誕辰紀念文集》（長春：吉林大學，1996年）。

〔註9〕劉信芳：〈楚簡文字考釋5則〉，《于省吾教授百年誕辰紀念文集》（長春：吉林大學，1996年）。

〔註10〕謝映蘋：《曾侯乙墓鐘銘與竹簡文字研究》（國立中山大學中國文學研究所碩士論文，1994年）。

〔註11〕莊淑慧：《曾侯乙墓出土竹簡研究》（國立臺灣師範大學國文研究所碩士論文，1995年）。

〔註12〕王仲翊：《包山楚簡文字研究》（國立中山大學中國文學系碩士論文，1996年）。

〔註13〕李運富：《楚國簡帛文字構形系統研究》（北京師範大學博士論文，1996年）。

〔註14〕林清源：《楚國文字構形演變研究》（私立東海大學中國文學系博士論文，1997年）

有關楚系簡帛文字資料的字書亦已出版，〔註15〕是以期許透過本文的探討、分析與觀察，能將歷來已出土、發表的楚系簡帛文字資料作一番的整理工作，並且從中找出其文字現象的規律之處，作爲日後討論戰國文字的依據。

## 第二節　研究材料與方法

### 一、研究材料

　　誠如第一節所言，現今出土的楚系簡帛資料甚多，再加上歷來發表的文章亦不勝枚舉，所以，本論文在撰寫上，主要以《楚帛書》、〔註16〕《信陽楚墓》、〔註17〕《曾侯乙墓》、〔註18〕《包山楚墓》、〔註19〕《包山楚簡》、〔註20〕《望山楚簡》、〔註21〕《江陵九店東周墓》、〔註22〕《戰國楚竹簡匯編》、〔註23〕《江陵望山沙塚楚墓》、〔註24〕《郭店楚墓竹簡》〔註25〕等，作爲研究的基本材料。至於尚未正式發表之楚簡帛文字資料，則引用《楚系簡帛文字編》所收錄的資料，並從歷來學者所發表的相關論著尋找。此外，並且收集相關的竹簡、帛書摹本作爲觀察的對象，再將之與出土的發掘報告相互對照。

---

〔註15〕相關的楚系簡帛字書已出版者甚多，如：曾憲通：《長沙楚帛書文字編》（北京：中華書局，1993 年），張光裕等人合編：《包山楚簡文字編》（臺北：藝文印書館，1992 年）、《曾侯乙墓竹簡文字編》（臺北：藝文印書館，1997 年），張守中：《包山楚簡文字編》（北京：文物出版社，1996 年），郭若愚：《戰國楚簡文字編》（上海：上海書畫出版社 1994 年），滕壬生：《楚系簡帛文字編》（武漢：湖北教育出版社，1995 年）等。

〔註16〕饒宗頤、曾憲通：《楚帛書》（香港：中華書局，1985 年）。

〔註17〕河南省文物研究所編：《信陽楚墓》（北京：文物出版社，1986 年）。

〔註18〕湖北省博物館編：《曾侯乙墓》（北京：文物出版社，1989 年）。

〔註19〕湖北省荊沙鐵路考古隊編：《包山楚墓》（北京：文物出版社，1991 年）。

〔註20〕湖北省荊沙鐵路考古隊編：《包山楚簡》（北京：文物出版社，1991 年）。

〔註21〕湖北省文物考古研究所、北京大學中文系編：《望山楚簡》（北京：中華書局，1995 年）。

〔註22〕湖北省文物考古研究所編：《江陵九店東周墓》（北京：科學出版社，1995 年）。

〔註23〕商承祚：《戰國楚竹簡匯編》（山東：齊魯書社，1995 年）。

〔註24〕湖北省文物考古研究所編：《江陵望山沙塚楚墓》（北京：文物出版社，1996 年）。

〔註25〕荊門市博物館編：《郭店楚墓竹簡》（北京：文物出版社，1998 年）。

　　文字的發展，有一定的階段與程序，甲骨文、金文、簡帛文字等，其間的發展與演變，無法任意截斷，因此本論文在觀察楚簡帛文字的形體結構時，並非僅是從楚系的簡帛文字入手，往往引用大批的甲、金文資料，作爲輔助的工具。引用甲骨文時，皆在該例字之後，附上著錄於某書的編號。引用的金文資料，大多出自《殷周金文集成》，由於資料繁多，爲避免篇幅過於龐大，引用時除了銘文辭例予以加上注解，說明出處外，餘者只在正文裡列出器銘的名稱，至於該器銘的著錄編號，請參見附錄二：〈引用器銘著錄索引〉。此外，引用的金文資料，如尚未見於《殷周金文集成》者，如：〈王孫誥鐘〉、〈㽼鐘〉、〈㽼鎛〉、〈佣戈〉、〈大廈鎬〉等，〔註26〕悉由歷來發掘的報告，或是學者的研究著作尋找。由於個人能力有限，再加上諸多因素的限制，所以，缺漏之處在所難免。

## 二、研究方法

　　對於文字的研究、探討，首重形體的比較與分析。在研究的方法上主要採取比較法與偏旁分析法，將楚簡帛文字的形體一一的比對觀察，並且透過文字間偏旁與部件的比較分析，知曉同一文字其偏旁、部件不同者爲何，其間的差異有何意義。此外，古文字的研究與分析，往往需要透過上古音的輔助，本論文在上古音的使用，係採取王力提出的上古音系統。據其聲紐與韻部的分類歸屬，透過音韻學的理論，找出其具有表音作用的偏旁替換的原因，以及楚系簡帛文字在通假上使用的習慣。再者，從相關的辭例，找出同一文字在形體上的差異，進一步的辨析其重形複體、繁簡以及合文的現象，從中指出文字的飾筆與增繁、省減的現象和種類、合文與析書的差異，以及合文在書寫上的形式、習見的合文詞例等。又利用二重證據法與科際整合法，對於一些難識的文字，或是二字合文構成的詞彙，透過考古的發現、文獻資料的記載等，將之予以相互的對照觀察、印證，從中找出相同或相關之處，進而找出較爲正確而且可靠的答案。其次，在觀察的過程裡，亦利用近來的古文字研究、發展的成果，以同域、異域資料與之相較，一方面知曉其間的差異爲何，一方面證明戰國文字

---

〔註26〕　〈王孫誥鐘〉、〈㽼鐘〉、〈㽼鎛〉、〈佣戈〉等器銘，悉引自河南省文物研究所、河南省丹江庫區考古發掘隊、淅川縣博物館編：《淅川下寺春秋楚墓》（北京：文物出版社，1991 年）；〈大廈鎬〉則引自殷滌非：〈壽縣楚器中的「大廈鎬」〉，《文物》1980年第 8 期，頁 26～28。

的一些已知的現象，從中瞭解文字在發展的過程中，受到書寫於不同材質上的文字影響程度爲何，以及不同地域、系統的文字彼此間的影響。

最後，由《說文解字》所收的重文例觀察，將楚系簡帛文字資料與其所收古文的字形相互比對，找出文字形體與之相合者，並且將其他諸系文字與古文相合者，亦一併找出，比較何種系統、地域的文字與《說文解字》古文的字形最爲接近。希望透過此一比較，可以知曉《說文解字》古文的來源，並且對於《說文解字》的文字斷代能有所幫助。

## 第三節　研究目的

楚系簡帛的內容，涉及的範圍十分廣泛，除了簡帛上的文字形構可供研究外，尚包括戰國時期楚國的地望與州制、職官爵位、天文曆法、卜筮祭禱、文學、生活文化與風俗，司法制度、古史、思想、竹書、器物名稱、氏族人物等方面。一般而言，學者的研究應以文字的釋讀與形體結構爲多，可是，據第一節的敘述，我們發現以往在文字的研究，多偏重於文字的考釋，在文字的形體結構、或其演變規律現象，縱使得見一、二篇相關論著，亦多不夠全面，或限於單一材料，或在討論上不夠完備。有鑑於此，本論文希望將所有已發表的楚系簡帛資料，予以蒐羅、整理、觀察、分析，找出楚系簡帛文字的現象之規律。此外，透過通假字的觀察，明瞭戰國時期楚人在「通假」字的使用情形與習慣。最後，將已發表的齊、楚、秦、燕、三晉等五系的文字，與《說文解字》古文的形體比對，找出《說文解字》古文的來源，並且確認它與那一個體系的文字最爲接近。

## 第四節　章節安排與內容述要

全文共分爲十章：第一章爲「緒論」，主要介紹本文寫作的緣由、材料、方法、目的，以及章節、內容的安排。第二章爲出土簡帛的概述。第三章至第九章爲正文的部分，係就出土的戰國時期楚系簡帛文字現象之規律，作一系列的討論與觀察，之後再逐漸向外探討簡帛文字與同域的楚金文間的差異，以及與《說文解字》古文字形的相合情形。第十章爲整篇論文的總結。茲就本文的章節與內容分別敘述：

　　第二章爲「楚系簡帛概說」，主要就楚系墓葬出土的竹簡、帛書予以觀察和介紹，並且依據竹簡所載史事、墓葬的形式與隨葬品組合、碳14（放射性碳素）等方面，作一個初步的斷代，藉以知曉這批龐大資料的前後年代順序。最後則是對於簡帛文字研究的狀況，作一個概略的介紹。

　　第三章爲「楚簡帛文字——增繁與省減考」，本章分爲增繁與省減兩大部分，主要透過甲骨文、金文等資料的對照，以及簡帛中相同或相近的辭例裡所出現同一文字的字形比較，瞭解楚系簡帛文字有那些增繁與省減的現象。在「增繁」單元裡，從筆畫與偏旁的增繁，進一步的分析、探討其現象；在「省減」單元裡，亦從筆畫與偏旁的省減，探討它是如何產生省減的情形，以及省減的方式。

　　第四章爲「楚簡帛文字——異體字考」，主要係根據簡帛所見的異體字進行觀察與討論，透過與金文資料的對照，以及簡帛中相同或相近的辭例裡所出現同一文字的字形比較，瞭解楚系簡帛文字的文字異體現象。

　　第五章爲「楚簡帛文字——類化考」，主要透過甲骨文、金文等資料的對照，以及簡帛中相同或相近的辭例裡所出現同一文字的字形比較，藉以知曉楚系簡帛文字有那些類化的現象，以及其變遷的方向。

　　第六章爲「楚簡帛文字——合文考」，透過簡帛所載的辭例，以析書找出合文的現象，或是透過辭例的解析，從中找出合文；進一步的統計楚系簡帛習用的合文內容，找出其習用的原因。藉以瞭解楚系簡帛在合文使用上的方式，以及常見的合文現象。

　　第七章爲「楚簡帛文字——通假字考」，主要就簡帛所載的通假現象進行討論，透過上古聲韻的分析與歸納，瞭解楚系簡帛文字有那些通假字，以及其習用的通假方式。

　　第八章爲「楚簡帛文字與同域、異時文字的比較」，本章分爲兩個部分，第一部分係將簡帛文字與同域的楚系金文相互比較，瞭解二者在不同時期的影響情形，以及簡帛文字與金文在增繁與省減現象上的同異；第二部分則將郭店楚簡的《老子》與長沙馬王堆出土的漢墓帛書《老子》作一番的整理與觀察，透過文物年代、篇目與內容安排、字句比較、文字現象、語助詞等方面，藉以瞭解同爲流行於南方的思想著作《老子》，在不同的時代下，其間有何不同的面貌。

　　第九章爲「楚系簡帛文字與《說文》古文合證」，主要係將已知的簡帛文字與《說文解字》所收古文的字形相互比對，找出形體相同或相近者，並且將其他地域、系統與《說文解字》古文字形相合者，一併找出，統計其出現的比率，藉以瞭解王國維所謂「六國用古文說」的是非，以及辨正許愼所謂古文出於「孔子壁中書」、「郡國亦往往於山川得鼎彝」、「北平侯張蒼獻《春秋左氏傳》」，其間的古文來源，與齊、楚、秦、燕、三晉系的文字，何者最爲相近。

　　第十章爲「結論」，係就本論文諸章討論的重點，予以整理，作爲本文的結束。

# 第二章　楚系簡帛概說

## 第一節　前　言

　　近五十年來出土的簡牘，不僅數量愈來愈多，內容亦更加豐富。除了戰國竹簡外、亦見秦、漢、晉、隋、唐等朝代簡牘的出土，1996 年 10 月 17 日又於長沙走馬樓發現大批的三國孫吳簡牘，[註 1] 簡牘材料可謂蔚爲奇觀。就時間言，上自戰國下至隋唐均有之；就內容言，經、史、子、集無所不包；[註 2] 就地域言，幾乎遍佈江、漢、河、淮等地域。相對地，簡牘學的發展也益加的蓬勃，日漸成爲古文字學的一大支流，無論海峽兩岸、國內外皆已將之視爲專門的學科而研究。簡牘上的文字記載，不僅可以補充文獻資料的不足，就其文字本身，更爲文字學研究的重要出土資料。此外，帛書的發現，雖然僅見戰國時期的楚帛書與漢代馬王堆帛書的出土，數量雖少，重要性卻不亞於簡牘。由

---

〔註 1〕李長林：〈長沙孫吳簡牘考古大發現〉，《歷史月刊》1997 年第 8 期，頁 12～16。

〔註 2〕經部者，如：郭店楚簡的〈緇衣〉、武威漢簡的《儀禮》、定縣竹簡的《論語》、阜陽漢簡的《詩經》，以及存於香港中文大學的楚簡《周易》等；史部者，如：慈利石板村楚簡的史事簡、秦簡的編年記與爲吏之道、三國孫吳簡牘等；子部者，如：郭店楚簡的《老子》、臨沂銀雀山漢簡的《孫子兵法》與《孫臏兵法》、定縣竹簡的《文子》等；集部者，如：尹灣漢簡的〈神鳥賦〉、臨沂銀雀山漢簡的〈唐勒賦〉等。

於其中涉及先秦時期的數術思想，以及漢代初年《老子》、《易》等資料，對於研究先秦楚國的數術思想、古書的校讎比對，以及漢代的經學歷史、黃老思想等，皆有莫大的功用；再加上本世紀以來帛書出土的時間，一般較先秦的竹簡早，其內容牽涉的範圍又較廣，所以研究的風氣亦較竹簡早而且興盛。而隨著郭店楚簡的出土，二者更能相互的對照，在學術的研究上更為重要。就文字言，帛書與竹簡已成為研究戰國至漢初文字變化的重要材料；就內容言，二者所見古書與佚書資料，亦是研究一百多年間道家思想的轉變，與版本、校讎的首要材料。

戰國時期楚國出土的簡帛資料十分龐大，為了瞭解其間的差異，本章擬由幾個小節依序說明：首先論述楚國的疆域，其次介紹出土的楚簡帛資料，再次依其墓葬的發掘報告分期斷代，然後再介紹楚系簡帛文字的研究情況。

## 第二節　楚國疆域

楚國是春秋、戰國時期，人口眾多而且幅員廣闊的國家，既是春秋五霸之一、又是戰國七雄的一員。它從西周初年受封為諸侯國至戰國末年遭強秦的滅國，歷時約為八百多年。〔註3〕

「楚」字早在殷商甲骨文已經出現，如：

于楚有雨（《合》29984）

甲申卜，秫楚享（《合》32986）

又周原甲骨亦見「楚」字，如：

其敫（微）、楚，乃季（厥）燮，師昏（氏）刜燮（H11：4）

曰：今秋楚子來告父後哉（H11：83）〔註4〕

在周原甲骨的「楚」已為古代方國名。楚國並非自始以來即佔有廣闊的土地，《史記·孔子世家》云：「楚令尹子西曰，……且楚之祖封於周，號為子男五十里。」

---

〔註3〕羅運環：《楚國八百年》（武漢：武漢大學出版社，1992年），頁399。

〔註4〕以上二例的釋讀，學者各有不同的看法，此處僅是找出「楚」字於周原甲骨的出處，不涉及辭例釋讀，僅從徐錫臺：《周原甲骨文綜述》的釋文。（陝西：三秦出版社，1987年），頁15，頁58。

〔註5〕〈楚世家〉云：「楚之先祖，出自帝顓頊高陽，……六曰季連，芈姓，楚其後也。……季連生附沮，附沮生穴熊，……周文王之時，季連之苗裔曰鬻熊。鬻熊子事文王，蚤卒。其子曰熊麗，熊麗生熊狂，熊狂生熊繹。繹當周成王之時，舉文武勤勞之後嗣，而封熊繹於楚蠻，封以子男之田，姓芈氏，居丹陽。」

〔註6〕《左傳・昭公十二年》云：「昔我先王熊繹辟在荊山，篳路藍縷以處草莽，跋涉山川以事天子，唯是桃弧棘矢以共禦王事。」〔註7〕從史書的記載，楚人的先祖可以推溯至「顓頊高陽」，其受封建國始於周成王將熊繹封於楚蠻之地，此後居於丹陽，雖處荒涼之境，仍為周天子奔波效力。

　　熊繹五傳至熊渠時，正值周王室衰微、諸侯相互攻伐之際，熊渠整軍經武，出兵討伐蠻夷，開始向外擴大疆域。此外，熊渠更云：「我蠻夷也，不與中國之號諡。」〔註8〕而立其子為某某王，事後則因畏懼周厲王的討伐而自去「王」字，直至十多代後的熊通才正式自號為「楚武王」。而楚國的開疆闢地亦自始正式展開。據史書記載，楚武王在位期間曾三次討伐隨國，依序為 35 年、37 年與 51 年，其間又討伐諸多小國，如鄖、鄧、郳、絞、羅國等；文王即位，遷都於郢，其間亦討伐申、蔡、鄭等國，滅息、鄧國，當時鄰近小國莫不畏懼楚國；傳至楚成王時，楚地已達千里，於其間亦討伐鄭、許、隨、宋、陳等國，滅弦、黃、英、夔等國；穆王即位，先後滅江、六、蓼諸國，討伐陳、鄭、巢國；莊王即位，先後滅庸、舒蓼、蕭等國，伐宋、陸渾之戎、鄭、陳國；共王即位，伐鄭、莒、宋、吳、陳等國，滅舒庸；康王期間亦滅舒鳩；靈王期間滅賴、陳、蔡等國，伐吳、徐國。從楚武王至靈王期間，攻伐與兼併不斷，國土已由原先的五十里逐漸增至千里疆域。〔註9〕

　　春秋末期，隨著吳、越二國的興起，楚國由原本的攻伐之國逐漸轉為被侵略的國家；進入戰國時期的楚國，雖然仍為戰國七雄之一，國力已不如之前的

---

〔註 5〕（漢）司馬遷撰、（劉宋）裴駰集解、（唐）司馬貞索隱、（唐）張守節正義、（日本）瀧川龜太郎考證：《史記會注考證》（臺北：宏業書局有限公司，1992 年），頁 740。

〔註 6〕《史記會注考證・楚世家》，頁 630～631。

〔註 7〕楊伯峻：《春秋左傳注》（高雄：復文圖書出版社，1991 年），頁 1339。

〔註 8〕《史記會注考證・楚世家》，頁 631。

〔註 9〕以上見《春秋左傳注》。

強盛，縱然藉著四處伐滅他國，開拓疆域，亦屢遭強秦的蠶食鯨吞，終至滅亡。昭王 5 年吳伐取楚之六、潛，10 年吳軍攻入郢都，昭王出奔，12 年吳軍又伐楚取番，楚北徙都鄀，在昭王期間僅滅唐、頓、胡國；惠王即位，先後伐陳、東夷，又滅陳、蔡、杞國；簡王即位期間滅莒國；悼王即位期間伐周國；肅王即位，4 年蜀伐楚取茲方。傳至楚懷王時，秦國興起，秦王在兵強馬壯的強大國勢下四處征伐，此時楚國的國力已不如前，逐開始將太子送往他國作爲人質的政策，終至西元前 223 年爲秦軍所滅。〔註10〕

戰國時期的楚國，國力雖漸衰微，可是疆域之大亦爲前所未見，如《史記・秦本紀》云：「孝公元年，河山以東，彊國六與，齊威、楚宣、魏惠、燕悼、韓哀、趙成侯并。……楚自漢中南有巴、黔中。」又如《史記・蘇秦列傳》記載蘇秦遊說楚威王云：「楚，天下之彊國也。王，天下之賢王也。西有黔中、巫郡，東有夏州、海陽，南有洞庭、蒼梧，北有陘塞、郇陽，地方五千餘里。」〔註11〕楊寬以爲文獻記載楚域上的地名：苑、漢中、新城、江東、黔中、巫郡等六處，皆爲楚國的郡。其所在地依序如下：「苑」的地望約以今日河南省南陽市爲中心，東南至息縣；「漢中」的地望約從陝西東南角向南到湖北省的西北角；「新城」的地望約在河南省伊川一帶；「江東」的地望約從安徽省東南部至江蘇省南部、浙江省北部；「黔中」的地望約在湖南省西部至貴州省東北部；「巫郡」的地望約在湖北省清江中、上游與四川省東部。〔註12〕其推定的地望若無誤，則楚國疆域可能爲當時諸國之冠。

從史書的記載明確可知，它的疆域開拓有其階段性與過程，從早期封於楚蠻的丹陽建國之五十里，到成王時的千里楚疆，又至威王時的五千餘里，其間的增長，不僅是開疆闢地的歷史，也是侵略攻伐的歷史。

## 第三節　出土材料介紹

戰國時期楚地竹簡出土的情況，史籍裡僅見於《南齊書・文惠太子傳》：

> 時襄陽有盜發古塚者，相傳云是楚王塚，大獲寶物玉屐、玉屏風、

---

〔註10〕 以上見《史記・楚世家》。

〔註11〕 《史記會注考證》，頁 94～95，頁 881。

〔註12〕 楊寬：《戰國史》（臺北：商務印書館，1997 年），頁 678～679。

竹簡書、青絲編。簡廣數分，長二尺，皮節如新，盜以把火自照，

後人有得十餘簡，以示撫軍王僧虔，僧虔云是科斗書《考工記》，《周

官》所闕文也。〔註13〕

文中提及的襄陽竹簡已不復存，頗令人有未能睹物的感慨。近來戰國楚簡如雨後春筍般的大量出土，其數量應遠在襄陽竹簡之上，為了瞭解帛書與諸簡的狀況，以下擬由楚帛書依序介紹。茲論述如下：

## 一、楚帛書

　　楚帛書發現的出土地點與時間向來多有爭論。蔡季襄僅言出於長沙東郊杜家坡的晚周墓；〔註14〕梅原末治以為是在西元 1930 年代的後半；〔註15〕董作賓云：「出土當在抗戰之前」；〔註16〕安志敏與陳公柔以為是在抗戰期間為了修築道路而在湖南長沙東郊杜家坡發現；〔註17〕商承祚詳細考證得到出土時間為「一九四二年九月」，地點為「墓地在東郊子彈庫的紙源沖（又名王家祖山），是一座形制不大、棺槨完整的木槨墓。」；〔註18〕湖南省博物館發表的報告指出：「1973 年 5 月，我館在長沙市城東南子彈庫（現湖南林業勘查設計院內），發掘了一座戰國木槨墓。編號為 73 長子 M1。該墓曾于 1942 年被盜，出土了有名的《繒書》。」〔註19〕陳邦懷以為是 1942 年 9 月出土於長沙東郊古墓；〔註20〕李零以為帛書出土於 30 年代；〔註21〕何琳儀以為出土於 30 年代的長沙子彈庫；〔註22〕

---

〔註13〕（梁）蕭子顯：《南齊書》（臺北：藝文印書館，1996 年），頁 196。

〔註14〕蔡季襄：《晚周繒書考證・繒書考證》（臺北：藝文印書館，1972 年），頁 1，與《晚周繒書考證・繒書墓葬》，頁 13。

〔註15〕梅原末治：〈近時出現的文字資料〉，《書道全集》第 1 卷（日本東京都：平凡社，1990 年），頁 35。

〔註16〕董作賓：〈論長沙出土之繒書〉，《大陸雜誌》第 10 卷第 6 期，頁 173。

〔註17〕安志敏、陳公柔：〈長沙戰國繒書及其有關問題〉，《文物》1963 年第 9 期，頁 48。

〔註18〕商承祚：〈戰國楚帛書述略〉，《文物》1964 年第 9 期，頁 8。

〔註19〕湖南省博物館：〈長沙子彈庫戰國木槨墓〉，《文物》1974 年第 2 期，頁 36。

〔註20〕陳邦懷：〈戰國楚帛書文字考證〉，《古文字研究》第 5 輯（北京：中華書局，1981 年），頁 233。（又收入《一得集》）

〔註21〕李零：《長沙子彈庫戰國楚帛書研究》（北京：中華書局，1985 年），頁 9。

〔註22〕何琳儀：《戰國文字通論》（北京：中華書局，1989 年），頁 146。

陳茂仁云：「楚帛書之出土，疑當在民國 27 年商承祚入蜀後，蔡季襄離開長沙之前。」〔註 23〕諸家之言多有其理，可惜蔡氏文中未詳細記載出土的日期，綜合學者的討論可知：楚帛書的出土時間可能是在抗戰的前後期，出土地點則為湖南長沙子彈庫楚墓。

出土的帛書可以分為二類，一為殘缺斷片者，一為完整無缺二種。殘缺斷片者又可以分為三類，一為朱絲欄（指朱界行）的殘片，計有七片，共有文字二十五字；一為烏絲欄（指墨界行）的殘片，計有六片，共有文字十一字；最後為一小片的帛書，上面不見欄線，僅有一個「午」字。對於殘片帛書的內容，學者咸以為是「占辭術語」，〔註 24〕至於真正的含義，則須進一步的深入探究才能瞭解。完整無缺者，為世人所知的楚帛書，據蔡季襄考證云：

> 書用竹笈貯藏，折疊端正，惜出土時，土人不知愛護，致被損壞過半，故笈內殘繒斷片甚多，惟此書獨完整無闕，尚可展視。書係絲質，因入土年久，已呈深褐色，幾與文字相含混。從長十五吋，橫長十八吋，墨書。（按斷片中，亦有朱書者。）字若蠅頭，筆畫勻整，完全六國體制。書分兩面，互相顛倒。一面八行，行三十七字，計二百七十字，漶漫不明者，一百零五字；一面十三行，行三十四字，計四百十二字，漶漫不明者，百十有三字。書之四週，……均書有神名及註釋。〔註 25〕

現今所知的楚帛書出土後即流落海外，其間幾度易主，據曾憲通考證其流落海外的情形為：1946 年抗戰勝利後，楚帛書由蔡季襄帶至上海，旋即又被美國人柯克思帶往美國，先存於美國耶魯大學圖書館，後又藏於弗利亞美術館；1963年寄存於紐約大都會博物館；1964 年又歸戴潤齋所有；1966 年歸於沙可樂，寄

---

〔註 23〕陳茂仁：《楚帛書研究》（國立中正大學中國文學研究所碩士論文，1996 年），頁 33。

〔註 24〕自從商承祚於 1964 年發表〈戰國楚帛書述略〉一文，提及殘存的帛書狀況後，其後學者，諸如商志譚：〈記商承祚教授藏長沙子彈庫楚國殘帛書〉、饒宗頤：〈長沙子彈庫殘帛文字小記〉與李學勤：〈試論長沙子彈庫楚帛書殘片〉等，皆從其說，本文於此亦從諸家之言。

〔註 25〕《晚周繒書考證・繒書考證》，頁 1。

藏於紐約大都會博物館。〔註26〕此後楚帛書的存置，據陳茂仁指出：1979 年至 1990 年存放於沙可樂美術館。〔註27〕

## 二、五里牌竹簡

　　五里牌 M406 楚墓的發掘工作始於西元 1951 年 10 月，至 1952 年結束，據發掘報告指出，其地理位置在長沙城東大道的北面。〔註28〕M406 出土的竹簡共有三十八枚，當時位於內槨外面的西北角，由於先前墓已被盜，再加上槨內積水，所以原本放置的位置與情形已無法確知。從放置竹簡的地方出現不少竹篋殘片的情形推測，竹簡可能放在竹篋裡。竹簡的寬度約 0.7 公分，由於出土時已經殘斷，因此長短不一，最長者爲 13.2 公分，最短者僅 2 公分。字書寫於竹黃上，每一枚竹簡最多有六個字，少者亦有一個字，合計約有一百一十字左右。〔註29〕從內容觀察，應屬於遣策。

## 三、仰天湖竹簡

　　仰天湖 M25 楚墓於西元 1953 年發掘，位於長沙市區南郊。據發掘報告指出，出土竹簡共有 42 枚，完整者長爲 22 公分，寬爲 1.2 公分，四角爲方形，每一枚竹簡上的字數不一，多者有二十一個字，少者亦有二個字，主要記載隨葬品的數量與名稱，內容屬於遣策。〔註30〕

## 四、楊家灣竹簡

　　楊家灣 M6 楚墓發掘於 1954 年 8 月，位於長沙市北郊的楊家灣，西方爲五家嶺，東南爲李家湖，靠近北長路通過衡陽鐵路的路口。出土竹簡共有七十二枚，置於大漆盒內銅鏡的下方，以兩條綢帶編聯成冊，編聯處刻有小缺口。竹簡全長爲 13.5 公分，寬 0.6 公分，文字以墨書寫，大多寫在竹黃上，亦有少數書寫於竹青。每一枚竹簡上有一至二個字，其中有二十七枚無文字，十枚文字

---

〔註26〕曾憲通：《楚帛書・楚帛書研究四十年》（香港：中華書局，1985 年），頁 154～162。

〔註27〕《楚帛書研究》，頁 48。

〔註28〕中國科學院考古研究所編：《長沙發掘報告・戰國墓葬》（北京：科學出版社，1957 年），頁 1～2。

〔註29〕《長沙發掘報告・戰國墓葬》，頁 54～55。

〔註30〕湖南省文物管理委員會：〈長沙出土的三座大型木槨墓〉，《考古學報》1957 年第 1 期，頁 99～100。

漶漫難以辨識，內容屬於遣策。〔註31〕

## 五、信陽竹簡

信陽楚墓於西元 1956 春天發掘，位於河南省信陽市北 20 公里的長臺關西北小劉莊後的土崗。〔註32〕竹簡出土於 M1，合計共有一百四十八枚，又可以分為二組，其中一組殘斷十分嚴重，從竹簡上的文字內容觀察應屬於竹書，另一組則明顯屬於遣策。第一組竹簡計有一百一十九枚，出自於前室東部，殘斷甚為嚴重，寬度約 0.7～0.8 公分，厚約 0.1～0.15 公分，最長者為 33 公分。竹簡的上下兩端與中間部分，皆分別以三條黃色的絲線編聯。文字書寫於竹黃，竹簡上下皆約有 1 公分的空白處，每一枚竹簡上的文字最多為十八個字，少者僅有一個字，從內容觀察應為竹書。第二組竹簡共有二十九枚，出自於左後室，保存較為完好。長度平均為 68.5～68.9 公分，最長者為 69.5 公分，寬為 0.5～0.9 公分，厚為 0.4 公分。大部分竹簡的編聯方式，採取四枚為一束，兩兩相對，有字的一面朝內，而且是編聯後才加以書寫。文字排列十分均勻，字與字之間相距約 0.6～1.2 公分，簡上的文字多寡不一，最多有四十八個字，少者亦有十六個字，內容應屬遣策。〔註33〕

## 六、望山竹簡

望山楚墓位於江陵縣裁縫鄉境內，東南距離荊州城約 18 公里，距離紀南城約 7 公里；東北距離紀山寺約 9 公里，位於八嶺山東北麓較為平坦的崗地。望山竹簡主要出土於望山 M1 與 M2 二座楚墓，望山 M1 位於荊川公路旁與漳河水庫二幹渠渠道線上；M2 位於 M1 東北約 500 多公尺處。發掘工作始於西元 1965 年 10 月中旬，直至 1966 年 1 月中旬結束。〔註34〕

〔註31〕湖南省文物管理委員會：〈長沙楊家灣 M006 號墓清理簡報〉，《文物參考資料》1954
年第 12 期，頁 20～30。

〔註32〕中國社會科學院考古研究所、河南省文物研究所編：《信陽楚墓》（北京：文物出
版社，1986 年），頁 1。

〔註33〕《信陽楚墓》，頁 67～68；河南省文化局文物工作隊第一隊：〈我國考古史上的空
前發現信陽長臺關發掘一座戰國大墓〉，《文物參考資料》1959 年第 9 期，頁 21～
22。

〔註34〕湖北省文物考古研究所編：《江陵望山沙塚楚墓》（北京：文物出版社，1996 年），
頁 1。

　　M1 出土的竹簡，據發掘報告指出，當時竹簡放置在邊箱的東部，由於槨室的積水造成竹簡的浮動，再加上與漆木器等器物相互疊壓，致使出土時已經完全殘斷。竹簡出土時呈現深褐色，其上的編繩亦已腐爛，原來編聯的順序已混亂。殘簡最長為 39.5 公分，最短為 1 公分左右，大多在 10 公分以下。經過綴合後，最長者有 52.1 公分，寬約 1 公分，厚約 0.1 公分，總計有二百零七枚。每枚竹簡上皆有上、中、下三個三角形的小契口，從出土時三角形的小契口上殘存絲線的情形觀察，它應是用來固定編聯竹簡的絲線；再者，絲線上下的文字間距較大，與同簡上的文字間距疏密不同，由此推測，應是在書寫之前就編聯成冊。竹簡上的文字皆以墨書於竹黃上，未見於竹青上書寫文字；每一枚竹簡上的文字字數不一定，多者達三十個字，少者僅有一個字，一般多在六至十五個字之間，合計共有一千零九十三個字。從竹簡上記載卜筮的時間、工具、詢問的事項、結果，以及為墓主求福去疾的祭禱內容觀察，內容應屬卜筮祭禱。〔註35〕

　　M2 出土的竹簡，出土當時置於邊箱上層（WM2：B32），有一部分已掉落邊箱底部。經過綴合整理後，共有六十六枚竹簡，其中有五枚完整。最長為 64.1 公分，最短者不足 1 公分，一般長度為 4～10 公分，寬約 0.7～0.6 公分，厚約 0.1～0.12 公分。竹簡為長條形竹片，右邊靠近兩端有二個三角形的小契口，為編聯竹簡之用。文字除少數漶漫不可識外，大多字跡清晰。文字以墨書寫於竹黃上，從頂端開始書寫，不留天頭，一簡之中字數最多者有七十三個字。內容屬遣策。〔註36〕

## 七、藤店竹簡

　　藤店 M1 楚墓於西元 1973 年 3 月發掘，位於藤店公社藤店大隊，東南距離楚國故都紀南城約 9 公里，距離江陵縣城約 23 公里，東北距離紀山寺約 4 公里。竹簡置於邊箱的西部，出土時皆已殘斷而且散洛。竹簡以竹片削成，用墨書寫於竹片的背面，共有二十四枚，約四十七個字，每一枚竹簡上的字數不一，最多的一枚有七個字。殘簡中最長者為 18 公分，寬為 0.9 公分。內容不詳，可能屬於遣策。〔註37〕

---

〔註35〕《江陵望山沙塚楚墓》，頁 108～110。

〔註36〕《江陵望山沙塚楚墓》，頁 161～163。

〔註37〕荊州地區博物館：〈湖北江陵藤店一號墓發掘簡報〉，《文物》1973 年第 9 期，頁 7

## 八、曾侯乙墓竹簡

曾侯乙墓位於湖北省隨縣城關鎮西北郊擂鼓墩附近的東團坡，於西元 1978 年 5 月由湖北省博物館主持進行發掘的工作。〔註 38〕

此批竹簡皆出自北室，合計二百四十枚，出土時與兵器、皮甲同置，由於編聯的繩索已腐爛，再加上墓內積水，出土時已經散亂。據發掘報告指出，大多數的竹簡置於北室的西北部，成兩堆上下疊放，一小部分則漂浮於北室的中間偏西處。經過綴合後，整簡長度一般爲 70～75 公分，寬約 1 公分，上下各有一道細繩痕跡，應是編聯竹簡成冊之用，而且繩痕上下二字的間距較大，應是編聯後才書寫。除 1 號簡兩面書寫外，其餘皆僅書寫於篾黃上，而且自頂端書寫，未留天頭。每一枚竹簡的字數不一，最多有六十二個字，最少爲四個字，共有六千六百九十六個字。從內容觀察，它詳細記載殉葬的車馬與兵甲，以及少數陪葬的人俑。此外，另有二枚竹簽出土：一爲長度 10 公分，寬爲 1 公方，厚爲 0.15 公分；另一枚爲長度 11 公分，寬爲 1.1 公分，厚約 0.15 公分，二者皆以墨書上「䳲軒之馬車」五字。〔註 39〕

## 九、天星觀竹簡

天星觀 M1 楚墓的發掘工作始於西元 1978 年，位於江陵縣觀音當公社五山大隊境內，東臨長湖，西邊距離楚國故都紀南城約 30 公里。〔註 40〕天星觀 M1 出土的竹簡共有四百零一枚，完整者有七十多枚，其餘皆爲殘斷，總字數約爲四千五百多字。竹簡出自於西室，一部分夾在漆皮中，壓於兵器杆下，被盜墓者踩斷，一部分置於竹笥裡，保存較爲完整。整簡長度爲 64～71 公分，寬爲 0.5～0.8 公分。在竹簡的左側上、下各有一個三角形的契口，簡文多書寫於竹黃上，不留天頭。內容主要分爲遣策與卜筮記錄二種。遣策殘損較爲嚴重，主要是記載爲墓主助喪者的姓名、官職、所贈的物品，以及送喪時所用的車輛與

～17。

〔註 38〕舒之梅、王紀潮：〈曾侯乙墓的發現與研究〉，《鴻禧文物——湖北先秦文化論集》第 2 期（臺北：鴻禧藝術文教基金會，1997 年），頁 93。

〔註 39〕中國社會科學院考古研究所、湖北省博物館編：《曾侯乙墓》（北京：文物出版社，1989 年），頁 452～458。

〔註 40〕湖北省荊州地區博物館：〈江陵天星觀 1 號楚墓〉，《考古學報》1982 年第 1 期，頁 71。

儀仗等；卜筮記錄的數量最多，約有二千七百多字，主要是爲墓主卜筮的記錄
與祭祀的內容。〔註41〕

## 十、九店竹簡

　　江陵九店楚墓的挖掘，據整理小組指出，該區挖掘工作始於西元 1978 年至
1989 年，其間共發掘 1 座西周晚期墓、596 座東周墓與 3 座唐以後的磚室墓。
〔註42〕該墓區分爲甲、乙二組，出土的陪葬品雖然豐富，卻僅於乙組 M56、M411
與 M621 發現竹簡。而發現竹簡的乙組墓地，西南距楚紀南城 1.5 公里，南臨
雨臺山楚墓地。〔註43〕

　　M56 出土的竹簡，若僅計算竹簡枚數應有二百零五枚，據李家浩等人整理
後，合計有一百五十八枚，內容屬日書性質。此批竹簡當時置於側龕內，以成
卷的方式入葬，內裹墨盒與削刀。竹簡上有編連殘痕三道，所有的字數約有二
千七百個。書寫的方式係從竹簡的頭端開始，未留天頭，每一枚簡最多書寫五
十七個字。整簡長 46.6～48.2 公分，寬 0.6～0.8 公分，厚 0.1～0.2 公分。〔註44〕

　　M411 出土的竹簡現存二枚，出於棺槨間東側南部，一枚完整，一枚殘缺，
二者的字跡皆漶漫未可識。完整的竹簡長爲 68.8 公分，寬爲 0.6 公分，厚爲 0.11
公分。〔註45〕

　　M621 出土的竹簡殘斷十分嚴重，雖有一百二十七枚竹簡，可是，其中字
跡清晰可辨者僅有三十二枚，不可辨者有五十七枚，無字者多達三十八枚，清
楚可辨識的字形僅有九十五個。由於殘斷甚爲嚴重已無法綴合，尚無法判斷其
眞正的內容爲何。此批竹簡出土於棺槨間東側中部，其竹簡最長者爲 22.2 公分，
寬爲 0.6～0.7 公分，厚爲 0.1～0.13 公分。〔註46〕

---

〔註41〕〈江陵天星觀 1 號楚墓〉，《考古學報》1982 年第 1 期，頁 109～110；滕壬生：《楚
　　　　系簡帛文字編・序》（武漢：湖北教育出版社，1995 年），頁 6。

〔註42〕湖北省文物考古研究所編：《江陵九店東周墓》（北京：科學出版社，1995 年），頁
　　　　1。

〔註43〕《江陵九店東周墓》，頁 415。

〔註44〕《江陵九店東周墓》，頁 339～340。

〔註45〕《江陵九店東周墓》，頁 340。

〔註46〕《江陵九店東周墓》，頁 340。

## 十一、臨澧九里竹簡

臨澧九里楚墓，據報告指出發掘於西元 1980 年，位於湖南省臨澧九里茶場附近。該墓出土的竹簡約百餘枚，均已殘斷，由於尚未發表，內容不可確知。〔註47〕

## 十二、馬山竹簡

馬山 M1 楚墓發掘於西元 1982 年 1 月上旬，位於江陵西北的馬山公社沙塚大隊境內，東南邊距離江陵縣城約 16 公里，距離楚國故都紀南城約 8 公里。〔註48〕出土報告並未指出該墓有竹簡的發現，可是滕壬生指出該墓出土一支僅有八個字的簽牌；〔註49〕此外，石泉等人亦云：「江陵馬山 1 號楚墓出土的一小型竹笥蓋頂有用絲線拴住的竹簽牌 1 枚，長 11 厘米，寬 0.7 厘米。……上端爲留天頭，下端左側削一缺口，以拴絲線。」〔註50〕

## 十三、德山夕陽坡竹簡

德山夕陽坡 M2 發掘於西元 1983 年，據學者指出其年代應屬於戰國中晚期。共出土竹簡二枚，一枚簡首略微毀損，長度爲 67.5 公分，一枚長度爲 68 公分，兩枚竹簡的寬度同爲 1.1 公分左右。其中一枚字數爲三十二個字，另一枚爲二十二個字，合計爲五十四個字。此二枚竹簡上下簡文連接，是一份完整的以事紀年的重要資料。三十二字的竹簡記載：「越涌君龏遬其眾以歸楚之歲腊层之月己丑之日王居於戚郢之游宮士尹口王」，二十二字的竹簡記載：「之上與昭折王之悷造遬尹呂逨以王命賜舒方御歲祿」。從內容觀察，屬於記事性質。〔註51〕

## 十四、雨臺山竹簡

雨臺山楚墓的發掘工作始於西元 1975 年 11 月中旬，總共發掘出 558 座墓，

---

〔註47〕楚文化研究會編：《楚文化考古大事記》（北京：文物出版社，1984 年），頁 124。

〔註48〕湖北省荊州地區博物館編：《江陵馬山一號楚墓》（北京：文物出版社，1985 年），頁 1～2。

〔註49〕《楚系簡帛文字編・序》，頁 7。

〔註50〕石泉等編：《楚國歷史文化辭典》（武漢：武漢大學出版社，1996 年），頁 159。

〔註51〕《楚系簡帛文字編・序》，頁 4；《楚國歷史文化辭典》，頁 368～369；駢宇騫、段書安：〈本世紀以來出土簡帛概述〉，《本世紀出土思想文獻與中國古典哲學研究兩岸學術討論會論文集》（臺北：私立輔仁大學哲學系，1999 年），頁 62。

該墓區位於江陵縣九店公社雨臺大隊境內。〔註52〕出土四支竹律管的 M21，發掘於西元 1986 年，位於江陵縣紀南區雨臺村的一處臺地，西邊距離紀南城約 1 公里，南邊距離 1975 年發掘的雨臺山墓群約 300 公尺。隨葬品皆置於棺外的頭端，其中竹律管共有四件，置於棺木的南端與棺木下方，僅存有文字的二支殘管與兩截殘斷的殘片。標號 M21：17-1 的竹律管，上端有圓形的管口，下端殘缺，殘長約 9.1 公分；標號 M21：17-2 的形制與前者相同，殘長為 11.4 公分；標號 M21：17-3，兩端皆已殘缺，未見管口，殘長為 6.2 公分；標號 M21：17-4 殘斷更為嚴重，僅剩 4.9 公分長的殘片。〔註53〕竹律管上的文字皆為墨書，屬於音律的內容。

## 十五、包山竹簡

　　包山墓地的發掘工作始於西元 1986 年 11 月 8 日至 1987 年 1 月 25 日結束，其地理位置據整理小組指出，位於湖北省荊門市十里鋪鎮王場村的包山崗地，北邊距離十里鋪鎮約 3 公里，南邊距離楚故都紀南城約 16 公里，東邊 2 公里處，有鮑家河由北向南經長湖注入漢江。〔註54〕

　　M2 出土的竹簡，共有四百四十八枚，分別出自東、西、南、北四室。東室合計出土八枚，除一枚完好，其餘皆斷裂成幾段，內容屬遣策。標號 2：141，共四枚，置於 146 號銅鼎的口部之上；標號 2：185，僅一枚，一端斜置於 125 號銅匜上；標號 2：97，共三枚，置於北部靠東牆的底層，靠近標號 2：174 獸骨處。

　　西室合計出土一百三十五枚，皆為殘斷，後經綴合僅復原二枚。標號 2：385，共一百二十九枚，置於南端標號 2：388、2：389 的銅盤上，而且被標號 2：387 的絲錦衾疊壓，除一枚竹簡背後有字屬於文書類外，其他均為無字簡，保存完好；標號 2：400，共六枚，置於北端底部，出土時皆已殘斷，綴合後復

---

〔註52〕中國社會科學院考古研究所、湖北省荊州地區博物館編：《江陵雨臺山楚墓》（北京：文物出版社，1984 年），頁 1～2。

〔註53〕湖北省博物館：〈湖北江陵雨臺山 21 號戰國楚墓〉，《文物》1988 年第 5 期，頁 35～36；譚維四：〈江陵雨臺山 21 號楚墓律管淺論〉，《文物》1988 年第 5 期，頁 39～41。

〔註54〕湖北省荊沙鐵路考古隊：《包山楚墓》（北京：文物出版社，1991 年），頁 1～5。

原二枚，內容屬於遣策。

南室合計出土十七枚，內容屬於遣策。標號 2：287，共十五枚，置於西南部標號 355 的車壁皮飾上，保存完好，其內容主要計載南室的殉葬器物；標號 2：358，共二枚，置於東部底層，與標號 2：257 的銅戈、2：353 馬銜相鄰，保存完好，內容記載東室的殉葬器物。

北室合計出土二百八十八枚，分爲兩束交疊置於北室中部近北牆處，標號 2：441 的銅刻刀與之相鄰，而標號 2：236 的龍首杖疊壓於上。標號 2：439，共五十七枚，位置略爲偏西，內容屬於卜筮祭禱；標號 2：440，共二百三十一枚，位置略爲偏東，內容屬於司法文書，上有竹簽牌一枚。

出土時由於編聯的繩索已經腐爛，再加上室內積水導致的浮動，致使順序散亂。竹簡呈黃褐色，書寫的卜筮祭禱簡與司法文書簡製作比較精良，遣策則較爲粗糙。其厚度約爲 0.1～0.15 公分，長度與寬度則視書寫的內容而定。遣策最長爲 72.3～72.6 公分，短者亦有 68 公分，寬爲 0.8～1 公分。卜筮祭禱簡的長度可以分爲三種，一爲 69.1～69.5 公分，一爲 68.1～68.5 公分，一爲 67.1～67.8 公分，寬度平均爲 0.7～0.85 公分。卜筮祭禱簡經過整理後，其內容多爲墓主貞問吉凶禍福之事，每組記一事，多則四、五簡，少則一簡。簡文的格式大致相同，包括前辭、命辭、占辭、禱辭與第二次占辭。前辭爲簡文的起首，記載舉行卜筮祭禱的時間、貞人姓名、卜筮用具名稱、請求貞問者的姓名；命辭所記錄者，一般包括貞問的事由，從簡文觀察，主要爲貞問出入宮廷侍王是否順利、何時獲得爵位、疾病吉凶等三方面；占辭是根據卜筮的結果所作的判斷，一般先指出長期的休咎，再指出近期的吉凶；禱辭係向鬼神祈禱、請求庇祐、賜福、解脫憂患之辭；第二次占辭是祭禱鬼神後得出的判斷。司法文書簡的長度多爲 62～69.5 公分，亦有少數爲 55 公分，寬度平均爲 0.6～0.85 公分。司法文書簡，主要是若干獨立的事件或案件的記錄，皆爲各地官員向中央政府呈報的文件。一般可以分爲三類，一爲集箸、集箸言、受期與疋獄四種；二爲訴訟記錄或摘要；三爲各地匯總向上呈報的案件簡要記錄。在竹簡黃面的一邊出現一個至三個的三角形小契口，從小契口部位殘存的絲線或是痕跡觀察，原竹簡的編聯應是在文字書寫後才編聯成策。文字主要書寫於篾黃，亦有少數書寫於竹青，每一枚竹簡上的文字字數不一，一般爲五十至六十個字之間，多者有九

十二個字，少者僅有二個字。〔註55〕

## 十六、秦家嘴竹簡

　　秦家嘴楚墓的發掘工作始於西元 1986 年至 1987 年，一共在江陵廟湖魚場所轄的秦家嘴鐵路線段上發掘出 105 座墓。出土的陪葬品雖然豐富，卻僅於 M1、M13 與 M99 發現竹簡。M1 出土的竹簡，共有七枚，出自於邊箱的底層，上面堆置塌垮的分板與車馬器，所以，竹簡出土時都已殘斷，主要的內容為「祈福于王父」之類的祈禱文字；M13 出土的竹簡，共有十八枚，出自於邊箱靠近頭箱一端的底層，由於槨室內積有淤泥，竹簡上也堆積淤泥，出土時皆已殘斷，字跡漶漫不甚清楚，主要為「占之曰吉」之類的占卜內容；M99 出土的竹簡，共有十六枚，一部分出自邊箱後端的底層，一部分散在棺室後端，出土時皆已殘斷，內容分為兩種，一為遣策，一為「貞之吉無咎」之類的占卜內容。〔註56〕

## 十七、慈利石板村竹簡

　　慈利石板村楚墓發掘於西元 1987 年 5、6 月間，位於湖南省慈利縣城東 3.5 公里處，西邊距離戰國白公城舊址 1.5 公里。此一墓區大多屬於石板村的葉家凸，西臨零陽水，在西北 3 公里處有澧水環繞而過。〔註57〕竹簡出土於 M36，清理後發現殘斷者為四千三百七十一片。竹簡置於頭箱的北側，被壓在陶壺與漆樽之上，樽底黏附有裝竹簡的竹笥殘片。由於棺內的隔板下陷，以及淤泥的侵入，多已壓彎或斷裂；再者，因為淤泥的滲入，出土時竹簡大部分已相互緊黏，而無一完整。簡片十分薄，厚度一般為 0.1～0.2 公分，寬為 0.4～0.7 公分，保存最長者為 36 公分，最短者為 1 公分。整理小組估計完整的竹簡長度可能為 45 公分，約有一千枚，近二萬一千多字。由於壞損甚為嚴重，約有 40％左右字

〔註55〕《包山楚墓》，頁 265～277，頁 548，頁 556；湖北省荊沙鐵路考古隊包山墓地整理小組：〈荊門市包山楚墓發掘簡報〉，《文物》1988 年第 5 期，頁 1～14；包山墓地竹簡整理小組：〈包山 2 號墓竹簡概述〉，《文物》1988 年第 5 期，頁 25～29。

〔註56〕荊沙鐵路考古隊：〈江陵秦家嘴楚墓發掘簡報〉，《江漢考古》1988 年第 2 期，頁 36～43。

〔註57〕湖南省文物考古研究所、慈利縣文物保護管理研究所：〈湖南慈利石板村 36 號戰國墓發掘報告〉，《文物》1990 年第 10 期，頁 37；湖南省文物考古研究所、慈利縣文物保護管理研究所：〈湖南慈利縣石板村戰國墓〉，《考古學報》1995 年第 2 期，頁 173。

跡模糊。據學者指出這批竹簡的內容爲記事性質的古書，以記載楚國與吳、越兩國的史事爲多，如吳齊黃池之盟、吳越爭霸等，可能與《國語》、《戰國策》、《越絕書》等文獻資料某些記載相同。〔註58〕

## 十八、磚瓦廠竹簡

磚瓦廠楚墓，據報告指出發掘於西元 1992 年，位於湖北江陵磚瓦廠。竹簡出土於 M370，共有殘簡六枚，內容爲卜筮祭禱的記錄。〔註59〕

## 十九、郭店竹簡

郭店 M1 楚墓正式發掘於西元 1993 年 10 月 18 日至 24 日，在此之前已經於同年的 8 月 23 日，以及 10 月中旬遭致盜墓者的掠奪。其地理位置據發掘報告指出，位於湖北省荊門市沙洋區四方鄉郭店村一組，南邊距離楚國故城紀南城約 9 公里，207 號國道經墓地東側約 1 公里處南北沿伸，西邊與江陵川店鎮豪林村相臨，整個墓地處於一個高出四周圍地面約 3～5 公尺的土崗上。郭店 M1 出土的竹簡共有八百零四枚，出自頭箱，由於編聯的絲線早已腐爛，竹簡原本的次序已無法確知。全部竹簡約有一萬三千多字，除少部分殘斷外，大多完整無缺。竹簡長度可以分爲三類，一爲 32.5 公分左右，一爲 26.5～30.6 公分，一爲 15～17.5 公分，寬約 0.45～0.65 公分。形制可以分爲二種，一爲兩端呈現平頭形狀，一爲兩端削成梯形。此外，前兩類長度的竹簡，在每一枚竹簡的上下皆有一個契口，最短的一類則是上、中、下各有一個契口，用來編聯成冊之用。〔註60〕

竹簡的內容，主要爲竹書，整理小組依其簡上所記載的文字標以篇目，除了一些可與文獻資料相互印證者，如《老子》、〈緇衣〉外，其餘則根據竹簡上的記載分別標以名目。

簡本《老子》分爲甲、乙、丙三類，〔註61〕從《郭店楚墓竹簡》所附之竹

〔註58〕〈湖南慈利石板村 36 號戰國墓發掘簡報〉，《文物》1990 年第 10 期，頁 45～46；〈湖南慈利縣石板村戰國墓〉，《考古學報》1995 年第 2 期，頁 199～202。

〔註59〕《楚系簡帛文字編・序》，頁 9。

〔註60〕湖北省荊門市博物館：〈荊門郭店一號楚墓〉，《文物》1997 年第 7 期，頁 35～46；荊門市博物館：《郭店楚墓竹簡・前言》（北京：文物出版社，1998 年），頁 1。

〔註61〕由於《郭店楚墓竹簡》已將竹簡《老子》分爲甲、乙、丙三類，爲了稱呼上的方便，本文直接將之稱爲郭店《老子》甲本、乙本、丙本。此一稱謂雖與馬王堆漢

簡的原大圖版測量，甲、乙、丙本的竹簡長度並不相同，甲本的竹簡長度最長者約爲 31.7 公分，乙本約爲 30.1 公分，丙本約爲 25.9 公分。它分類的性質與馬王堆漢墓帛書《老子》的甲、乙本不同，帛書本爲甲、乙兩種不同書體的版本，而郭店本則僅有一種版本。郭店《老子》從竹簡的內容觀察，它不分〈德經〉與〈道經〉，章次與帛書本、今本亦不同；再者，竹簡所載的內容並非《老子》的全部，或爲一小段，或爲大部分，或爲全文，其中亦出現缺漏的章節。郭店楚墓曾遭盜墓，竹簡的損失在所難免，亦因此無法正確的知曉缺失的部分，是否爲盜墓者所竊奪或毀損。郭店《老子》甲本有三十九枚，乙本有十八枚，丙本有十四枚，合計共有七十一枚。

除了《老子》之外，尚有〈太一生水〉十四枚，〈緇衣〉四十七枚，〈魯穆公問子思〉八枚，〈窮達以時〉十五枚，〈五行〉五十枚，〈唐虞之道〉二十九枚，〈忠信之道〉九枚，〈成之聞之〉四十枚，〈尊德義〉三十九枚，〈性自命出〉六十七枚，〈六德〉四十九枚，〈語叢一〉一百一十二枚，〈語叢二〉五十四枚，〈語叢三〉七十二枚，〈語叢四〉二十七枚；再者，又有一些殘片約爲二十七枚，可確知的有字竹簡爲七百三十枚。

此外，據饒宗頤發表的文章觀察，〈緇衣零簡〉所附的竹簡放大圖版，與郭店所見的〈緇衣〉簡的字形十分相同；〔註 62〕又從其發表的〈在開拓中的訓詁學——從楚簡易經談到新編《經典釋文》的建議〉一文提到的「金門楚簡」，以及文後所附的圖片觀察，〔註 63〕圖片上的文字與郭店楚簡的文字十分相同，而饒氏所謂的「金門」與「荊門」，以今音讀之，二者聲音相近，是否同出於荊門郭店楚簡，則不可得知。倘若可以確定爲荊門郭店楚簡，則郭店楚簡的數量與竹書的內容將要重新的計算與瞭解。

---

墓帛書《老子》的甲、乙本相同，可是其本質絕然不同。前者僅是爲了行文上稱呼的便利，其實它只有一個書體的版本，而分爲三個類目，後者則是兩種不同書體的版本。

〔註62〕饒宗頤：〈緇衣零簡〉，《學術集林》卷 9（上海：上海遠東出版社，1996 年），頁 66～68。

〔註63〕饒宗頤：〈在開拓中的訓詁學——從楚簡易經談到新編《經典釋文》的建議〉，《第一屆國際暨第三屆全國訓詁學學術研討會論文》（高雄：國立中山大學中國文學系，1997 年），頁 1～5。

### 二十、范家坡竹簡

范家坡楚墓，據報告指出發掘於西元 1993 年，位於湖北省江陵范家坡。僅見一枚竹簡出土於 M27，由於尚未發表，內容不可確知。〔註64〕

除上列已知的楚簡、帛書資料外，據學者之言，又於江陵雞公山 48 號墓、湖北省老河口與黃州市的墓葬裡發現竹簡，由於相關報告與資料尚未尋獲，故僅於此處列出，無法作進一步的介紹。〔註65〕

## 第四節　楚簡帛資料斷代分期

文物出土後的工作，除了一般的清理與綴合外，為了能夠更明確的瞭解它的時代性，以及不同墓葬間的差異，分期斷代成為十分重要的事項。不同的出土文物，有其不同的標準，就甲骨文言，如董作賓提出以世系、稱謂、貞人、坑位、方國、人物、事類、文法、字形、書體，〔註66〕作為斷代的依據，其後許進雄又提出鑿鑽型態，〔註67〕補充斷代標準的不足；就金文言，由於國別與形制等因素的愈加複雜，分期標準也愈多，如邱德修師提出以標準器的建立、明器本身的器物組合、器形、花紋、銘文的刻款與鑄款、書法風格、作者名字的系聯、銘文中的人物、銘文中的官銜、銘文中的事件、銘文中的日期、月相曆法、句型的變化、文法的變化與表現、文章的結構、墊片、地層、坑位疊壓、墓葬制度、棺槨制度、碳 14 測驗等項目作為分期斷代的依據。〔註68〕據上一節的介紹，已知楚系簡帛資料內容與數量十分龐大，遣策、卜筮祝禱、司法文書、竹書、記事性竹書、音律、陰陽數術、日書無所不包，而且同一墓葬出土的陪葬品，其種類與數量亦繁多，可作為簡帛斷代的標準者，有以下幾項：一、竹簡所載史事；二、青銅禮器組合；三、陶器組合；四、墓葬制度；五、14（放

---

〔註64〕《楚系簡帛文字編・序》，頁9。

〔註65〕北京大學中文系、湖北省文物考古研究所編：《望山楚簡・江陵望山一、二號墓所出楚簡概述》（北京：中華書局，1995 年），頁 10。

〔註66〕董作賓：〈甲骨文斷代研究例〉，《董作賓先生全集甲編》第 2 冊（臺北：藝文印書館，1977 年），頁 363～464。（又收入《蔡元培先生六十五歲慶祝論文集》）

〔註67〕許進雄：《卜骨上的鑿鑽形態・序》（臺北：藝文印書館，1977 年），頁 1。

〔註68〕以上諸項標準為邱德修師於1997 年11 月舉行的第四屆國立臺灣師範大學國文學系研究生學術研討會會場講評時提出。

射性碳素）測年等。以下茲據此標準，分為一、竹簡所載史事；二、墓葬的形式與隨葬品組合、三、碳14（放射性碳素）測年等，依序論述。

## 一、竹簡所載史事

楚簡的內容以遣策與卜筮祝禱所佔比率最大，在此二類的竹簡上，或見以事紀年的曆法，或見祭祀的先王先公名稱，所以，可據此作為分期的標準。茲將竹簡上所見的史事，依其出土的墓葬分別論述如下：

### （一）望山 M1

望山1號楚墓出土的竹簡，出現以事紀年的簡文者，如：

齊客張果問口於葴郢之戠（歲）（1）

郙客困芻問王葴【郢之戠（歲）】（5）

與（5）相同者尚有（6）、（7）、（8）三簡，由於此四簡的殘缺情形不一，僅以（5）為例。從以上諸簡以事紀年的事件觀察，尚無法十分正確與文獻資料相互查證，所以未能從中找到分期斷代的依據。此外，又從其祭禱的簡文觀察，如：

為悹固遳禱東大王、聖口（10）

聖王、悹王既賽禱（88）

聖逪王、悹王各備玉一環（109）

聖王、悹王、東口公各戠牛，饋祭之（110）

在祭禱簡上出現東大王、聖王、悹王三位楚先王的名稱。《史記》記載楚惠王在位57年，其後繼承者依序為簡王、聲王、悼王，[註69]在先王的次序上與簡文相同。從史書的記載傳達出一項消息：望山M1的年代應該不會早於楚悼王時期，亦即西元前401～381年。此外，陳振裕考證云：「關於望山一號墓主，武漢醫學院人體解剖教研室從牙齒、胸骨、顱骨、恥骨和盆骨等方面進行鑑定，認為是25～30歲的男性，說明墓主死時很年輕，至少也應離悼王四、五十年時間。因此，他可能死于楚威王時期或者楚懷王前期。」[註70]其說應可採信。

〔註69〕《史記會注考證》，頁641～642。

〔註70〕陳振裕：〈望山一號墓的年代於墓主〉，《中國考古學會第一次年會論文集》（北京：文物出版社，1979年），頁231。

再者，據楊寬之言，戰國時期約為西元前 481 年至西元前 221 年，〔註71〕今將之分為早、中、晚三期，早期約為西元前 481 年至西元前 395 年，中期約為 394 年至西元前 307 年，晚期約為西元前 306 年至西元前 221 年。將竹簡記載的史事、考古上的結論，與年代相配合，望山 M1 應屬於戰國中期晚段的墓葬。

## （二）包山 M2

包山 2 號楚墓出土的竹簡，出現以事紀年的簡文者，如：

魯昜（陽）公以楚帀（師）逡（後）輠奠之戠（歲）（2）

旅昜（陽）公以楚帀（師）逡（後）輠奠之戠（歲）（4）

齊客墜（陳）豫訥王之戠（歲）（7）

東周之客響經至復（胙）於栽郢之戠（歲）（12，126，208）

東周之客響經遹（歸）復（胙）於栽郢之戠（歲）（58，140，207，212，216，218，220，221）

大司馬卲陽敗晉帀（師）於襄陵之戠（歲）（103）

大司馬卲陽敗晉帀（師）於鄴陵之戠（歲）（115）

囗客監匠迠楚之戠（歲）（120）

宋客盛公鸚蕚（聘）楚之戠（歲）（125，197，199，201）

東周客郵經遹（歸）複（胙）於栽郢之戠（歲）（129，224）

東周之客響經遹（歸）復（胙）於栽郢之戠（歲）（131，141）

東周之客響經遹（歸）複（胙）於栽郢之（162）

東之客響經遹（歸）脤（胙）於栽郢之戠（歲）（205）

大司馬悤骨雔楚邦之帀（師）徒以栽（救）郙戠＝（226，232，234，236）

大司馬悤骨雔楚邦之帀（師）徒以救郙之戠（歲）（228，230，239，242）

大司馬悤骨以雔楚邦之帀（師）徒以栽（救）郙戠（之歲）（245，247）

〔註71〕《戰國史》，頁 701～723。

　　大司馬悼惛救郙之歲（歲）（249）

　　大司馬悼骹救（救）郙歲＝（267）

　　大司馬悼惛救（救）郙之歲（歲）（牘1）

以上所列以事紀年的史事，與史書相互印證者只見「大司馬邵陽敗晉帀（師）於襄陵之歲（歲）」（103）、「大司馬邵陽敗晉帀（師）於鄳陵之歲（歲）」（115），此二簡僅是文字的使用不同，應記載同一個事件。《史記・楚世家》云：「六年，楚使柱國昭陽將兵而攻魏，破之於襄陵，得八邑。」〔註72〕「六年」指楚懷王六年，劉彬徽以爲該年當爲西元前322年；此外，又推算出其他竹簡所載以事紀年的絕對年代，如：「齊客陸（陳）豫訽王之歲（歲）」，爲西元前321年；「魯易（陽）公以楚帀（師）迻（後）轚奠之歲（歲）」，爲西元前320年；「□客監正逅楚之歲（歲）」，爲西元前319年；「宋客盛公鸉莪（聘）楚之歲（歲）」，爲西元前318年；「東周之客轌綟逪（歸）俴（胙）於栽郢之歲（歲）」，爲西元前317年；「大司馬悼惛救郙之歲（歲）」，爲西元前316年。〔註73〕從這些數據歸納所得，遂將此墓的下葬年限歸於大司馬救郙之年（西元前316年），其說應可採信。就其時代而論，應屬於戰國中期晚段。

### （三）天星觀M1

　　天星觀1號楚墓出土的竹簡，出現以事紀年的簡文者，如：

　　秦客公孫紻（鞅）問王於栽郢之歲（歲）（卜筮）〔註74〕

據史書記載公孫鞅爲「衛之諸庶孽子也，名鞅，姓公孫氏，其祖本姬姓。」〔註75〕史書又稱爲「衛鞅」，自秦孝公元年（西元前361年）入秦至二十一年（西元前341年），皆稱爲「衛鞅」，於孝公二十二年（西元前340年），因擊敗魏國有功，封爲列侯，號「商君」。〔註76〕可知卜筮簡的記載應爲西元前361年至西元前341年間的事情。又據《楚系簡帛文字編》所載資料發現，天星觀1號竹簡與望山1

〔註72〕《史記會注考證》，頁642。

〔註73〕《包山楚墓》，頁277。

〔註74〕天星觀1號墓竹簡尚未正式發表，文中所引辭例，悉出於滕壬生所編之《楚系簡帛文字編》的資料。

〔註75〕《史記會注考證・商君列傳》，頁868。

〔註76〕《史記會注考證・秦本紀》，頁94～96。

號竹簡的卜筮祭禱簡裡皆出現相同的人名——「軋䏓志」，而且二座墓葬的地望皆在紀南城附近，所以二者的年代應該相去不遠。望山 M1 已經定爲戰國中期晚段，於此亦將之定於戰國中期晚段。

## 二、墓葬的形式與隨葬品組合

戰國楚墓發掘前多遭盜墓者的破壞與掠奪，諸多的文物時常慘遭毀損或竊盜；再者，同一墓葬區域出土的古墓，雖然地緣相近或相同，年代卻包羅甚廣，或爲西周，或爲東周，甚者亦出現漢、唐各個朝代的墓葬，相對的，出土的報告爲了作出全面的介紹，便流於簡略。所以楚簡帛出土資料的斷代標準雖然可以細分，然而爲了避免章節的過於龐大，以及受制於出土報告的簡略，茲將墓葬的型式、青銅禮器組合與陶器組合併爲一個小節來論述。

### （一）青銅禮器組合

我國的青銅器時代，起始甚早，夏、商、周三代皆屬於青銅器的時代，〔註77〕從諸多出土的楚系墓葬發現，青銅禮器廣泛的作爲殉葬的器物，不同的時期，組合的方式也有所不同，因此從其中的不同處，即可粗略的找出該墓葬的年代，並且作爲斷代的依據。

關於楚系青銅器的分期，學者多有不同的意見，劉彬徽將之分爲甲、乙二類，甲類多屬大形的王公貴族墓，如淅川下寺 M1 與 M2、曾侯乙墓、天星觀 M1、包山 M2 等；乙類多屬中等的楚墓，如望山 M1、M2 等。甲類的組合較爲複雜，乙類的組合形式則較爲單純，依其禮器組合可分爲七期：

| | | | | | |
|---|---|---|---|---|---|
| 第一期： | 鼎 簋 | | 壺 | 盤 | 匜 |
| 第二期： | 鼎 簋 | | 缶 | 盤 | 匜（或加盞） |
| 第三期： | 鼎 簋 | | 缶 | 盤 | 匜（或加盞） |
| 第四期： | 鼎 簋 敦 | | 缶 | 盤 | 匜 |
| 第五期： | 鼎 簋 敦 | 壺 | | 盤 | 匜 |
| 第六期： | 鼎 | 敦 | 壺 | 盤 | 匜 |
| 第七期： | 鼎 | | 壺盒 | 盤 | 匜〔註78〕 |

---

〔註77〕張光直：《中國青銅時代・前言》（臺北：聯經出版事業公司，1994 年），頁 1～3；

劉彬徽：《楚系青銅器研究・序論》（武漢：湖北教育出版社，1995 年），頁 1～2。

〔註78〕《楚系青銅器研究》，頁 89～90。

茲據劉氏的分期標準作爲判斷的依據，並且配合同一個墓葬裡其他刻有銘文的銅器補充其不足，試作論述如下：

曾侯乙墓出土的青銅器上多鑄有「曾侯乙」三字，可知墓主應爲曾侯乙本人。又鎛鐘上有一段銘文，云：

> 隹（惟）王五十又六祀，返自西旟（陽）。楚王酓（熊）章乍（作）曾侯乙宗彝。奠（奠）之於西旟（陽），其永寺（持）用享。

《歷代鐘鼎彝器款識法帖》記錄兩件宋代出土於安陸的銅鐘，其中一件的銘文與此相同，另一件亦與此相近，薛尚功云：「按楚惟惠王在位五十七年，又其名爲章，然則此鐘爲惠王作無疑也。」〔註 79〕又據《史記・楚世家》云：「迎越女之子章立之，是爲惠王。」記載楚惠王在位 57 年，〔註 80〕「酓（熊）章」爲楚惠王的名字，此鐘當是楚惠王在位 56 年（西元前 433 年）時送予曾侯乙的宗廟祭器。關於曾侯乙墓的下葬年代，學者有二種的解釋。一則以爲文獻上「反」、「報」二字時有相互替代的現象，所以鐘銘「返自西旟（陽）」應解釋爲「從西陽得到曾侯乙去世的訃告」，並將「乍（作）曾侯乙宗彝」解釋爲「祭祀曾侯乙的祭器」，如此曾侯乙下葬的時間應是與鐘鑄造的時間一致；一則以爲「返自西旟（陽）」應解釋爲「楚惠王從西陽返回楚都」，並將「乍（作）曾侯乙宗彝」解釋爲「替曾侯乙鑄作用來祭祀其先人的祭器」，此鐘應是曾侯乙在世時楚王所贈，而其下葬的時間應晚於鑄鐘的時間。〔註 81〕學者的推測結果雖有不同，將之定爲戰國早期，各家並無疑議。

望山楚墓的斷代，據學者對於青銅禮器的考證，提出以下幾項特徵作爲判斷的標準：

> 1、帶蓋的深腹鼎：蔡侯墓爲敞口，口大於底，深腹，下腹裡收，圜底，三蹄足外撇；曾侯乙墓爲口微斂，口大於底，腹較深，下腹裡收，小平底，三蹄足外撇。
>
> 2、匜：蔡侯墓爲弇口流上有鏤空花紋，斂口，平底；曾侯乙墓爲弇

---

〔註 79〕（宋）薛尚功：《歷代鐘鼎彝器款識法帖》（北京：中華書局，1986 年），頁 27。

〔註 80〕《史記會注考證》，頁 641～642。

〔註 81〕《曾侯乙墓》，頁 481；〈曾侯乙墓的發現與研究〉，《鴻禧文物——湖北先秦文化論集》第 2 期，頁 93～94。

口流上飾有竊曲紋等紋飾，斂口，弧形壁，平底。〔註82〕

從帶蓋的鼎觀察，望山 M1 的帶蓋鼎形制爲小口內斂，有蓋，扁圓腹，平底，三蹄足較粗；M2 爲口微斂，腹微鼓，圓底近平，三高蹄足。二者的形制與曾侯乙墓較爲接近。再者，從匜觀察，M1 爲平面呈橢圓形，弧形壁，平底，前有流；M2 爲口部橢圓形，有半環形長流，淺腹，平底。在形制上亦與曾侯乙墓較爲接近。將之與竹簡記載的史事相互配合，定爲戰國中期晚段應無疑議。

包山楚墓的斷代，從竹簡所載的史事得知，望山 M1 的年代略比包山 M2 早。在出土的青銅禮器，二者亦有些微的不同。學者以爲此一時期有蓋圓腹鼎的變化在於腹部，亦即腹身朝向盒形發展，致使腹深與口徑的比例，隨著時代的晚近，產生比例的趨小或趨大。以望山 M1 的有蓋圓腹鼎爲例，其比例爲 1：1.63，包山 M2 爲 1：1.61。由此數據可知，時代愈晚者數據比亦愈大。再者，匜的變化在於流上翹的角度，隨著時代的晚近，亦會使得角度趨小或趨大。以望山 M1 的銅匜爲例，其角度爲 2°，包山 M2 爲 13°。〔註83〕從此數據可知，時代愈晚者角度愈大。此二項數據皆顯示望山 M1 的年代比包山 M2 早。

信陽 M1 出土一套銅編鐘，據劉彬徽將之與天星觀出土的編鐘比對，發現二者在形制與紋飾上基本相同，再加上其「于」弧度大，故認定信陽 M1 出土的編鐘年代，應與天星觀楚墓出土的編鐘年代同屬於戰國中期。〔註 84〕一般而言，編鐘的國別與年代應與出土墓的年代相同。信陽 M1 的年代應爲戰國中期晚段。再者，將之與望山 M1 的銅器相互比較，學者以爲二者的銅器大多爲素面無紋飾、胎薄、清秀，與早期厚重的銅器大不相類，應屬戰國中期的風格；在相互比較之下又發現望山 M1 的風格、形制，多與楚幽王墓相類似，相反地，信陽 M1 則與楚幽王墓有所距離，信陽 M1 的年代應比望山 M1 爲早。

天星觀 M1 出土的青銅器組合，與望山 M1 所出者相近，而且據發掘報告指出，此墓出土的第二類鼎的鼎足、盉，皆與望山 M1 所見相同的青銅器形制相近同。〔註85〕此外，天星觀 M1 出土的編鐘與信陽 M1 出土的編鐘年代相近，

〔註82〕〈望山一號墓的年代於墓主〉，《中國考古學會第一次年會論文集》，頁 231。

〔註83〕《包山楚墓》，頁 330～331。

〔註84〕《楚系青銅器研究》，頁 236～237。

〔註85〕〈江陵天星觀 1 號楚墓〉，《考古學報》1982 年第 1 期，頁 110。

可定爲戰國中期晚段。

馬山 M1 出土的匜，其形制爲「橢圓形，短流，尾部內凹，平底，素面。」與望山 M1 的平面呈橢圓形、弧形壁、平底、前有流，較爲接近，年代應在望山 M1 之後。

郭店 M1 出土「匜」一件，形制爲「平面橢圓形，平沿，長流微上翹，圓底。」除了「平面橢圓形」與望山 M1、馬山 M1 出土的匜相同外，其餘皆異，年代可能在二者之後。

慈利石板村 M36 的銅鼎形制爲「斂口，方耳外曲，深弧腹，圓底，蹄足。」與雨臺山出土的銅鼎第二式「方附耳或環耳直立，腹較淺，小平底，蹄足。」〔註86〕望山 M1 的 A 式鼎「口微斂，子母口承蓋，腹較深，圓底，三蹄足較高。」〔註87〕較爲接近。望山 M1 爲戰國中期晚段的墓葬，江陵雨臺山出土此類銅鼎者爲戰國中期早段，據整理小組的分析以爲此墓應屬於「戰國中期前段」，其說若然，亦可稱爲戰國中期早段。

藤店 M1 除出土「鼎、豆、壺、盤、匜」等青銅禮器外，亦出土一把錯金鳥書〈越王州句劍〉，整理小組以爲其青銅禮器組合與望山 M1 所見相近。〔註88〕據望山楚墓的發掘報告記載，望山 M1 亦出土一把〈越王勾踐劍〉，從竹簡所記載的史事推算，該墓下葬的時代已確定爲戰國中期晚段。換言之，墓中出土的〈越王勾踐劍〉只是楚王滅越時所得的戰利品，並不代表該墓的下葬時代爲越王在位期間。藤店 M1 的情形亦應與之相同，定爲戰國中期晚段，應無疑議。

五里牌 M406 在出土前已遭盜墓者掠奪，墓中較爲重要的文物皆已被盜。據《長沙發掘報告》記載，有關於銅壺、銅鈁、銅盤，甚至是陶鼎、陶敦等器物皆是透過其他人口述而加以復原，於此無法對於出土的銅器甚或陶器組合作出較爲合理的年代分期。此外，該報告云：「由棺槨形制及其殘餘隨葬器物推測，406 號墓當和長沙仰天湖、左家公山戰國墓相似，應是戰國較晚期的墓葬，仰天湖與左家公山兩戰國墓中均出同類形式的鼎、敦、壺，因此可以推知出鼎、

---

〔註86〕　《江陵雨臺山楚墓》，頁 72。

〔註87〕　《江陵望山沙塚楚墓‧望山 1 號墓》，頁 43。

〔註88〕　〈湖北江陵藤店一號墓發掘簡報〉，《文物》1973 年第 9 期，頁 12。

敦、壺的墓葬較比出缽、鬲、罐的墓爲晚。」〔註89〕茲據其說，將之列於戰國
晚期。

　　仰天湖 M25 於西元 1953 年發掘，先前曾有二次被盜墓者掠奪盜墓的記錄，
青銅器僅存一隻銅鼎的殘腳，此外在報告中只見銅劍與銅帶鉤，於此無法對於
出土的銅器組合作出較爲合理的年代分期，故從《長沙發掘報告》所言，將之
列爲戰國晚期。

　　由於秦家嘴楚墓的發掘報告十分簡略，無法根據相關的資料予以合理的斷
代，僅能單從「鼎、敦、壺」等青銅禮器的組合判斷，而無法配合其形制相互
觀察，於此僅粗略的將之定爲戰國中期。

　　臨澧九里 M1 出土的青銅器僅存一隻銅鼎的耳，此外，在報告中只見錯金
銅帶鉤，於此無法對於出土的銅器組合作出較爲合理的年代分期，故從報告所
言，將之列爲戰國中期。

　　茲將各個墓葬出土的青銅禮器組合與分期列於下表，以清眉目：

| 名　　　稱 | 青銅禮器組合 | 斷　　代 | 出　　　處 |
|---|---|---|---|
| 曾侯乙墓 | 鼎、鬲、甗、簋、簠、豆、盒、缶、壺等 | 戰國早期 | 《曾侯乙墓》 |
| 慈利石板村 M36 | 鼎 | 戰國中期早段 | 〈湖南慈利縣石板村戰國墓〉 |
| 信陽 M1 | 鼎、敦、壺、盤、盉、匜等 | 戰國中期晚段 | 《信陽楚簡》 |
| 天星觀 M1 | 鼎、壺、盉、缶、盤、匜等 | 戰國中期晚段 | 〈江陵天星觀 1 號楚墓〉 |
| 望山 M1 | 鼎、敦、缶、壺、盉、匜等 | 戰國中期晚段 | 《望山沙塚楚墓》 |
| 望山 M2 | 鼎、敦、缶、壺、匜等 | 戰國中期晚段 | 《望山沙塚楚墓》 |
| 包山 M2 | 鼎、甗、敦、壺、缶、盒、盤、匜、盉等 | 戰國中期晚段 | 《包山楚墓》 |
| 馬山 M1 | 鼎、壺、匜、盤等 | 戰國中期晚段 | 《江陵馬山一號楚墓》 |
| 郭店 M1 | 盤、匜等 | 戰國中期晚段 | 〈荊門郭店一號楚墓〉 |
| 藤店 M1 | 鼎、豆、壺、盤、匜等 | 戰國中期晚段 | 〈湖北江陵藤店一號墓發掘簡報〉 |

〔註89〕《長沙發掘報告・戰國墓葬》，頁 37。

| 秦家嘴 M1 | 鼎、敦、壺等 | 戰國中期 | 〈江陵秦家嘴楚墓發掘簡報〉 |
|---|---|---|---|
| 臨澧九里 M1 | 鼎（銅鼎殘耳） | 戰國中期 | 《楚文化考古大事記》 |
| 仰天湖 M25 | 鼎（銅鼎殘腳） | 戰國晚期 | 〈長沙出土的三座大型木槨墓〉 |
| 五里牌 M406 | 壺、鈁、盤等 | 戰國晚期 | 《長沙發掘報告》 |

## （二）陶器組合

在許多出土的楚系墓葬裡出現陶器作爲殉葬品，這些陶製的殉葬器物，或爲一般日常的用品，或爲仿青銅器的陶器，每一個時期，有其組合的形式，從其中的不同處，即可粗略的找出該墓葬所屬的年代，並且作爲斷代的依據。關於楚系陶器的分期，學者多有不同的意見，高至喜據湖南楚墓出土的陶器組合分析，將之分爲六期：

第一期（春秋中期）：鬲、盆、罐、壺、豆

第二期（春秋晚期）：鬲、盆、罐、壺

第三期（春秋戰國之交）：罍形器（或名瓿）、盆、豆

第四期（戰國早期至中期前段）：鼎、敦（橢圓形、球形）、壺（或加豆）

第五期（戰國中期後段）：鼎、敦（平頂合碗形）、壺（或加鈁、盤、匜、勺）

第六期（戰國晚期）：鼎、盒、壺、鈁（或加薰爐、盤、匜、勺）

〔註90〕

此外，尚有其他學者對於陶器組合的考證，提出以下幾項分期的標準：

一、春秋晚期至戰國早期爲仿銅陶禮器的形成發展期；戰國中期至戰國晚期前段爲仿銅陶器的鼎盛期，日用陶器與漆木器從戰國早期的伴出，至此時加入仿銅陶禮器的組合行列；戰國晚期晚段仿銅陶禮器進入衰亡期。

二、陶鈁出現於戰國中期晚段，盒最早見於戰國晚期早段。

---

〔註90〕高至喜：〈試論湖南楚墓的分期與年代〉，《中國考古學會第一次年會論文集》（北京：文物出版社，1979年），頁238。

三、鼎、簠、缶組合始於春秋晚期晚段至戰國中期晚段；鼎、簠、
缶與鼎、敦、壺二套器物的組合形式，始於戰國早期早段，終於戰
國晚期早段；鼎、簠、壺與鼎、敦、缶，以及鼎、敦、壺，三種組
合并列形式，始於戰國早期早段，流行於戰國中期晚段，戰國晚期
早段已十分少見，戰國晚期晚段則已絕跡；鼎、敦、壺與鼎、壺二
種組合，始於戰國中期晚段，流行於戰國晚期。〔註91〕

四、鬲出現於戰國早期。〔註92〕

　　茲據高氏與其他學者的分期標準作爲判斷的依據，並且配合「（一）、青銅
禮器的組合」斷代結果，補充其不足，試作論述如下：

　　長沙子彈庫 M1 由於早已遭到盜墓者嚴重的盜掘，在 1973 年進行發掘時，
在青銅、陶製的禮器組合上，除了出土陶製的鼎、敦、壺外，並未見青銅禮器。
據當時參與盜掘者表示：「在頭箱內亦出土泥金版」。〔註93〕有關「泥金版」的
出土，《長沙發掘報告》云：「西漢前期的隨葬品以陶器最多，……有泥錢，包
括泥郢版、泥半兩、泥金餅等。」又云：「隨葬器物中有很多泥質的冥錢，都是
模製的。……其種類有泥郢版、泥版、泥半兩、泥金餅等。」〔註94〕漢代在墓
地裡放置泥質冥錢的習慣，應是沿襲於戰國時期的楚國習俗。據二項出土陶製
器物推測得知，長沙子彈庫 M1 的時代可能是在戰國的中晚期之間，於此不妨
暫定於戰國中期晚段。

　　從江陵藤店 M1 出土的陶器組合觀察，應屬於戰國中期晚段，而且，據學
者多年的考證以爲：

江陵藤店一號墓、望山一號墓經考古學界多年的研究，已成爲戰國
中期晚段楚墓斷代標尺。望山一號墓經包山處墓所出楚簡紀時材料
的論證，推定其絕對年代爲公元前 332 年，藤店一號墓略早于望山
一號。〔註95〕

〔註91〕以上諸項標準，見《江陵九店東周墓》，頁 416～417。

〔註92〕《江陵望山沙塚楚墓》，頁 210。

〔註93〕湖南省博物館：〈長沙子彈庫戰國木槨墓〉，《文物》1974 年第 2 期，頁 40。

〔註94〕《長沙發掘報告》，頁 73，頁 80。

〔註95〕《江陵九店東周墓》，頁 407。

藤店 M1 的年代列爲戰國中期晚段應無可議，其年代又比望山 M1 的年代爲早。

九店 M621 的陶鼎與藤店 M1 的陶鼎器形相同，將其年代斷爲戰國中期偏晚。此外，M56 出土的陶器爲鼎、壺，由於發掘報告的資料十分簡略，僅從該報告將之列爲戰國晚期早段。

雨臺山 M21 出土的陶鼎爲仿青銅的禮器，其形制爲「帶蓋鼎、斂口、身腹圜底、三足外撇」，與「（一）、青銅禮器組合」裡所言曾侯乙墓出土的「帶蓋深腹鼎」較爲接近。此外，據湖北省博物館指出此墓出土的陶器與《雨臺山楚墓》所列的第四期陶器相似。〔註 96〕《江陵雨臺山楚墓》第四期的年代，晚於擂鼓墩 M1，而早於望山 M1 與藤店 M1，由於望山 M1 與藤店 M1 的年代均屬戰國中期偏晚，此墓就時代言，應屬戰國中期偏早，將之列爲戰國中期早段。

從馬山 M1 出土的陶「敦」形體觀察，其爲橢圓形，應屬於高至喜所言之第四期，亦即戰國早期至中期前段，就整體的陶器組合言，應以戰國中期後段爲是，於此將之列爲戰國中期晚段。〔註 97〕

由於郭店 M1 遭受十分嚴重的盜墓，出土時重要的銅器與陶器所剩無幾，於此僅能據發掘報告所言斷代，其云：「仿陶鼎與江陵雨臺山 M176、M179 第五期（戰國中期後段）出土的同類器物形制基本相同，……陶盉同江陵雨臺山第六期楚墓的 IV 式同類器接近。」〔註 98〕郭店 M1 的年代應可列爲戰國中期晚段。

天星觀 M1 出土的陶器僅有瓮，觀察其形制，雖與信陽 M1 所出的瓮不同，瓮表面上的花紋卻同爲繩紋，其年代可能相近，誠如本節「（一）、青銅禮器組合」所言，天星觀 M1 的年代與望山 M1 相近，而陶器又與信陽 M1 相近，可定爲戰國中期晚段。

由於發掘報告屬於簡報性質，有關於慈利石板村 M36 的報導十分簡略，僅能單從陶器的組合判斷，以及發掘報告之論作出斷代。從陶器的組合言，它屬於戰國中期，據整理小組指出：A 形陶鼎與臨澧九里楚墓陶鼎（戰國中期前段）接近；A 形敦與雨臺山楚墓第四期的敦相近；A 型壺與九里楚墓、鄂城楚墓（戰

---

〔註 96〕〈湖北江陵雨臺山 21 號戰國楚墓〉，《文物》1988 年第 5 期，頁 38。

〔註 97〕有關於馬山 M1 的斷代，《江陵馬山一號墓》以爲此墓出土仿銅器的年代晚於望山 M1，從年代而言，界於西元前 340 年之後與西元前 278 年之間，屬於戰國中晚期之際。頁 94～95。

〔註 98〕〈荊門郭店一號楚墓〉，《文物》1997 年第 7 期，頁 46～47。

國中期前段）出土的第二式壺接近。如其所言無誤，此墓應可列爲戰國中期早段。

從楊家灣 M6 出土的陶器組合觀察，應屬於第六期（戰國晚期）；再者，墓中亦出土黃灰胎而表面爲黑色的方泥塊，長沙地區西漢前期的墓葬裡亦見無字泥版的冥錢，其形狀、大小與之相近，顏色與之相同，〔註 99〕差別則在於後者表面上有凹槽、繩紋等。長沙子彈庫 M1 也發現過泥金版，此處出現泥質的冥錢並非特例，只是楊家灣 M6 的報導甚爲簡單，於此無法十分肯定是否爲同性質的泥版冥錢，倘若眞是泥質的冥錢，則可進一步的指出應屬於戰國晚期的前段或是晚段。又報導資料云：「陶鼎形制與戰國墓中所出的鼎雖相同，但彩繪的稜形花紋等，卻與西漢墓中所出土的彩繪花紋相仿。陶薰爐的色、胎、花紋及形制，與西漢墓中所出土的陶薰爐完全相像。」〔註 100〕楊家灣 M6 的年代應定爲戰國晚期晚段。

臨澧九里 M1 的發掘報告十分的簡略，於此無法將出土的陶器組合及其形制，與其他墓葬出土的陶器相互比較，作出較爲合理的年代分期。從九里 M1 出土的陶器組合觀察，可能屬於第四期（戰國早期至中期前段），據發掘報告之言，此墓應屬於戰國中期。

由於秦家嘴楚墓的發掘報告十分簡略，無法根據相關的資料合理的斷代，僅能單從陶器的組合判斷，無法配合其形制相互觀察，於此約略地定爲戰國中期。

茲將各個墓葬出土的陶器組合與分期列於下表，以清眉目：

| 名　　稱 | 陶器組合 | 斷　　代 | 出　　　處 |
|---|---|---|---|
| 曾侯乙墓 | 缶 | 戰國早期 | 《曾侯乙墓》 |
| 雨臺山 M21 | 鼎、簠、壺、罍、盤等 | 戰國中期早段 | 〈江陵雨臺山 21 號戰國楚墓〉 |
| 慈利石板村 M36 | 鼎、敦、壺、缶、匜等 | 戰國中期早段 | 〈湖南慈利縣石板村戰國墓〉 |

---

〔註99〕據《長沙發掘報告・西漢前期墓葬》記載（251：46）的無字泥版泥質冥錢的形制，云：「在一塊長方圓角的泥版上，用葫蘆形的印模壓成凹槽；槽面有繩紋。……各版的厚薄不一，最厚爲 1 公分，顏色黑。」頁 81。

〔註100〕〈長沙楊家灣 M006 號墓清理簡報〉，《文物參考資料》1954 年第 12 期，頁 46。

| 信陽 M1 | 鼎、壺、鬲、豆、簠、盂、盤、匜、罐、甕等 | 戰國中期晚段 | 《信陽楚簡》 |
|---|---|---|---|
| 天星觀 M1 | 甕 | 戰國中期晚段 | 〈江陵天星觀 1 號楚墓〉 |
| 藤店 M1 | 鼎、豆、簠、敦、罍、壺、盤、匜、罐等 | 戰國中期晚段 | 〈湖北江陵藤店一號墓發掘簡報〉 |
| 望山 M1 | 鼎、鬲、敦、簠、簋、豆、缶、壺、盂、甗、匜等 | 戰國中期晚段 | 《望山沙塚楚墓》 |
| 望山 M2 | 鼎、簠、敦、缶、壺、盂、盤、匜等 | 戰國中期晚段 | 《望山沙塚楚墓》 |
| 包山 M2 | 罐 | 戰國中期晚段 | 《包山楚墓》 |
| 馬山 M1 | 鼎、敦、壺、盤、匜等 | 戰國中期晚段 | 《江陵馬山一號楚墓》 |
| 長沙子彈庫 M1 | 鼎、敦、壺等 | 戰國中期晚段 | 〈長沙子彈庫戰國木槨墓〉 |
| 郭店 M1 | 鼎、盂等 | 戰國中期晚段 | 〈荊門郭店一號楚墓〉 |
| 江陵九店 M621 | 鼎、簠、壺、鬲、盂等 | 戰國中期晚段 | 《江陵九店東周墓》 |
| 秦家嘴 M1 | 鼎、壺、簠、豆、盤、罐等 | 戰國中期 | 〈江陵秦家嘴楚墓發掘簡報〉 |
| 臨澧九里 M1 | 鼎、豆、罐等 | 戰國中期 | 《楚文化考古大事記》 |
| 江陵九店 M56 | 鼎、壺等 | 戰國晚期早段 | 《江陵九店東周墓》 |
| 仰天湖 M25 | 鼎、敦、壺等 | 戰國晚期 | 〈長沙出土的三座大型木槨墓〉 |
| 五里牌 M406 | 鼎、敦等 | 戰國晚期 | 《長沙發掘報告》 |
| 楊家灣 M6 | 鼎、匜、盒、盤、爐等 | 戰國晚期晚段 | 〈長沙楊家灣 M006 號墓清理簡報〉 |

## （三）墓葬方式

每一個時期、地域流行的墓葬形制不一定完全相同，據學者對於棺槨的考證，提出以下幾項分期的標準：

一、壁龕墓的發展趨勢，年代愈晚愈多。

二、懸底方棺出現最早，不遲於戰國早期早段即已出現，一直沿用到戰國晚期晚段；懸底弧棺流行於戰國中期至戰國晚期早段，戰國晚期晚段已絕跡。

三、棺束多用麻繩。在戰國早期早段僅爲橫三道或縱二道，自此至
戰國晚期無一定則，除上列二種方式，亦流行橫三道縱二道，或橫
二道的形式。〔註101〕

　　學者的分期標準雖然詳盡，可是根據楚墓發掘報告顯示，各期、各地的墓葬形制或有不同。屬於戰國早期者，如：麻城 M4 楚墓，其形制爲一棺一槨、懸底弧棺；〔註102〕屬於戰國中期偏晚者，如：江陵李家臺 M4 楚墓，其形制爲長方形土坑、一棺一槨、懸底弧棺；〔註103〕屬於戰國中晚期之際者，如：河南淅川吉崗楚墓，其形制皆爲長方形豎穴土坑；〔註104〕屬於戰國晚期者，如：河南淮陽平糧臺 M16 楚墓，其形制爲豎穴木槨墓、東部有斜坡墓道。〔註105〕若僅是從墓葬的形制判斷其時代，無法十分準確的論定，必須透過該墓出土的文物與之相互配合觀察，才能得到較爲正確的答案。

　　學者所提出的標準，係經由出土的墓葬形制統計而得，它是戰國時期墓葬形制的流行趨勢，只要出土的古墓形制與之相同者，即可將之歸屬於戰國時期，卻無法據此標準十分明確的指出某一戰國時期墓葬形制應屬於戰國早、中、晚三期的那一期，再加上並非當時所有的墓葬皆能以其標準歸類，所以，墓葬形制的分期勢必與青銅禮器、陶器組合，甚或竹簡所載的史事相互配合，方能尋求出最佳的答案。茲將各個墓葬的墓葬方式與分期列於下表，以清眉目：

| 名　稱 | 方式特徵 | 棺束形式 | 棺槨層數 | 斷　代 | 出　處 |
|---|---|---|---|---|---|
| 曾侯乙墓 | 豎穴岩坑 | | 二棺一槨 | 戰國早期 | 《曾侯乙墓》 |
| 雨臺山 M21 | | | 一棺一槨 | 戰國中期早段 | 〈江陵雨臺山 21 號戰國楚墓〉 |

〔註101〕以上諸項標準，見《江陵九店東周墓》，頁 416。

〔註102〕湖北省博物館江陵工作站、麻城現革命博物館：〈麻城楚墓〉，《江漢考古》1986年第 2 期，頁 12。

〔註103〕荊州博物館：〈江陵李家臺楚墓清理簡報〉，《江漢考古》1986 年第 3 期，頁 19～25。

〔註104〕河南省文物研究所、南陽地區文物研究所、淅川縣博物館：〈河南淅川吉崗楚墓發掘報告〉，《華夏考古》1993 年第 3 期，頁 20～27。

〔註105〕河南省文物研究所、淮陽縣文物保管所：〈河南淮陽平糧臺十六號楚墓發掘簡報〉，《文物》1984 年第 10 期，頁 18～27。

| 慈利石板村 M36 | 長方形豎穴土坑、斜坡墓道、懸底弧棺 | | 一棺一槨 | 戰國中期早段 | 〈湖南慈利縣石板村戰國墓〉 |
|---|---|---|---|---|---|
| 信陽 M1 | 長方形豎穴、斜坡墓道、內外棺皆為長方形棺 | | 二棺一槨 | 戰國中期晚段 | 《信陽楚墓》 |
| 天星觀 M1 | 長方形豎穴土坑、斜坡墓道、外棺：長方形棺、中棺：長方盒形棺、內棺：懸底弧棺 | | 三棺一槨 | 戰國中期晚段 | 〈江陵天星觀1號楚墓〉 |
| 藤店 M1 | 長方形土坑、斜坡墓道、外棺：長方形、內棺：懸底弧棺 | | 二棺一槨 | 戰國中期晚段 | 〈湖北江陵藤店一號墓發掘簡報〉 |
| 江陵九店 M621 | 懸底弧棺 | 橫三 | 一棺一槨 | 戰國中期晚段 | 《江陵九店東周墓》 |
| 望山 M1 | 長方形豎穴、斜坡墓道、懸底弧棺 | 橫三縱二 | 二棺一槨 | 戰國中期晚段 | 《望山沙塚楚墓》 |
| 望山 M2 | 長方形豎穴、斜坡墓道 | 橫三縱二 | 三棺一槨 | 戰國中期晚段 | 《望山沙塚楚墓》 |
| 包山 M2 | 斜坡墓道、外棺：長方盒形棺、中棺：懸底弧形棺、內棺：長方形棺 | 橫三縱二 | 三棺二槨 | 戰國中期晚段 | 《包山楚墓》 |
| 馬山 M1 | 長方形豎穴土坑、斜坡墓道、長方形棺 | 橫三 | 一棺一槨 | 戰國中期晚段 | 《江陵馬山一號楚墓》 |
| 長沙子彈庫 M1 | 長方形豎穴、斜坡墓道 | 橫三 | 二棺一槨 | 戰國中期晚段 | 〈長沙子彈庫戰國木槨墓〉 |
| 郭店 M1 | 長方形土壙豎穴、墓道、長方形懸底方棺 | | 一棺一槨 | 戰國中期晚段 | 〈荊門郭店一號楚墓〉 |
| 秦家嘴 M1 | 長方形豎穴小型土坑、墓道 | | 一棺一槨 | 戰國中期 | 〈江陵秦家嘴楚墓發掘簡報〉 |
| 秦家嘴 M13 | 長方形豎穴小型土坑、墓道 | | 一棺一槨 | 戰國中期 | 〈江陵秦家嘴楚墓發掘簡報〉 |
| 秦家嘴 M99 | 長方形豎穴小型土坑、墓道 | | 一棺一槨 | 戰國中期 | 〈江陵秦家嘴楚墓發掘簡報〉 |
| 臨澧九里 M1 | 內棺：弧形棺 | | 三棺二槨 | 戰國中期 | 《楚文化考古大事記》 |
| 江陵九店 M56 | 有壁龕、懸底方棺 | | 一棺 | 戰國晚期早段 | 《江陵九店東周墓》 |
| 仰天湖 M25 | 豎穴土坑、墓道 | | 二棺二槨 | 戰國晚期 | 〈長沙出土的三座大型木槨墓〉 |
| 五里牌 M406 | 長方坑、斜坡墓道 | 橫三縱二 | 二棺二槨 | 戰國晚期 | 《長沙發掘報告》 |
| 楊家灣 M6 | 長方形豎穴、斜坡墓道、 | | 一棺一槨 | 戰國晚期晚段 | 〈長沙楊家灣 M006 號墓清理簡報〉 |
| 江陵九店 M411 | 懸底方棺 | 橫三 | 一棺一槨 | | 《江陵九店東周墓》 |

## 三、碳 14（放射性碳素）測試

放射性碳素測試的斷代方法，是利用死亡生物體內的碳 14 不斷衰變的原理來進行斷代分期工作。其原理據 Bernard Keisch 云：

利用放射性的本質，我們可以半衰期來表示一個有放射性物質消失的速率。在這個例子中，就是說，6000 年後，有半數的碳 14 原子會消失。而在第二個 6000 年後，第一個 6000 年所剩下的原子數之一半，又會消失，也即此時所消失的原子總數爲原來原子總數的 0.75。〔註 106〕

張之恒亦云：

碳的同位素 14C 包含在各種生物體內，它是由宇宙線的照射而產生的。而碳－14 又不斷地衰變爲非放射性的氮－14，其半衰期爲 5730 ±40 年。生物在死亡之前身體中碳－14 的濃度與大氣中碳－14 的濃度保持平衡。但這些含碳物質一旦停止與大氣交換，例如生物死亡，碳－14 就只能按衰變規律減少。因此，只要測出標本中碳－14 減少的程度，就可以推算出生物死亡的年代。……放射性碳素斷代，是假定大氣中碳－14 的濃度自古以來保持不變。但實際上大氣中的碳－14 濃度是有起伏的。因此碳－14 年代與眞實年代存在差距。年代越早偏差越大。因此，碳－14 年代必須經與樹輪年代校正，才接近于眞實年代。〔註 107〕

放射性碳素的斷代方法，雖是最爲科學的方式，仍要與上列幾種的斷代標準相互的配合，方能達到較佳的成效，與較爲正確的結果。

並非所有的發掘報告都採用放射性碳素斷代法作爲分期的輔助項目，本文僅能就報告裡出現的碳 14 測驗結果，與上列其他分期標準所作的結果，相互印證。

## （一）五里牌

五里牌 M406 的下葬年代，據整理小組提供木俑的樣本，送交研究單位從事碳 14 的測定，其結果如下：

| 2395±90 | 2330±90 | BC507～263 |
|---|---|---|

---

〔註 106〕 Bernard Keisch 著，周浩中、陳幸如譯：《過去的秘密》（臺北：科學出版事業基金會，1975 年），頁 33。

〔註 107〕 張之恒主編：《中國考古學通論・概論》（南京：南京大學出版社，1995 年），頁 18。

　　BC445　　　　　　　　BC380〔註108〕

第一列爲以碳 14 半衰期 5730 年計算得出的年代，第二列爲以碳 14 半衰期 5568 年計算得出的年代，第三列爲樹輪校正的年代。根據本節其他幾項的觀察，皆將之歸於戰國晚期，以包山楚簡歸屬的戰國中期晚段（西元前 316 年）言，此墓的碳 14 測定的年代提早甚多。造成此一結果的因素，可能是樣本採集的部位與條件不同所致。

### （二）天星觀 M1

　　天星觀 M1 的下葬年代，據整理小組提供木頭、圓木的樣本，送交研究單位從事碳 14 的測定，其結果如下：

1、槨板木頭 A

　　　2560±70　　　　2490±70　　　　　BC791～414

　　　BC610　　　　　BC540

2、槨板木頭 B

　　　2680±75　　　　2600±75　　　　　BC829～662

　　　BC730　　　　　BC650

3、圓木

　　　2330±80　　　　2260±80　　　　　BC401～208

　　　BC380　　　　　BC310〔註109〕

據本節「一、竹簡所載史事」的論述，天星觀 M1 卜筮簡的記載，應爲西元前 361 年至西元前 341 年間的事情，從上列的數據可以發現，年代不是提早，即是偏晚，造成此一因素的原因，一如上列五里牌 M406 之言。

### （三）曾侯乙墓

　　曾侯乙墓的下葬年代，據整理小組提供槨木與木碳的樣本，送交研究單位

---

〔註108〕中國社會科學院考古研究所編：《中國考古學中碳十四年代數據集──1965～1991》（北京：文物出版社，1992 年），頁 201。

〔註109〕《中國考古學中碳十四年代數據集──1965～1991》，頁 187。

從事碳 14 的測定，其結果如下：

　　1、木碳

| 2590±75 | 2520±75 | BC797～440 |
|---|---|---|
| BC640 | BC570 | |

　　2、槨蓋板

| 2620±75 | 2550±75 | BC803～453 |
|---|---|---|
| BC670 | BC600〔註110〕 | |

中國社會科學院考古研究所測定結果為：

| 2275±80 | 2215±80 | 2280±90 |
|---|---|---|
| BC325 | BC265 | BC330 |

北京大學考古實驗室測定結果為：

| 2440±70 | 2370±70 | 2475±80 |
|---|---|---|
| BC490 | BC420 | BC525 |

文物保護科學技術研究所測定結果為：

| 2375±50 | 2305±50 | 2400±60 |
|---|---|---|
| BC425 | BC355 | BC450〔註111〕 |

從上列的數據可以發現，年代不是提早，即是偏晚，只有少數幾個年代與原本斷定的年代（西元前 433 年）相接近，造成此一因素的原因，除了樣本採集的部位、實驗室與條件不同外，亦應與碳 14 測定法的侷限有關。誠如學者所言，碳 14 年代測定法可以精確的測定五萬年內的含碳的標本年代，假如樣本內所含的碳 14 不多，測定時便要破壞樣本，確定其正常碳的含量。一般而言，將文物送往作碳 14 的年代測定，必須在不破壞文物的情況下進行，儘管可以同時發現的木碳作測定，其中的變數仍然不少，因此年代的偏晚或偏早應是不可避免。故曾侯乙墓的斷代，仍從其出土的鐘銘內容，將之定於戰國早期。

---

〔註110〕《中國考古學中碳十四年代數據集——1965～1991》，頁 190。

〔註111〕《曾侯乙墓》，頁 463。

　　根據以上幾項的論述結果，茲將各批竹簡的出土地、出土時間、內容與斷代等相關資料列於下表，以清眉目：

| 名　稱 | 出 土 地 點 | 內　容 | 斷　代 | 時間 | 發表 |
|---|---|---|---|---|---|
| 曾侯乙墓竹簡 | 湖北省隨縣城關鎮西北郊擂鼓墩附近的東團坡 | 遣策 | 戰國早期 | 1978 | 已 |
| 雨臺山 M21 竹簡 | 江陵縣紀南區雨臺村 | 音律 | 戰國中期早段 | 1986 | 未 |
| 慈利石板村 M36 竹簡 | 湖南省慈利縣城東 3.5 公里處石板村葉家凸 | 記事性竹書 | 戰國中期早段 | 1987 | 未 |
| 信陽 M1 竹簡 | 河南省信陽市北20公里的長臺關西北小劉莊後的土崗 | 1、竹書<br>2、遣策 | 戰國中期晚段 | 1956 | 已 |
| 天星觀 M1 竹簡 | 江陵縣觀音當公社五山大隊境內 | 1、遣策<br>2、卜筮記錄 | 戰國中期晚段 | 1978 | 未 |
| 藤店 M1 竹簡 | 藤店公社藤店大隊 | 未識 | 戰國中期晚段 | 1973 | 未 |
| 江陵九店 M621 竹簡 | 江陵九店 | 未識 | 戰國中期晚段 | 1978 | 已 |
| 望山 M1 竹簡 | 江陵縣裁縫鄉；位於荊川公路旁與漳河水庫二幹渠渠道線上 | 卜筮祝禱 | 戰國中期晚段 | 1965 | 已 |
| 望山 M2 竹簡 | 江陵縣裁縫鄉；M2 位於 M1 東北約 500 多公尺處 | 遣策 | 戰國中期晚段 | 1965 | 已 |
| 包山 M2 竹簡 | 湖北省荊門市十里鋪鎮王場村的包山崗地 | 1、遣策<br>2、卜筮祭禱<br>3、司法文書 | 戰國中期晚段 | 1986 | 已 |
| 馬山 M1 竹簡 | 江陵西北的馬山公社沙塚大隊境內 | 簽牌記事 | 戰國中期晚段 | 1982 | 未 |
| 楚帛書 | 湖南長沙子彈庫 | 1、占辭術語<br>2、陰陽數術 | 戰國中期晚段 | 1937左右 | 已 |
| 郭店 M1 竹簡 | 湖北省荊門市沙洋區四方鄉郭店村一組 | 竹書 | 戰國中期晚段 | 1993 | 已 |
| 秦家嘴 M1 竹簡 | 江陵廟湖魚場 | 祈禱 | 戰國中期 | 1986 | 未 |
| 秦家嘴 M13 竹簡 | 江陵廟湖魚場 | 卜筮 | 戰國中期 | 1986 | 未 |
| 秦家嘴 M99 竹簡 | 江陵廟湖魚場 | 1、卜筮<br>2、遣策 | 戰國中期 | 1986 | 未 |
| 臨澧九里 M1 竹簡 | 湖南省臨澧九里茶場 | 未識 | 戰國中期 | 1980 | 未 |
| 德山夕陽坡 M2 竹簡 | 湖南常德德山夕陽坡 | 記事 | 戰國中晚期 | 1983 | 未 |
| 江陵九店 M56 竹簡 | 江陵九店 | 日書 | 戰國晚期早段 | 1978 | 已 |
| 五里牌 M406 竹簡 | 長沙城東大道的北面 | 遣策 | 戰國晚期 | 1951 | 已 |
| 仰天湖 M25 竹簡 | 長沙市區南郊 | 遣策 | 戰國晚期 | 1953 | 已 |

| 楊家灣 M6 竹簡 | 長沙市北郊楊家灣 | 遣策 | 戰國晚期晚段 | 1954 | 已 |
|---|---|---|---|---|---|
| 范家坡 M27 竹簡 | 湖北省江陵范家坡 | 未識 | | 1993 | 未 |
| 江陵九店 M411 竹簡 | 江陵九店 | 未識 | | 1978 | 未 |
| 磚瓦場 M370 竹簡 | 湖北省江陵磚瓦廠 | 卜筮祭禱 | | 1992 | 未 |

## 第五節　楚簡帛文字研究概況

　　對於楚系簡帛文字的研究，一般可以分為三個階段。在楚系墓葬發掘的同時，由於竹簡或帛書深藏於墓中。可能受到盜墓者的破壞，或受到自然環境的改變，出土時往往多已毀損，故整理工作特別重要。又因阻難甚多，徒增整理的時間，在這一段缺乏文字資料的期間，學者只有等待該資料與圖片的發表。當竹簡或帛書資料公佈後，第一件工作即是識字，其次為判斷該批竹簡的性質，再其次則是將零星、片段的少數識得的字，透過古文字中的語彙或詞彙等使用的方式，與其他已知的同一時期竹簡的相關辭例比較，而後才對內容加以考定與解釋。當文字與內容作過粗略的考定之後，才對於該資料的相關內容加以深入的討論與研究。以包山楚簡為例，其內容包括遣策、卜筮祭禱、文書司法三方面，其間又記載諸多楚國的地望、職官、司法制度等資料，因此，地望、職官與司法制度便成為研究與討論的範圍。

　　根據出土的簡帛資料內容，以及歷來學者的研究與著作，從內容上而言，除了本節所言之楚簡帛文字的研究外，尚可分為通論性著作、地望與州制、職官爵位、天文曆法、卜筮祭禱、文學、生活文化與風俗、司法制度、古史、書法與字體、研究史、思想、竹書、器物名稱、遣策、氏族人物、書評與其他等方面的論著，由於內容豐富，領域廣大，已超越本論文的範圍，故僅於文後將歷來學者的著作，依其內容分類羅列。

　　楚系簡帛文字的形體，與戰國其他地域流行的文字形體相較，多有不同，在研究上十分困難。早期的研究方式，大多將之與文獻資料相互比對，若有相近者，則加以深究，找出最可能而且合理的解釋。近來楚系墓葬出土的竹簡，在內容上多屬於遣策的性質，簡上所記載者，多為陪葬品的名稱與數量，因此學者日漸重視與竹簡或帛書同時出土的殉葬品，從陪葬的青銅器上所載的銘文，找出與竹簡相對應的文字，或是由已確定的青銅器名稱，尋找可與遣策記載相同的部分對應，進而解釋竹簡所記載的文字。在前人的研究成果下，不少

楚系簡帛文字多已有確切的答案，然而對於部分尚無法確認的文字，最近亦有
學者從文字的構形著手，將一系列形體相近者作綜合的分析，將文字拆成一個
個的部件逐項比較。構形系統分析比較的方法，在理論上可以解決大批的文字
問題，可是文字的問題並非如此的單純。文字是由書寫者所寫成，每一個書寫
者的書寫習慣不盡相同，不能確保此一方法必能完全地解決未能釋讀的文字。
再者，倘若研究者在處理某一組字時，其中某一字摹寫錯誤，亦可能造成該組
字的分析結果與事實不符。縱然主張此種方法的學者表示，可以事前將它輸入
電腦，直接由電腦進行掃描分析，但是電腦並無法十分精細的考量每一個細節，
亦難保證錯誤不致發生。

　　楚帛書出土的時間最早，相關的著作頗多，如：蔡季襄《晚周繒書考證》
是第一部公佈楚帛書的摹本，並且全面介紹該資料的重要作品，其後董作賓〈論
長沙出土之繒書〉、安志敏與陳公柔〈長沙戰國繒書及其有關問題〉、商承祚〈戰
國楚帛書述略〉、林巳奈夫〈長沙出土戰國帛書考〉、〔註112〕唐健垣〈楚繒書文
字拾遺〉、〔註113〕饒宗頤與曾憲通《楚帛書》、李零《長沙子彈庫戰國楚帛書研
究》、陳茂仁《楚帛書研究》等論著相繼發表，陸續提出、修正前人的說法。

　　帛書的出土時間最早，先前的研究，大多僅能就帛書的內容討論文字，是
以有一些文字的釋讀不甚清楚，然而，隨著同時期的楚簡陸續的發掘與公佈，
在兩者相互比對印證下，已解決一些先前不易解釋清楚的問題。如楚帛書中有
「熱氣𤔔氣」一辭，「𤔔」字的解釋，歷來學者多有不同的意見，如：嚴一萍釋
為「再」字，〔註114〕曾憲通釋為「百」字，〔註115〕李零釋為「害」字，〔註116〕
皆與辭義不符。近來李零更正先前的說法，以為當釋為「寒」字，〔註117〕從辭

---

〔註112〕林巳奈夫：〈長沙出土戰國帛書考〉，《東方學報》第 36 冊第 1 分（日本京都：京
　　　　都大學人文科學研究所，1964 年）。

〔註113〕唐健垣：〈楚繒書文字拾遺〉，《中國文字》第 30 冊（臺北：國立臺灣大學文學院
　　　　中國文學系，1968 年）。

〔註114〕嚴一萍：〈楚繒書新考〉，《中國文字》第 27 冊（臺北：國立臺灣大學文學院中國
　　　　文學系，1968 年），頁 7。（又收入《甲骨古文字研究》第 3 輯）

〔註115〕曾憲通：《楚帛書・楚帛書文字編》（香港：中華書局，1985 年），頁 300。

〔註116〕《長沙子彈庫戰國楚帛書研究》，頁 64。

〔註117〕李零：〈土城讀書記（5 則）〉，紀念容庚先生百年誕辰暨中國古文字學國際學術研

義而言，十分相符，可惜李氏未多作解釋，其後周鳳五以郭店楚簡《老子》與馬王堆漢墓帛書《老子》的記載與之相比較，〔註118〕加以論述，並且補充李氏未言之處，已確實的解決該字的疑義。所以，「🏛」字作爲「倉」字而釋爲「寒」應可爲定論。

　　楚簡出土的數量佔楚系簡帛資料的大多數，相關的文章不少，只是，各批竹簡資料數量多寡不一，內容亦不一。因此，竹簡記載的事件與內容，遂決定其重要性的大小。再加上竹簡出土時多已毀損，綴合與整理的工作不易。所以，至今仍有不少早期出土的資料尚未公佈，故而使得楚簡文字的研究，多集中在少數資料龐大，而且內容豐富的竹簡，如：包山楚簡、曾侯乙墓竹簡等。

　　誠如上面所言，近來楚系墓葬出土的竹簡內容多屬於遣策的性質，簡上所記載者，多爲陪葬品的名稱與數量，因此學者日漸重視與竹簡或帛書同時出土的殉葬品，或從陪葬的青銅器上所載的銘文，找出與竹簡相對應的文字，或由已確定的青銅器名稱，尋找可與遣策記載相同的部分對應，進而解釋竹簡所記載的文字，所以，楚簡的文字釋讀與研究，較之早期楚帛書研究略爲簡易。在文字釋讀與研究的論著，如：朱德熙等人〈望山一、二號墓竹簡釋文與考釋〉、〔註119〕李家浩〈仰天湖楚簡十三號考釋——楚簡研究之一〉〔註120〕與〈江陵九店五十六號墓竹簡釋文〉、〔註121〕何琳儀〈戰國文字形體析疑〉、〔註122〕李零〈古文字雜識（2篇）〉、〔註123〕李運富《楚國簡帛文字構形系統研究》、〔註124〕袁國華〈戰

討會論文（廣東：東莞，1994年），頁4～5。

〔註118〕周鳳五：〈子彈庫帛書「熱氣倉氣」說〉，《中國文字》新23期（臺北：藝文印書館，1997年），頁237～240。

〔註119〕朱德熙、裘錫圭、李家浩：〈望山一、二號墓竹簡釋文與考釋〉，《江陵望山沙塚楚墓》。

〔註120〕李家浩：〈仰天湖楚簡十三號考釋——楚簡研究之一〉，《中國典籍與文化論叢》第1輯（北京：中華書局，1993年）。

〔註121〕李家浩：〈江陵九店五十六號墓竹簡釋文〉，《江陵九店東周墓》。

〔註122〕何琳儀：〈戰國文字形體析疑〉，《于省吾教授百年誕辰紀念文集》（長春：吉林大學，1996年）。

〔註123〕李零：〈古文字雜識（2篇）〉，《于省吾教授百年誕辰紀念文集》（長春：吉林大學，1996年）。

〔註124〕李運富：《楚國簡帛文字構形系統研究》（長沙：岳麓書社，1997年）。

國楚簡文字零釋〉、〔註125〕徐在國〈《包山楚簡》文字考釋 4 則〉、〔註126〕高智〈《包山楚簡》文字校釋 14 則〉、〔註127〕商承祚《戰國楚竹簡匯編》、〔註128〕陳煒湛〈包山楚簡研究（7 篇）〉、〔註129〕彭浩〈江陵九店六二一號墓竹簡釋文〉、〔註130〕張桂光〈古文字考釋 6 則〉、〔註131〕裘錫圭與李家浩〈曾侯乙墓竹簡釋文與考釋〉、〔註132〕裘錫圭〈談談隨縣曾侯乙墓的文字資料〉、〔註133〕葛英會〈《包山楚簡》釋詞 3 則〉、〔註134〕劉雨〈信陽楚簡釋文與考釋〉、〔註135〕劉信芳〈楚簡文字考釋 5 則〉、〔註136〕劉彬徽等人〈包山二號楚墓簡牘釋文與考釋〉〔註137〕與〈包山楚簡文字的幾點特點〉、〔註138〕陳建樑〈釋「緇衣」〉、〔註139〕陳偉武〈戰國秦漢

〔註125〕袁國華：〈戰國楚簡文字零釋〉，《中國文字》新 18 期（臺北：藝文印書館，1994年）。

〔註126〕徐在國：〈《包山楚簡》文字考釋 4 則〉，《于省吾教授百年誕辰紀念文集》（長春：吉林大學，1996 年）。

〔註127〕高智：〈《包山楚簡》文字校釋 14 則〉，《于省吾教授百年誕辰紀念文集》（長春：吉林大學，1996 年）。

〔註128〕商承祚：《戰國楚竹簡匯編》（山東：齊魯書社，1995 年）。

〔註129〕陳煒湛：〈包山楚簡研究（7 篇）〉，《容庚先生百年誕辰紀念文集》（廣東：廣東人民出版社，1998 年）。

〔註130〕彭浩：〈江陵九店六二一號墓竹簡釋文〉，《江陵九店東周墓》。

〔註131〕張桂光：〈古文字考釋 6 則〉，《于省吾教授百年誕辰紀念文集》（長春：吉林大學，1996 年）。

〔註132〕裘錫圭、李家浩：〈曾侯乙墓竹簡釋文與考釋〉，《曾侯乙墓》。

〔註133〕裘錫圭：〈談談隨縣曾侯乙墓的文字資料〉，《古文字論集》（北京：中華書局，1992年）。

〔註134〕葛英會：〈《包山楚簡》釋詞 3 則〉，《于省吾教授百年誕辰紀念文集》（長春：吉林大學，1996 年）。

〔註135〕劉雨：〈信陽楚簡釋文與考釋〉，《信陽楚墓》。

〔註136〕劉信芳：〈楚簡文字考釋 5 則〉，《于省吾教授百年誕辰紀念文集》（長春：吉林大學，1996 年）。

〔註137〕劉彬徽、彭浩、胡雅麗、劉祖信：〈包山二號楚墓簡牘釋文與考釋〉，《包山楚墓》。

〔註138〕劉彬徽、彭浩、胡雅麗、劉祖信：〈包山楚簡文字的幾點特點〉，《包山楚墓》。

〔註139〕陳建樑：〈釋「緇衣」〉，《第二屆國際中國古文字學研討會論文集》（香港：香港中文大學中國語言及文學系，1993 年）。

同形字論綱〉〔註140〕等，透過相關論著的相繼發表，陸續提出新的見解，或補充、修正前人的說法，楚簡文字的研究與認識已有一定的基礎。

在文字考釋與研究的同時，由於簡帛資料得之不易，再加上發掘報告所附錄的圖片往往不甚清淅，學者爲了研究之需，遂予以摹寫。摹本的出現，對於研究者而言，是一項十分重要的資料。現今所見的摹本，尤以帛書最多。據曾憲通的觀察與統計，帛書摹本可以分爲三個階段：第一階段爲 1944 年至 1954 年，此一時期的摹本大多直接或間接的源於蔡修渙的臨寫本，如：蔡季襄《晚周繪書考證》、蔣玄佁《長沙（楚民族及其藝術）》第 2 卷、鄭振鐸《中國歷史參考圖譜》、陳槃〈長沙楚墓絹質彩繪照片小記〉、饒宗頤〈長沙楚墓時占神物圖卷〉、董作賓〈論長沙出土之繪書〉、李學勤〈補論戰國題銘的一些問題〉、錢存訓《書於竹帛》、巴納《楚帛書譯注》、莊申《楚帛書上的繪畫》等；第二階段爲 1954 年至 1964 年，此一時期的摹本大多源於美國弗利亞美術館全色照片，如：梅原末治〈近時出現的文字資料〉、饒宗頤〈長沙出土戰國繪書新釋〉、巴納《楚帛書初探》、李學勤〈戰國題銘概述〉（下）、商承祚〈戰國楚帛書述略〉、林巳奈夫〈長沙出土戰國帛書考〉、楊寬《戰國史》等；第三階段爲 1966 年至今，此一時期的摹本多源於大都會博物館以紅外線拍攝的帛書照片，如：《沙可樂所藏楚帛書》、饒宗頤〈楚帛書之摹本及圖像〉、《古代中國藝術及其在太平洋地區之影響》、巴納《對楚帛書的科學鑑定》與《楚帛書譯注》、錢存訓《中國古代書史》等。〔註141〕由於各期的摹寫資料來源不一，各有優劣。關於以上諸家的摹寫本情形，曾氏已經詳盡論述，於此不再贅述。除上列幾種摹寫本外，近來亦見游國慶與陳茂仁的帛書摹本。〔註142〕游氏的摹本分爲二種：一爲據巴納摹本之〈楚帛書棋格式摹本〉，一爲將帛書字體放大，並於摹寫的文字旁邊加上釋文的摹本。陳氏的摹本則是據大都會博物館以紅外線拍攝的帛書照片。從游、陳二氏的摹本觀察，並不如所據巴納的摹本，或是饒宗頤的摹本爲佳。

時代的不同，以及環境等因素的影響，近年來楚簡的發掘報告常於書後附

〔註140〕陳偉武：〈戰國秦漢同形字論綱〉，《于省吾教授百年誕辰紀念文集》（長春：吉林大學，1996 年）。

〔註141〕以上所引資料悉出自曾憲通：《楚帛書·楚帛書研究四十年》，頁 152～220。

〔註142〕游國慶：〈楚帛書及楚域之文字書法與古璽淺探〉，《印林》1996 年第 17 卷第 1 期，頁 12～22；陳茂仁：〈楚帛書摹本〉，《楚帛書研究》。

上原簡照片，由於圖片尚清淅可辨，再加上資料取得較易，相對的，有關的摹本亦少。現今可見的摹本多爲早期發掘的楚簡資料，如：饒宗頤〈戰國楚簡箋證〉、〔註143〕許學仁《先秦楚文字研究・仰天湖楚簡簡影及摹本》、〔註144〕郭若愚《戰國楚簡文字編》之〈信陽長臺關楚墓遣策文字摹本〉與〈長沙仰天湖戰國竹簡文字摹本〉、〔註145〕郭若愚〈長沙仰天湖戰國竹簡文字的摹寫和考釋〉、〔註146〕商承祚《戰國楚竹簡匯編》、北京大學中文系等《望山楚簡》、莊淑慧《曾侯乙墓出土竹簡考・曾侯乙墓竹簡摹本》、〔註147〕張光裕等人《曾侯乙墓竹簡文字編》。〔註148〕

　　基本上，饒氏與郭氏在仰天湖竹簡摹本主要的不同有兩項：一爲竹簡的編號不同，一爲摹寫出的文字多寡不同。由於饒氏成書較早，相對的，諸多的簡文未能摹寫出來，而郭氏之作正能補其不足之處。商氏之書共收錄信陽、仰天湖、望山、五里牌、楊家灣諸簡的摹本，與前面幾位的摹本相較，其摹寫失眞者爲多，但是書中所附之文字考釋卻多有見解，亦足以補其缺失。北大中文系、莊氏、張氏等人的摹寫本，較爲精確，多能據出土的竹簡一一摹寫，失眞的現象甚爲少見。有關於仰天湖竹簡的摹本尙有史樹青、陳仁濤的摹寫本，由於未能親睹，僅於此提出，無法進一步的評述。

　　當文字的考釋與研究，同時發展至一定的程度，《字表》的整理相形地重要，因此，近來不少學者在研究之餘，亦投身於《字表》的編整工作。現今可見的《字表》，如：王仲翊《包山楚簡文字研究・包山楚簡字表》、〔註149〕李零《長沙子彈庫戰國楚帛書研究・字表》、周鳳五與林素清《包山二號楚墓出土文書簡

〔註143〕饒宗頤：〈戰國楚簡箋證〉，《金匱論古綜合刊》第1期（香港，1955年）。

〔註144〕許學仁：《先秦楚文字研究》（國立臺灣師範大學國文研究所碩士論文，1979年）。

〔註145〕郭若愚：《戰國楚簡文字編》（上海：上海書畫出版社，1994年）。

〔註146〕郭若愚：〈長沙仰天湖戰國竹簡文字的摹寫和考釋〉，《上海博物館集刊》第3期（上海：古籍出版社，1993年）。

〔註147〕莊淑慧：《曾侯乙墓出土竹簡考・曾侯乙墓竹簡摹本》（（國立臺灣師範大學國文研究所碩士論文，1995年）。

〔註148〕張光裕、黃錫全、滕壬生：《曾侯乙墓竹簡文字編》（臺北：藝文印書館，1997年）。

〔註149〕王仲翊：《包山楚簡文字研究・包山楚簡字表》（國立中山大學中國文學系碩士論文，1996年）。

研究・新編包山楚簡字表》、〔註150〕商承祚《戰國楚竹簡匯編・字表》、曾憲通《楚帛書・楚帛書文字編》與《長沙楚帛書文字編》、〔註151〕湖北省荊沙鐵路考古隊《包山楚墓・字表》與《包山楚簡・字表》、〔註152〕張守中《包山楚簡文字編》、〔註153〕張光裕與袁國華《包山楚簡文字編》與《郭店楚簡研究》第一卷（文字編）、〔註154〕張光裕等人《曾侯乙墓竹簡文字編》、滕壬生《楚系簡帛文字編》、郭若愚《戰國楚簡文字編》、陳茂仁《楚帛書研究・楚帛書文字編》、謝映蘋《曾侯乙墓鐘銘竹簡文字研究・曾侯乙墓竹簡文字字表》〔註155〕等。

　　從上面所列的資料可知，在《字表》的編整上仍以包山楚簡爲最多。雖然，《文字編》與《字表》日漸的出現，其間的優劣相差甚大，良莠不齊。以下根據所見的《字表》或《文字編》，依序指出其優缺處，茲敘述如下：

　　王仲翊的《字表》分爲單字、合文、疑難字與訂正補遺四部分，字表中各字形下所列的字例並不齊全，亦未見任何辭例。

　　李零之作分爲單字、合文、局部可隸定字與未隸定字四部分，單字收有二百九十六個字，合文有四組，局部可隸定字有二十個字，未隸定字有三個字，大致上每一個字僅列出一個字形，除非有不同的書寫字形者才列出，無法十分詳盡的看出同一個文字的字形，在不同的辭例中有何些微變化。此外，合文中已收有「一月」，故「一」字不再列於單字欄中；又誤將合文「七日」二字視爲「吉」字，而且也未將合文「八日」二字釋出。

　　周鳳五、林素清之作分爲單字、合文、重文、疑難字，每一個字形下皆詳列其字例與辭例，在編製上十分完整，可借由此分資料彌補相關《字表》的不足。

　　商承祚之作主要收錄信陽楚簡、仰天湖25號楚墓竹簡、江陵望山1、2號

〔註150〕周鳳五、林素清：《包山二號楚墓出土文書簡研究・新編包山楚簡字表》（臺北：行政院國家科學委員會專題研究計畫成果報告，1995年）。

〔註151〕曾憲通：《長沙楚帛書文字編》（北京：中華書局，1993年）。

〔註152〕湖北省荊沙鐵路考古隊：《包山楚簡・字表》（北京：文物出版社，1991年）。

〔註153〕張守中：《包山楚簡文字編》（北京：文物出版社，1996年）。

〔註154〕張光裕、袁國華：《包山楚簡文字編》（臺北：藝文印書館，1992年）；《郭店楚簡研究》第一卷（文字編）（臺北：藝文印書館，1999年）。

〔註155〕謝映蘋：《曾侯乙墓鐘銘竹簡文字研究・曾侯乙墓竹簡文字字表》（國立中山大學中國文學研究所碩士論文，1994年）。

墓楚簡、五里牌 406 號楚墓竹簡以及楊家灣 6 號楚墓竹簡的資料。分爲單字、合文、重文、待問字與附錄五部分。字例之下未列出辭例，亦有不少字例失收。再者，《字表》中有一些字因爲摹本的失誤，故致使該字的釋文亦相對的產生錯誤，如合文中的「黷鼎」因摹本失誤，使之釋爲「買鼎」。此外，字例下所列該字出處亦與《信陽楚墓》與《望山楚簡》二書中所列的號碼不一。

曾憲通《楚帛書・楚帛書文字編》分爲重文、合文與殘文三部分，單字收有二百九十七個字，重文收錄七組，合文收錄六組，殘字收有七十四個字。在每一個字形下多有所解釋，亦將每一個辭例詳細羅列，其所收的字較李零的《字表》多，整體上不論是字例的蒐集或是解説皆十分完整。

曾憲通《長沙楚帛書文字編》主要是根據上列著作修正而成，單字由原本的二百九十七個字增爲三百零二個字，殘字則減少爲六十九個字。

湖北省荊沙鐵路考古隊編製的《包山楚墓・字表》與《包山楚簡・字表》，二者完全相同，分爲單字、合文、未隸定字與卦畫四部分，所收的字例並不完整，亦十分的簡略，且未列出該字的辭例。

張守中的《字表》分爲單字、合文、存疑字、殘字與卦畫五部分，每一個字形下未列辭例。此外，將「一邑」二字視爲合文，甚有見解。從簡文二字的書寫距離與其他的文字相較，「一」字與「邑」字只佔一格的位置，和其他的簡文比較，確實更爲緊密相連。

張光裕與袁國華之《包山楚簡文字編》分爲正文、合文、待考字、殘字與筮卦五部分。每一個字形皆詳列其字例，卻未將辭例一一列出。此外，書中除附有原圖版與釋文，更附有一份與其他戰國文字對照資料通檢，對於欲瞭解楚系簡帛文字與其他戰國文字之間書寫差異者而言，可供參考之用。

張光裕與袁國華合編之《郭店楚簡研究》第一卷（文字編），該書的排列方式，係將一萬二千多字的原簡，依筆畫多寡，分別部居，合計字頭約一千三百四十四個，合文約二十二個，凡通假或同字異義者，亦臚列於例句中，並且於文後附上原簡與釋文對照圖片。每一個字形皆詳列字例，卻未將辭例一一列出。此外，在合文中列出一組「清靜」二字合文，從原簡的圖片觀察，「清」字下的「＝」應視爲重文符號，不當視爲合文。

張光裕、滕壬生與黃錫全合編的《文字編》分爲正文、合文、待考字與殘

字四部分，編寫方式與張光裕、袁國華合編的《包山楚簡文字編》相似，亦附有摹本與釋文。

滕壬生之作是現今所見《文字編》或《字表》裡收錄資料最多者，共收字頭二百二十二個，合計字形一萬九千二百五十個，依序分爲單字、合文、重文與存疑字。所引資料出自長沙子彈庫楚帛書、長沙五里牌 406 號墓、長沙仰天湖 25 號墓、荊門包山 2 號墓、信陽 1 號墓、曾侯乙墓、江陵望山 1 號墓、江陵望山 2 號墓、江陵天星觀 1 號墓、江陵雨臺山 21 號墓、江陵馬山 1 號墓、江陵磚瓦廠 370 號墓、江陵秦家嘴 1 號墓、江陵秦家嘴 13 號墓、江陵秦家嘴 99 號墓、江陵范家坡 27 號墓、江陵藤店 1 號墓、常德市德山夕陽坡 2 號墓等十八處楚墓出土的簡帛文字。與現今所見相關的《字表》相較，可謂蒐羅齊全。由於資料龐大，缺失在所難免，書中幾個顯而易見的缺失如下：1、失收的字例甚多；2、合文與單字中句例下的號碼並非一致，其中以信陽楚墓出土竹簡最爲嚴重；3、書中所列的辭例前後不一，如單字中作「石撲」，於合文中則又作「石奉」；4、字形的摹寫偶與原簡帛的文字不同；5、合文中所列的字形偶有妄加合文符號「＝」者，如望山 2 號墓出土竹簡編號 53 的「升鼎」；6、誤把二字合文視爲三字合文，如仰天湖 25 號墓出土編號 21 本文「一十」二字合文，書中誤將其下的「二」字當作合文的一部分，故將之視爲三字合文。

郭若愚之作主要收錄信陽長臺關楚墓竹簡遣策與長沙仰天湖戰國竹簡遣策二批資料。書中將單字與合文雜混，未列出該字形的詞例，凡遇到合文者，則於該字形的左側註明「合文」二字。此外，書後亦附有摹本與考釋。

陳茂仁之作分爲單字、重文、合文、可識殘字、不可識殘字與待問字六部分。於所列的字例下，未再列出辭例。單字收有二百八十個字，重文收有五組，合文有七組，除「上下」、「日月」、「七日」、「八日」、「一月」與「至于」外，又加上「人魚」，可識殘字九十七個字，不可識殘字爲五十六個字，待問字有一個字。可識殘字部分有一些仍是可以看出其形體，應將之歸於單字欄下，勿須再列入可識殘字欄內。

謝映蘋編製的《字表》十分粗疏，非僅失收的字形與字例甚眾，亦無任何辭例。

現今所見的《字表》與《文字編》，大多集中於包山楚簡、曾侯乙墓竹簡、

楚帛書等，只有滕氏主編的《楚系簡帛文字編》收錄的資料較爲全面，可惜其間的字形或有訛誤，而且收錄的字與辭例亦不齊全。因此，仍待有心的學者，重新的編列一部完整而且正確的《文字編》或是《字表》，以供後人研究或是參考之需。

# 第六節　結　語

　　楚國自春秋以來，歷時八百多年，從早期的身處蠻荒偏僻之處，一路篳路藍縷的走來，日漸成爲春秋五霸、戰國七雄之一，其間的辛勞，除了付出數之不盡的努力外，得天獨厚的地理環境與資源，亦是成功的關鍵。回顧八百多年的時間，前後滅亡息、鄧、弦、黃、英、夔、江、六、蓼、庸、舒蓼、蕭、舒庸、舒鳩、賴、陳、蔡、唐、頓、胡、杞、莒、魯等國，遭受攻伐的諸侯國更是不可勝數，楚國的歷史，幾乎是一部攻伐與侵略的歷史。由於不斷的攻伐與侵略，才造就其廣大的領土。相對的，也在特殊的地理環境下，日漸培育出特有的楚國文化。

　　現今出土的先秦竹簡，主要有兩個系統，一爲秦系，一爲楚系，尤以楚系竹簡的數量與內容最爲豐富。從楚簡的內容言，如：遣策、卜筮祝禱、記事性質的竹書、竹書、音律、日書、司法文書、簽牌記事等。從其時代而言，屬於戰國早期者，如：曾侯乙墓竹簡；屬於戰國中期早段者，如：雨臺山竹簡、慈利石板村竹簡；屬於戰國中期晚段者，如：信陽楚簡、天星觀竹簡、藤店竹簡、九店 M621 竹簡、望山楚簡、包山楚簡、馬山竹簡、郭店楚簡等；屬於戰國中期者，如：秦家嘴竹簡、臨澧九里竹簡、德山夕陽坡竹簡等；屬於戰國晚期早段者，如：九店 M56 竹簡；屬於戰國晚期者，如：五里牌竹簡、仰天湖竹簡；屬於戰國晚期晚段者，如：楊家灣竹簡。此外，楚地亦出土一件帛書，究其內容，應屬占辭術語、陰陽數術。由此觀察，楚地出土的簡帛資料，無論在質與量的方面，皆達到一定的程度。

　　雖然楚系簡帛文字的研究，已有一定的基礎，可是與其他領域如甲骨文、金文、小篆文字等相較，楚系簡帛的研究尚處於萌芽階段。由於其間仍有不少的文字無法得到詳確的解釋，再加上文字釋讀的困難，進而影響相關內容的理解。再者，自楚簡帛資料出土以來，儘管學者陸續發表文章，表達意見，可是

多為一家之言,並未真正有系統的整合研究。所以楚系簡帛文字的研究工作,仍須文字學界更多的人員投入討論與研究的行列。

# 第三章 楚簡帛文字——增繁與省減考

## 第一節 前 言

　　文字起源於圖畫，愈是古老的文字，圖畫性質愈濃，雖然圖畫性質的文字易於看圖識字，隨著時代、社會的進步，人類因爲溝通之需，對於文字的要求亦愈多，再加上圖畫文字有諸多的不便，[註1] 不再能滿足人們使用上的需要。爲了符合書寫者使用的便利，它走向簡化的趨勢；同時爲了達到書寫時的美感、求勻稱效果，或是明確詞義、標明讀音等因素的影響，它傾向繁化的趨勢。文字的演變，自始至終即在簡化與繁化下，或交替更迭、或同時並進的情況中變化。換言之，文字的主要目的，在於記錄語言，基於這項目的，它必須朝向實用的方向發展，所謂的「實用」，即是書寫的方便與省時，爲了達到該項目的，只有走向省減；相對的，文字既然是語言記錄的書寫工具，則必須順應語言的發展趨勢，朝向更爲精確的方向發展，亦即走向增繁。

---

〔註1〕　唐蘭於《中國文字學》云：「圖畫文字的短處很多。一、字太多，不易記，不易寫，也不易識。二、由於簡化，許多圖形早就混淆。三、由於生產的發展，社會關係的複雜，文化的進步，語言的逐漸繁複，許多新語言用圖畫表達不出，引申假借的方法，也不能用的太多，因爲一個字如有幾十個用法是很不方便的。」（臺北：開明書店，1991 年），頁 95～96。

　　增繁與省減是一種交互的作用，表面上二者似乎背道而馳，是一種相異的現象。基本而言，它是一體的兩面，具有相互相成的關係。文字的目的，在於記錄語言，在語言的要求下，它必須忠實的將之呈現。此外，文字的書寫，亦須考慮形體結構的問題，使之符合視覺美感的要求。在二者的雙重標準下，文字的增繁愈爲複雜。文字的省減，主要是爲了書寫、認識與記憶上的方便，相對而言，文字的省減，較之增繁則爲簡單。基本上，二者皆是爲了符合語言記錄的需要，因此稱之爲具有「相互相成」的關係，以及「一體的兩面」。即所謂的「增繁」，是與「省減」相對的產物，倘若沒有「省減」的存在，亦沒有「增繁」，反之亦然。

　　茲據文字演變的基本法則，分爲增繁與省減，依序加以論述。

# 第二節　增　繁

　　「增繁」係指在一個文字既有的形體之上，添加上一些新的筆畫、偏旁，或是重複其形體等，仍能保有原本記錄的字音或字義的繁化現象。

　　戰國文字增繁的現象，學者們多有其主張。何琳儀對於戰國文字的增繁現象，提出十分詳細的分類，他將此分爲四大類，於其所屬之下又再度細分，如：一、增繁同形偏旁（1、重疊形體；2、重疊偏旁）；二、增繁無義偏旁；三、增繁標義偏旁（1、象形標義；2、會意標義；3、形聲標義）；四、增繁標音偏旁（1、象形標音；2、會意標音；3、形聲標音；4、雙重標音）。其後林清源根據何氏的主張加以修改，提出五種現象：增添義符、增添音符、增添同形、增添贅旁、增添贅筆。〔註2〕

　　從二人提出的現象觀察，林氏所言並未脫離何氏之說，亦未見拈出新意。由於何琳儀對於戰國文字的增繁現象分類頗爲適當，因此本論文所立訂的標題，除了根據觀察簡帛文字的現象所得之外，多採用何氏之說。

## 一、筆畫增繁

　　根據楚簡與帛書的資料，其書寫的形體，常見增加一筆、或是二筆以上的

---

〔註2〕　何琳儀：《戰國文字通論》（北京：中華書局，1989 年），頁 194～202；林清源：《楚國文字構形演變研究》（私立東海大學中國文學系博士論文，1997 年），頁 82。

筆畫，於原本的字形之中。因此，我們稱於原字增加一筆者作「單筆」；稱於原字增加二筆或二筆以上者作「複筆」。茲分爲單筆與複筆分別舉例說明，論述如下：

### （一）單筆者

在楚系簡帛文字，單筆的增繁現象大多屬於飾筆，究其種類有以下幾種：一、將短橫畫「－」添加於一般的橫畫，或是起筆的橫畫之上；二、將短橫畫「－」添加於起筆的橫畫之下；三、將短橫畫「－」添加於收筆的橫畫之下；四、將短橫畫「－」添加於較長的豎畫之上；五、將短橫畫「－」添加於偏旁或部件之下；六、將短橫畫「－」添加於從口的部件之中；七、將短橫畫「－」添加於從心的偏旁之中；八、將短斜畫「ˋ（ˊ）」添加於字或偏旁的左側或右側；九、將小圓點「‧」添加於較長的豎畫之上；十、將小圓點「‧」添加於較長的彎筆之上。茲條分縷析，論述如下：

**1、將短橫畫「－」添加於一般的橫畫、起筆的橫畫之上者**

（1）天

「天」字於楚簡、帛書中常見，形體略有不同。見於信陽楚簡者，如：

$\overline{\overline{\wedge}}$（1.2）〔註3〕　　　$\overline{\overline{\wedge}}$（1.9）

$\overline{\overline{\pi}}$（1.35）　　　$\overline{\overline{\wedge}}$（1.40）

見於包山楚簡者，如：

$\overline{\overline{\mathcal{H}}}$（213）　　　$\overline{\mathcal{\wedge}}$（215）

$\overline{\overline{\wedge}}$（219）　　　$\overline{\overline{\wedge}}$（237）

$\overline{\overline{\wedge}}$（243）

見於楚帛書者，如：

$\overline{\overline{\wedge}}$（乙10.25）

---

〔註3〕　信陽楚墓出土竹簡的編碼，諸書不同，本文有關信陽楚墓竹簡文句後括弧內的號碼，係採《信陽楚墓》（北京：文物出版社，1986年）一書的編碼。此外，楚簡、帛書中同一文字的字形，往往有形體相同或是相異者，由於其出現的次數甚多，無法一一臚列，所以，於文中僅是將其形體相異者予以列出。

見於范家坡 27 號墓竹簡者，如：

夭 〔註4〕

以上諸例，皆在「天」字之上加上一短橫畫「－」。於甲骨文作：

吳 （《合》17985）　　　　杲 （《合》19050）

夵 （《合》22055）

於兩周金文作：

夭 〈天亡簋〉　　　　天 〈頌鼎〉

天 〈史頌鼎〉

或作：

天 〈中山王譽鼎〉

對於「天」字上加「－」的情形，林素清認為是春秋晚期以後之六國文字習見的飾筆現象。〔註5〕今以前舉諸例字證之，其言甚是。不論「天」字是否加上「－」，並無礙於其原來所承載的音義，「－」應視為「天」字的飾筆。

（2）下

「下」字於楚系簡帛習見，其形體大致相同，多見於起筆橫畫之上添加一短橫畫「－」，然而亦有少數未添加任何飾筆者。以包山楚簡為例，如：

下 （53）　　　　下 （220）

於甲骨文作：

⌒ （《合》7552）　　　　＝ （《合》32615）

---

〔註4〕　本文所引資料如：范家坡 27 號墓出土竹簡、天星觀 1 號墓出土竹簡、雨臺山 21 號墓出土竹簡、馬山 1 號墓出土竹簡、磚瓦廠 370 號墓出土竹簡、德山夕陽坡 2 號墓出土竹簡與秦家嘴 1、13、99 號墓出土竹簡，由於尚未正式發表，於現今的字書中僅見滕壬生：《楚系簡帛文字編》（武漢：湖北教育出版社，1995 年）收錄此批資料，所以，如有必須引用該批資料者，悉引自該書收錄。

〔註5〕　林素清於《戰國文字研究》云：「春秋晚期以後，六國文字形體上有一極普見的現象，就是橫筆之增添，大致可分為四種形式：一、加橫畫於起筆橫筆之上；二、增橫畫於較長之直筆上；三、增短橫畫於『口』形之中；四、增橫畫於字形末筆之下。」（國立臺灣大學中國文學研究所博士論文，1984 年），頁 60。

於兩周金文作：

〈哀成叔鼎〉　　　　　　〈中山王嚳鼎〉

、〈曾侯乙鐘〉　　　〈噩君啓車節〉

於「下」字的起筆橫畫之上添加「一」的情形，應是楚系文字的慣例。

（3）坪

「坪」字多見於楚簡，其形體略有不同。見於曾侯乙墓竹簡者，如：

（160）

見於包山楚簡者，如：

（83）　　　　　　（184）

（188）　　　　　　（200）

（203）　　　　　　（206）

（240）

亦見於曾侯乙墓出土的鐘銘，寫作「」、「」。從上列字形觀察，此字出現於楚簡，皆於所從偏旁「平」的起筆橫畫上添加短橫畫「一」。又曾侯乙墓竹簡的字形主要是依據鐘銘的字形書寫；包山楚簡的「坪」字，形體雖略有不同，基本的結構卻相同，其不同之處，為偏旁「土」的位置經營左右不拘，偏旁「平」筆畫就繁簡不一。

（4）福

「福」字於楚簡、帛書的形體，多有添加單筆的飾筆現象。見於望山楚簡者，如：

（1.51）

見於包山楚簡者，如：

（37）　　　　　　（205）

（206）

見於楚帛書者，如：

（乙10.8）

見於仰天湖竹簡者，如：

（37）

於兩周金文作：

〈沈子它簋蓋〉 〈曾伯陭壺〉

〈王孫誥鐘〉 〈中山王方壺〉

將楚簡帛與金文的「福」字系聯，早期金文的「福」字並未見短橫畫「－」的添加。於起筆橫畫之上添加的短橫畫「－」，應屬於飾筆的添加。再者，進一步的從金文的字形觀察，偏旁「示」或置於左，或置於右，未見將之置於下方，而楚簡帛文字則多置於下方。〔註6〕其次，從包山楚簡（37）與（205）的字形言，亦有省減筆畫的情形，即所從的「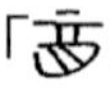」→「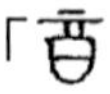」，省略「」的一個筆畫。

（5）從偏旁「工」者

「社」字於楚簡有兩種形體，見於天星觀竹簡者，如：

（卜筮）

見於包山楚簡者，如：

（224）

天星觀竹簡「社」字主要的飾筆現象，乃將短橫畫「－」添加於「工」的起筆橫畫之上。至於「工」左側的短斜畫現象，李家浩與裘錫圭云：

> 「工」旁作「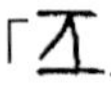」形（簡文「左」、「攻」等字所從「工」旁與此相同），中間的豎畫改用勾廓法寫出。〔註7〕

從偏旁「工」者，亦見相同的現象，如以「攻」字爲例：

| 字　例 | 添加短橫畫飾筆者 | 未添加短橫畫飾筆者 |
|---|---|---|
| 攻 | （天1） | （包106）〔註8〕 |

---

〔註6〕《楚系簡帛文字編》所收從偏旁「示」的文字甚多，見於頁20～35；容庚：《金文編》所收從偏旁「示」的文字，見於卷1，頁8～17。（北京：中華書局，1992年）。

〔註7〕裘錫圭、李家浩：〈曾侯乙墓竹簡釋文與考釋〉，《曾侯乙墓》（北京：文物出版社，1989年），頁501。

〔註8〕楚系簡帛文字中增繁與省減的現象十分多，無法一一詳細說明，文中列舉之所從偏旁或是部件相同的字例，具有增繁或省減的情形者，一概只列出一個字例作爲

（6）從偏旁「百」者

「百」字見於楚系簡帛文字，形體多有添加飾筆的現象，以包山楚簡爲例，如：

百（115）

未添加飾筆者則見於信陽楚簡，如：

百（2.29）

信陽楚簡的「百」字分見（1.27）、（2.29），前者於字形的起筆橫畫上添加短橫畫「一」，後者未添加飾筆，劉雨在釋文分別將之考釋爲「首」字與「百」字，〔註9〕商承祚於釋文則分別考釋爲「首」字與「百」字。〔註10〕將之與其他出土簡帛的「百」字相互觀察，其差異僅在添加飾筆與否；又從辭例言，若將（1.27）之辭例解讀爲「天夏首橐」似乎無法讀通，若將「首橐」釋爲「百橐」，於辭義上則文從字順，所以此字應作「百」字。

從偏旁「百」者，亦見相同的現象，如以「綃」字爲例：

---

代表說明，其餘則以表格的方式臚列，不再另外詳加論述。具有相同現象的字例，因字數甚多，在處理上亦無法一一論述，故僅將之列於表格，未再加以說明。又於表格所引出土簡帛資料名稱一概以簡稱示之，表示如下：長沙五里牌 406 號墓竹簡：牌；長沙仰天湖 25 號墓竹簡：仰；常德市德山夕陽坡 2 號墓竹簡：常；江陵望山 1 號墓竹簡：望 1；江陵望山 2 號墓竹簡：望 2；江陵天星觀 1 號墓卜筮竹簡：天 1；江陵天星觀 1 號墓遣策竹簡：天 2；江陵雨臺山 21 號墓竹簡：雨；江陵馬山 1 號墓竹簡：馬；江陵磚瓦廠 370 號墓竹簡：磚；江陵秦家嘴 1 號墓竹簡：秦 1；江陵秦家嘴 13 號墓竹簡：秦 13；江陵秦家嘴 99 號墓竹簡：秦 99；江陵范家坡 27 號墓竹簡：范；江陵藤店 1 號墓竹簡：藤；荊門包山 2 號墓竹簡：包；江陵九店 56 號墓竹簡：九 56；江陵九店 621 號墓竹簡：九 621；荊門郭店墓竹簡：郭；信陽 1 號墓竹書竹簡：信 1；信陽 1 號墓遣策竹簡：信 2；曾侯乙墓竹簡：曾；長沙子彈庫楚帛書甲篇：帛甲；長沙子彈庫楚帛書乙篇：帛乙；長沙子彈庫楚帛書丙篇：帛丙；此外，郭店楚簡出土的竹書種類共有 18 種，以郭店楚簡《老子》甲本爲例，如：郭・老子甲本，下同。

〔註9〕劉雨：〈信陽楚簡釋文與考釋〉，《信陽楚墓》，頁 125，頁 130。

〔註10〕商承祚：〈信陽長臺關一號楚墓竹簡第一組文章考釋〉，《戰國楚竹簡匯編》（山東：齊魯書社，1995 年），頁 162；〈信陽長臺關一號楚墓竹簡第二組遣策考釋〉，《戰國楚竹簡匯編》，頁 39。

| 字　例 | 添加短橫畫飾筆者 | 未添加短橫畫飾筆者 |
|---|---|---|
| 綰 | （仰 27） | |

（7）從偏旁「侯」者

古文字中的「侯」字不從「人」，於楚簡帛書的形體主要有二：一爲添加短橫筆畫於該字起筆的橫畫之上，一爲未添加飾筆。以包山楚簡爲例，如：

（243）　　　　　（251）

於兩周金文習見，其情形與包山楚簡同，如：

〈己侯簋〉　　　　〈蔡侯鼎〉

、、〈曾侯乙鐘〉　〈曾侯乙鼎〉

〈楚王酓章鎛〉

「侯」字在楚簡以添加短橫筆畫於該字起筆的橫畫之上者爲多，又從〈楚王酓章鎛〉的字形言，亦爲添加飾筆的形體，在字形上與簡文中的形體相同，而同爲楚系的曾侯乙墓出土的銘文則少見加上飾筆的「侯」字，此一現象透露出雖然同屬於楚系文字，由於國別與地域的不同，在文字的書寫習慣上亦有些微的差異。其後文字形體的逐漸趨於一致，是在政治力量、書寫者習慣或流行風尚所使然。

從偏旁「侯」者，亦見相同的現象，如以「鄇」字爲例：

| 字　例 | 添加短橫畫飾筆者 | 未添加短橫畫飾筆者 |
|---|---|---|
| 鄇 | （包 132） | |

（8）從偏旁「其」者

「其」字習見於楚系簡帛文字，形體大致可以分爲添加飾筆、未添加飾筆二種。以包山楚簡爲例，如：

（7）　　　　　（15 反）

「其」字於甲骨文作：

（《合》904 正）　　　（《合》34674）

（《合》36354）

於兩周金文作：

〈大克鼎〉　〈虢季子白盤〉

〈王孫遺者鐘〉　〈中山王礐鼎〉

〈好蚉壺〉　〈兆域圖銅版〉

〈曾侯乙鐘〉　〈噩君啓舟節〉

於侯馬盟書作：

（1.1）　（1.3）

（1.46）　（181.1）

（194.5）　（198.16）〔註11〕

於秦代陶文作：

（俑417）　（俑419）〔註12〕

從文字形體的發展言，本來只作「」，而後又於該形體之下添加聲符「丌」，在文字書寫要求便捷下，又轉而去掉上面的形符「」，僅保留聲符，爲求形體的美感，或是補白的作用，遂在「丌」的起筆橫畫上添加短橫畫「—」，寫作「亓」形。

根據簡帛文字資料發現，曾侯乙墓竹簡出現的「其」字一概未加上飾筆，此一現象與其他出土竹簡、帛書的「其」字，或全部加上飾筆，或二者混同的現象著實不同。從曾侯乙墓出土的銅器銘文觀察，竹簡的字形，實際上已經是銘文「其」字的簡省。就上面所列的字例與簡帛文字言，由於曾侯乙墓竹簡的書寫年代比其他的簡帛資料早，增加飾筆的現象，應是受到當時的審美觀點所趨，它是慢慢形成的一種風尚，並非是一時間突然的激增之突變，

從偏旁「其」者，亦見相同的現象。茲將之臚列於下表，以清眉目：

| 字　例 | 添加短橫畫飾筆者 | 未添加短橫畫飾筆者 |
|---|---|---|
| 巽 | （信2.17） | |

〔註11〕山西省文物工作委員會：《侯馬盟書・侯馬盟書字表》（北京：文物出版社，1976年），頁315。

〔註12〕袁仲一：《秦代陶文》（陝西：三秦出版社，1987年），頁215。

| 箕 | 𥴂（信 2.21） | |
| 諅 | 𧨀（天 1） | |
| 翼 | 𦏥（天 2） | 𦏥（天 2） |
| 箕 | 𥴞（天 2） | |
| 期 | 𠣬（包 46） | 𠱾（包 15） |
| 闋 | 𥅆（包 119 反） | |
| 基 | 坕（包 168） | |
| 惎 | 𢜔（郭・語叢四 13） | 𢜔（郭・六德 41） |

（9）從偏旁「不」者

「不」字於楚簡、帛書多見，其形體大致可分為五種。以包山楚簡為例，如：

𣎴（15 反）　　　　　　　　𣎴（27）

𣎴（102）　　　　　　　　　𣎴（121）

𣎴（242）

於信陽楚簡、望山楚簡、磚瓦廠 370 號墓竹簡、天星觀竹簡以及楚帛書等資料，皆作「𣎴」。於甲骨文作：

𣎴（《合》6834 正）　　　　𣎴（《合》20023）

於兩周金文作：

𣎴〈史獸鼎〉　　　　　　　𣎴〈兮甲盤〉

𣎴〈蔡侯紐鐘〉　　　　　　𣎴〈王子午鼎〉

𣎴〈中山王𦤳鼎〉　　　　　𣎴〈兆域圖銅版〉

𣎴〈噩君啟車節〉

甲骨文不見添加飾筆者，金文以楚系與中山國銅器銘文習見飾筆的情形。將甲、金文與楚系簡帛文字系聯，前引（15 反）之例為「不」字的正體，其餘是在「不」字的基本形體上加上飾筆。以（27）之例言，是將短橫畫添加於起筆橫畫之上；以（102）為例，是將短橫畫添加於「↑」中間的豎畫上；以（121）為例言，是在「↑」中間的豎畫添加短橫畫，又於起筆橫畫上添加短橫畫；（242）之例甚為少見，與其相同者有（155）、（239），其形體又是在（121）的字形基礎上

發展而成，其例甚少見，應是書寫者於書寫時不小心所造成的。

從偏旁「不」者，亦見相同的現象。茲將之臚列於下表，以清眉目：

| 字　例 | 添加短橫畫飾筆者 | 未添加短橫畫飾筆者 |
|--------|------------------|--------------------|
| 杯 | （信 2.20） | |
| 胚 | （天 1） | |
| 怀 | （望 1.183） | |

（10）從偏旁「正」者

「正」字於楚簡、帛書常見，形體一致，並無不同。見於包山楚簡者，如：

（26）　　　　　　　　　（39）

見於楚帛書者，如：

（乙 9.14）

皆在「正」字之上添加短橫畫「－」。「正」字於甲骨文作：

（《合》644）

於兩周金文作：

〈彔伯威簋蓋〉　　　　　　　　〈虢季子白盤〉

或作：

〈郘公華鐘〉　　　　　　　〈私庫嗇夫鑲金銀泡飾〉〔註13〕

不論是否加上「－」，並無礙於其原來所載的形音義，「－」應視爲是飾筆的一種。

從偏旁「正」者，亦見相同的現象。茲將之臚列於下表，以清眉目：

| 字　例 | 添加短橫畫飾筆者 | 未添加短橫畫飾筆者 |
|--------|------------------|--------------------|
| 政 | （包 81） | |
| 定 | （包 152） | |
| 征 | （帛丙 1.4） | |

（11）從偏旁「可」者

「可」字於楚簡帛文字的字形皆相同，以包山楚簡爲例，如：

（138 反）

---

〔註13〕張守中：《中山王嚳器文字編》（北京：中華書局，1981 年），頁 15。

在起筆的橫畫上添加短橫畫「一」。兩周金文的形體，以未添加飾筆的情形爲多見，然而亦偶見加上飾筆者，如：

可 〈蔡大師鼎〉　　　　　　　可 〈中山王𧊒鼎〉

從金文的字例可知，中山王器雖未於該字添加飾筆，可是透過文字的形體盤曲，使得文字產生美感，而〈蔡大師鼎〉則以添加飾筆的方式來增加字形的美感，並且達到補白的作用。

從偏旁「可」者，亦見相同的現象。茲將之臚列於下表，以清眉目：

| 字　例 | 添加短橫畫飾筆者 | 未添加短橫畫飾筆者 |
|---|---|---|
| 抲 | 抲（包 15） | |
| 羿 | 羿（可 38） | |
| 徛 | 徛（包 68） | 徛（包 137 反） |
| 坷 | 坷（包 100） | |
| 倚 | 倚（包 135） | 倚（包 78） |
| 苛 | 苛（包 216） | 苛（包 135 反） |
| 絇 | 絇（仰 2） | 絇（包 263） |

（12）從偏旁「酉」者

「酉」字多見於楚簡，形體多有變化。見於包山楚簡者，如：

奉（7）　　　　　　　　　酋（68）

耆（167）　　　　　　　　酋（221）

楢（簽）

見於秦家嘴 13 號墓竹簡者，如：

酉（3）

該字於甲骨文已經出現，作爲干支紀日之用，如：

酉（《合》1777）　　　　酉（《合》3280）

酉（《合》6049）　　　　酉（《合》17578 正）

酉（《合》21554）　　　酉（《合》34417）

於兩周金文作：

〈酉父辛爵〉　〈士上盉〉

〈遹簋〉　〈陳喜壺〉

〈噩君啓車節〉

甲骨文並無飾筆情形，金文已見少數添加飾筆現象，楚簡的「酉」字多將短橫畫飾筆加於起筆橫畫之上。從「酉」字飾筆的添加現象觀察，飾筆的使用眞正蔚爲風尚應是在東周。甲骨文與西周的銘文尚未見添加飾筆情形，至東周時期，對文字的形體講求美感，爲了視覺的效果，要求文字形體的匀稱，所以加上一些非必要的筆畫，增加文字形體上的美感。

從偏旁「酉」者，亦見相同的現象。茲將之臚列於下表，以清眉目：

| 字　例 | 添加短橫畫飾筆者 | 未添加短橫畫飾筆者 |
| --- | --- | --- |
| 鄭 | （曾 151） | |
| 猶 | （信 1.24） | |
| 酞 | （望 2.48） | |
| 牺 | （包 16） | （包 144） |
| 酴 | （包 18） | |
| 酷 | （包 125） | |
| 醓 | （包 138） | |
| 奠 | （包 160） | |
| 酓 | （包 171） | |
| 酒 | （包 200） | |
| 莤 | （包 255） | |
| 酭 | （包 255） | |
| 醆 | （包 256） | |

「酒」字的形體與「酉」字雖近同，仍可從文例判讀，因「酉」字多作爲干支紀日之用，只有少數作爲人名使用，而「酒」字則使用於「食」字或「飤」字之前。

（13）從偏旁「耳」者

「耳」字見於包山楚簡，形體多爲未添加飾筆者，僅有少數加上飾筆，如：

且（34）　　　　　　　　　盲（265）

未加飾筆者除（34）外，尚有（39，175，190），其辭例皆作爲人名使用。（265）的辭例爲「一聠耳鼎」。據出土報告記載，當時有件銅器其形狀爲：蓋上有二孔，可以套入鼎的雙耳。包山楚簡釋文以爲此乃銅鼎，即貫耳鼎。就「耳」字的形體言，於起筆橫畫上所加確爲飾筆，從辭例觀察，亦似乎有意與作爲人名之用的「耳」字有所區別。

從偏旁「耳」者，亦見相同的現象。茲將之臚列於下表，以清眉目：

| 字　例 | 添加短橫畫飾筆者 | 未添加短橫畫飾筆者 |
|---|---|---|
| 聞 | 䚕（信 1.7） | 䚕（包 130 反） |
| 聖 | 䁔（望 1.88） | 䁔（望 1.109） |
| 取 | 取（包 156） | 取（包 89） |
| 聠 | 聠（包 265） | 聠（包 72） |
| 緎 | 緎（包牘 1） | 緎（天 2） |

（14）從偏旁「戶」者

「戶」字見於包山楚簡，如：

厔（簽）

在起筆橫畫上添加短橫畫「－」的飾筆。

從偏旁「戶」者，亦見相同的現象。茲將之臚列於下表，以清眉目：

| 字　例 | 添加短橫畫飾筆者 | 未添加短橫畫飾筆者 |
|---|---|---|
| 啓 | 啓（包 13） | 啓（曾 155） |
| 雇 | 雇（包 123） | |
| 所 | 所（包 154） | 所（包 3） |
| 房 | 房（包 266） | 房（包 149） |

（15）從偏旁「石」者

「石」字於楚簡帛文字的字形皆相同，以包山楚簡爲例，如：

肩（80）　　　　　　　　　启（203）

於兩周金文作：

〔石〕（䋼蚤壺）

於侯馬盟書作：

〔石〕（194.11）〔註14〕

將金文、侯馬盟書與楚簡文字系聯，楚簡「石」字在起筆橫畫上所見的短橫畫「一」，應爲飾筆的添加。

從偏旁「石」者，亦見相同的現象。茲將之臚列於下表，以清眉目：

| 字　例 | 添加短橫畫飾筆者 | 未添加短橫畫飾筆者 |
|---|---|---|
| 庶 | 〔庶〕（包 257） | |
| 礦 | 〔礦〕（包籤） | |

（16）從偏旁「反」者

「反」字於楚簡帛文字的字形皆相同，以郭店楚簡〈成之聞之〉爲例，如：

〔反〕（12）

於兩周金文作：

〔反〕（九年衛鼎）　　　〔反〕（頌鼎）

金文「反」字未見短橫畫「一」的添加。楚簡「反」字在起筆橫畫上所見的短橫畫「一」，應爲飾筆的添加。

從偏旁「反」者，亦見相同的現象。茲將之臚列於下表，以清眉目：

| 字　例 | 添加短橫畫飾筆者 | 未添加短橫畫飾筆者 |
|---|---|---|
| 返 | 〔返〕（包 122） | |
| 恆 | 〔恆〕（郭・窮達以時 15） | |

除了上述所舉的例字外，在起筆橫畫或一般的橫畫上，添加短橫畫飾筆的現象，於楚系簡帛文字尚有不少例子。茲將之臚列於下表，以清眉目：

| 字　例 | 添加短橫畫飾筆者 | 未添加短橫畫飾筆者 |
|---|---|---|
| 紳 | 〔紳〕（曾 131） | |
| 惡 | 〔惡〕（天 1） | |

〔註14〕《侯馬盟書・侯馬盟書字表》，頁 304。

| 亞 | 亞（天1） | 亞（天1） |
|---|---|---|
| 而 | 天（包2） | 不（包218） |
| 帀 | 不（包52） | |
| 丙 | 匋（包54） | |
| 恆 | 亟（包130） | 亟（包218） |
| 亥 | 亏（包181） | |
| 疾 | 疾（包218） | 疾（包220） |
| 五 | 又（包牘1） | 又（包146） |
| 宅 | 斥（郭・成之聞之34） | 斥（郭・成之聞之33） |

2、將短橫畫「－」添加於起筆的橫畫之下者

「板」字見於包山楚簡者，如：

板（43）

見於郭店楚簡〈緇衣〉者，如：

板（7）

楚簡從偏旁「反」者，多將短橫畫飾筆添加在起筆橫畫之上，如包山楚簡「反」
（122）、郭店楚簡〈成之聞之〉「反」（12）等。短橫畫飾筆「－」的添加，並
無固定的位置。產生的因素，是為了補白的作用。

3、將短橫畫「－」添加於收筆的橫畫之下者

（1）上

「上」字於楚簡習見，作為「方位詞，或是從方位詞引申出來的普通名詞」，
[註15] 其形體有未加「－」者，以及添加「－」者二種。見於信陽楚簡者，如：

上（1.1）

見於包山楚簡者，如：

上（269）　　　　　　　　上（牘1反上）

見於楚帛書者，如：

上（乙6.4）

---

〔註15〕《楚國文字構形演變研究》，頁86。

於甲骨文作：

（《合》24979）　　（《合》27815）

於兩周金文作：

〈天亡簋〉　　〈中山王嚳方壺〉

甲、金文的「上」字，皆未添加飾筆「－」。再者，從楚系簡帛文字觀察，加上「－」者，亦僅出現於包山楚簡。此種添加短橫畫飾筆的方式，應是包山楚簡書寫者的個人習慣。

（2）丘

「丘」字見於包山楚簡，形體分爲從「土」與不從「土」者，如：

（90）　　（241）

於金文作：

〈子禾子釜〉　　〈鄂君啓舟節〉

將金文與楚簡的「丘」字系聯，包山楚簡的「丘」字若不從偏旁「土」，則於收筆橫畫之下添加飾筆「－」；「丘」字下添加的「土」，應屬有義的偏旁。在文字的發展過程，常見具有相關意義者一律加上某一偏旁，如與土地有關者，則添加「土」的偏旁；與鳥類有關者，則添加「鳥」或「隹」的偏旁。「丘」字具有「地上高起的土堆」的意義，添加偏旁「土」更能突顯其意義。

（3）從偏旁「且」者

「且」字僅見於望山楚簡，如：

（2.10）

在收筆的橫畫之下加上短橫畫「－」。

從偏旁「且」者，亦見相同的現象。茲將之臚列於下表，以清眉目：

| 字　例 | 添加短橫畫飾筆者 | 未添加短橫畫飾筆者 |
|---|---|---|
| 俎 | （望 2.45） | |
| 組 | （包 259） | （天 2） |

（4）從偏旁「至」者

「至」字習見於楚簡、帛書。見於曾侯乙墓竹簡者，如：

（121）

見於信陽楚簡者，如：

（1.1）

見於望山楚簡者，如：

（2.38）

見於包山楚簡者，如：

（16）　　　　　　　　　（204）

此外，秦家嘴 1 號、13 號、99 號墓竹簡與天星觀竹簡、楚帛書的「至」字皆與包山楚簡相近。「至」字於兩周金文的字形十分固定，如：

〈大盂鼎〉　　　　　　　　　〈兮甲盤〉

〈龏公牼鐘〉

皆不見於收筆橫畫之下添加「一」。楚簡、帛書「至」字所見的「一」應爲飾筆。此外，曾侯乙墓竹簡的「至」字形體與金文相近，因爲時代較早，仍受到銅器銘文字形影響所致。

從偏旁「至」者，亦見相同的現象。茲將之臚列於下表，以清眉目：

| 字　例 | 添加短橫畫飾筆者 | 未添加短橫畫飾筆者 |
|---|---|---|
| 硅 | （信 2.8） | |
| 騠 | （天 2） | |
| 屋 | （望 2.2） | |
| 桎 | （包 144） | |
| 侄 | （包 170） | |
| 室 | （包 233） | （天 1） |
| 銍 | （包 272） | |
| 臺 | （郭・老子甲本 26） | |
| 桎 | （郭・緇衣 26） | |

（5）從偏旁「立」者

「立」字見於包山楚簡者，如：

（204）

見於郭店楚簡〈緇衣〉者，如：

（3）

此外，曾侯乙墓竹簡、信陽楚簡、望山楚簡的「立」字皆與包山楚簡相近。「立」
字於兩周金文的字形十分固定，如：

〈番生簋〉　　　　　　　　　〈中山王䛮方壺〉

皆不見於收筆橫畫之下添加「一」，郭店楚簡「立」字所見的「一」應爲飾筆。

從偏旁「立」者，亦見相同的現象，如以「位」字爲例：

| 字　例 | 添加短橫畫飾筆者 | 未添加短橫畫飾筆者 |
|---|---|---|
| 位 | （郭・緇衣25） | （包225） |

除了上述所舉的例字外，將短橫畫添加於收筆橫畫之下者，還有「相」、「堂」
諸字。茲將之臚列於下表，以清眉目：

| 字　例 | 添加短橫畫飾筆者 | 未添加短橫畫飾筆者 |
|---|---|---|
| 相 | （郭・老子甲本16） | （帛甲7.35） |
| 堂 | （郭・性自命出19） | |

**4、將短橫畫「一」添加於較長的豎畫之上者**

（1）艸

「艸」字見於信陽楚簡者，如：

（2.19）

楚簡與金文從「艸」偏旁者，皆未見於較長的豎畫之上添加短橫畫飾筆，惟獨
此字加上「一」。〔註16〕據此可知，應是爲了文字的勻稱與美感而增加的飾筆。

（2）從偏旁「內」者

「內」字於楚系簡帛的字形一致，皆將短橫畫「一」添加於較長的豎畫之
上。以包山楚簡爲例，如：

（7）

---

〔註16〕《楚系簡帛文字編》所收從偏旁「艸」的文字甚多，見於頁54～71；《金文編》所
　　　　收從偏旁「艸」者，見於卷1，頁33～42。

此種添加飾筆的方式，於兩周金文亦有例可循，如：

〈子禾子釜〉　　〈中山王嚳方壺〉

金文添加的飾筆，是將「・」加於較長得豎畫之上，楚系簡帛的「內」字是以「－」取代「・」，因古文字中的圓點往往可以拉長成爲一橫作「－」。

從偏旁「內」者，亦見添加飾筆的現象，它們不是圓點而是呈一橫畫。茲將之臚列於下表，以清眉目：

| 字　例 | 添加短橫畫飾筆者 | 未添加短橫畫飾筆者 |
|---|---|---|
| 納 | （信 2.28） | |
| 鈉 | （包 25） | |

（3）從偏旁、部件「火」者

「火」字見於楚帛書，如：

（丙 2.4）

短橫畫「－」添加在較長的豎畫之上。「火」字很少出現於楚系文字，作爲偏旁或是部件時，卻十分常見。添加飾筆的現象，不僅於楚系簡帛文字習見，於兩周金文亦可找到例子：

〈吳王光鑑〉　　〈中山王嚳鼎〉

〈中山王嚳壺〉　　〈鄂君啓車節〉

以中山王嚳器爲例，從「火」偏旁者，皆於「火」的較長豎畫上添加「・」，楚系銅器如〈吳王光鑑〉、〈鄂君啓車節〉，則同簡帛文字相同，皆將短橫畫「－」加在較長的豎畫之上。

從「火」的偏旁、部件者，亦見相同的現象。茲將之臚列於下表，以清眉目：

| 字　例 | 添加短橫畫飾筆者 | 未添加短橫畫飾筆者 |
|---|---|---|
| 炢 | （曾 11） | |
| 瓄 | （曾 38） | |
| 墨 | （曾 47） | |
| 臭 | （曾 66） | |
| 黃 | （曾 124） | （望 2.8） |

| | | |
|---|---|---|
| 黸 | 墨（曾164） | |
| 黑 | 朵（曾174） | |
| 樊 | 樊（曾212） | |
| 縈 | 縈（信2.8） | |
| 裘 | 楚（天1） | 炎（包16） |
| 鐘 | 鐘（天2） | |
| 鑛 | 鑛（天2） | |
| 然 | 然（望1.43） | |
| 虞 | 寋（望1.136） | |
| 綏 | 綏（望2.21） | 綏（信2.15） |
| 垵 | 垵（望2.56） | |
| 郯 | 郯（包81） | |
| 斷 | 斷（包82） | |
| 驕 | 驕（包98） | |
| 熾 | 熾（包139） | |
| 燭 | 槻（包163） | |
| 赤 | 炎（包168） | |
| 燒 | 焿（包186） | |
| 爨 | 爨（包218） | |
| 奥 | 奥（包221） | 奥（包71） |
| 熬 | 熬（包257） | |
| 纛 | 纛（包265） | |
| 笔 | 楚（包269） | |
| 光 | 光（包270） | 炎（包207） |
| 戣 | 戣（包牘1） | 戣（包269） |
| 難 | 難（帛甲4.25） | 難（信1.8） |
| 炎 | 炎（帛甲6.1） | |
| 燬 | 燬（帛丙10.2） | |

從上表可以看出，楚簡、帛書從「火」偏旁或部件者，大多添加短橫畫「－」於較長的豎畫上，其作用除了補白外，也可能涉及書法文字結構的穩定，或是其他書法上的問題。

（4）從偏旁「羊」者

「羊」字於楚簡與帛書的字形大致相同，見於曾侯乙墓竹簡者，如：

羊（6）

亦見少數於較長的豎畫上添加短橫畫「－」。以包山楚簡爲例，如：

羊（275）

甲、金文「羊」字或是從「羊」偏旁者，尙未見添加飾筆的情形。包山楚簡「羊」字豎畫上的短橫畫「－」，應爲飾筆的添加。

從偏旁「羊」者，亦見相同的現象。茲將之臚列於下表，以清眉目：

| 字 例 | 添加短橫畫飾筆者 | 未添加短橫畫飾筆者 |
|---|---|---|
| 遅 | 遅（包 25） | 遅（包 19） |
| 羘 | 羘（包 237） | 羘（包 214） |
| 羴 | 羴（包 237） | 羴（包 243） |

從上表的字例觀察，古文字的字形十分不固定，如「羘」字的字形，本應如包山楚簡（214），在偏旁位置的經營上卻又將原本的偏旁位置左右更換，如包山楚簡（237）之形作「羘」，即是著例。

（5）從偏旁「竹」者

「竹」字於楚簡的字形皆相同，以包山楚簡爲例：

竹（260）

將短橫畫「－」添加於較長的豎畫之上。短橫畫「－」的添加，並未增減該字的意義，「－」應爲飾筆。

從偏旁「竹」者，亦見相同的現象。茲將之臚列於下表，以清眉目：

| 字 例 | 添加短橫畫飾筆者 | 未添加短橫畫飾筆者 |
|---|---|---|
| 笭 | 笭（信 1.4） | |
| 笙 | 笙（信 2.3） | |
| 簧 | 簧（信 2.3） | |

| 劏 | 劏（信 2.4） | |
|---|---|---|
| 籐 | 籤（信 2.11） | |
| 籛 | 籛（信 2.11） | |
| 籃 | 籃（信 2.14） | |
| 笠 | 笠（信 2.18） | |
| 俤 | 俤（信 2.21） | |
| 箕 | 箕（信 2.21） | |
| 簫 | 簫（信 2.23） | |
| 笄 | 笄（天 2） | |
| 竿 | 竿（天 2） | |
| 筎 | 筎（天 2） | |
| 簾 | 簾（天 2） | |
| 箧 | 箧（望 1.23） | |
| 簠 | 簠（望 2.13） | |
| 箸 | 箸（包 1） | |
| 竽 | 竽（包 80） | 竽（包 125 反） |
| 笙 | 笙（包 70） | |
| 等 | 等（包 132 反） | |
| 箸 | 箸（包 133） | |
| 竽 | 竽（包 157） | |
| 笭 | 笭（包 180） | |
| 篩 | 篩（包 204） | |
| 答 | 答（包 223） | |
| 筲 | 筲（包 241） | |
| 歜 | 歜（包 255） | |
| 笴 | 笴（包 256） | |
| 簸 | 簸（包 256） | |
| 箕 | 箕（包 257） | |

| 篝 | 篝（包 260） | |
|---|---|---|
| 策 | 簝（包 260） | |
| 簋 | 簋（包 262） | |
| 席 | 篏（包 263） | |
| 箮 | 簪（包 277） | |
| 築 | 簃（帛丙 2.2） | |
| 笱 | 笱（仰 16） | |
| 箏 | 箏（仰 16） | |
| 竺 | 竺（仰 30） | |

從「竹」偏旁者加上短橫畫「－」的情形，於楚簡帛文字十分常見，為楚系簡帛文字的一項特色。「－」的添加，除具有補白的作用外，也可能是為了避免筆畫細長所產生的單調，遂藉著「－」的添加，增加其節奏感。

（6）從偏旁「不」者

請參見本節「1、將短橫畫『－』添加於一般的橫畫、起筆的橫畫之上者」的論述。

（7）從偏旁「凡」者

「凡」字於楚簡、帛書的寫法雖然大致相同，可是，亦略有差異。見於曾侯乙墓竹簡者，如：

凡（121）　　　　　　　凡（140）

見於包山楚簡者，如：

凡（4）　　　　　　　凡（137）

見於楚帛書者，如：

凡（乙 5.11）

見於秦家嘴 1 號墓竹簡者，如：

凡（2）

於甲骨文作：

凡（《合》13831）

於兩周金文作：

〈天亡簋〉　　　　　　 〈散氏盤〉

甲、金文皆未見添加飾筆的現象。簡帛文字在字形上，多將短橫畫添加於右側的豎畫，如曾侯乙墓竹簡（121）；亦見少數「一」書寫作短斜畫者，如楚帛書（乙5.11）。此種情形的產生，應是當時書寫的習慣，或是爲求美感所致。再者，包山楚簡添加飾筆的情形亦比較複雜，它並非只是加上「一」，又於「一」之上再添加一筆較之爲短的筆畫，形成「ㄨ」。總之，不論添加飾筆的情形如何，皆無礙於原本的音義，其作用不外是追求形體上的補白、勻稱的美感。

從偏旁「凡」者，亦見相同的現象。茲將之臚列於下表，以清眉目：

| 字　例 | 添加短橫畫飾筆者 | 未添加短橫畫飾筆者 |
|---|---|---|
| 机 | （包183） | |
| 風 | （帛甲1.31） | |

「風」字從虫凡聲，所從之「凡」添加飾筆的情形，與後代字書所載的形體略同。如：《說文解字》「風」字古文作「」，《古文四聲韻》「風」字作「」，《汗簡》「風」字作「」。〔註17〕從其形體觀察，後代字書「風」字的偏旁「凡」，應是有所承繼，而非妄作。

（8）從偏旁「屯」者

「屯」字習見於楚簡，形體大致可以分爲添加飾筆與未加飾筆二種。見於曾侯乙墓竹簡者，如：

（193）

見於信陽楚簡者，如：

（2.13）

見於包山楚簡者，如：

（147）

觀察其字形，添加飾筆者多見於信陽楚簡，此種現象的產生，應是書寫者的個人習慣。又於〈噩君啓舟節〉寫作「」，亦有添加飾筆的情形。與楚簡不同

---

〔註17〕（漢）許慎撰、（清）段玉裁注：《說文解字注》（臺北：黎明文化事業股份有限公司，1991年），頁684；（宋）夏竦：《古文四聲韻》（臺北：學海出版社，1978年），頁20；（宋）郭忠恕：《汗簡》（北京：中華書局，1983年），頁36。

之處，並非飾筆的不同或是位置的經營有異，而是楚簡字形最上面的橫筆，於〈鄎君啓舟節〉變爲小圓點，雖然字形有所不同，亦可由此看出文字的形體演變，即由「・」→「一」，亦即古文字中的圓點往往可以拉長成爲一橫作「一」。

從偏旁「屯」者，亦見相同的現象。茲將之臚列於下表，以清眉目：

| 字　例 | 添加短橫畫飾筆者 | 未添加短橫畫飾筆者 |
|---|---|---|
| 在 | 𡉚（包 12） | 才（包 8） |
| 坉 | 𡉚（包 58） | |
| 邨 | 𨛜（包 166） | |
| 春 | 萅（包 206） | 萅（曾 1 正） |
| 緒 | 緒（仰 2） | |

從出土簡帛的「春」字觀察，「春」字出現於包山楚簡、曾侯乙墓竹簡、楚帛書等資料。惟於曾侯乙墓竹簡，無論「屯」字，或是從「屯」聲的「春」字，皆不見添加飾筆的現象。對於此現象的解釋，可以從其書寫的時代而論。「春」字於兩周金文作：

萅　〈蔡侯墓殘鐘四十七片〉

曾侯乙墓竹簡的書寫時代，較其他幾批的楚簡、帛書資料爲早。因此該字書寫的習慣上，或仍承襲金文的習慣，未添加任何的飾筆。

（9）從偏旁「甬」者

「甬」字見於包山楚簡，如：

甬（146）　　　　甬（277）

於兩周金文作：

甬　〈頌鼎〉

金文「甬」字尚未見添加短橫畫「一」現象。楚簡「甬」字不論添加「一」的情形如何，並無礙於其原來所承載的音義，其作用不外是追求形體上的補白、勻稱的美感，應視爲飾筆。

從偏旁「甬」者，亦見相同的現象。茲將之臚列於下表，以清眉目：

| 字　例 | 添加短橫畫飾筆者 | 未添加短橫畫飾筆者 |
|---|---|---|
| 狂 | 𤟥（包 227） | |

| 篆 | （包240） | （包248） |
|---|---|---|
| 獵 | （包244） | （包210） |

（10）從偏旁「弓」者

「弓」字見於曾侯乙墓竹簡者，如：

（45）

見於包山楚簡者，如：

（260）

於兩周金文作：

〈靜卣〉　　　　　　　　〈虢季子白盤〉

金文「弓」字尚未見短橫畫的添加。包山楚簡「弓」字上的「一」，應爲飾筆，其添加與否，並無礙於其原來所承載的音義。

從偏旁「弓」者，亦見相同的現象。茲將之臚列於下表，以清眉目：

| 字　例 | 添加短橫畫飾筆者 | 未添加短橫畫飾筆者 |
|---|---|---|
| 弜 | （天1） | （包103） |
| 張 | （望1.1） | （包95） |

（11）從偏旁「巾」者

從偏旁「巾」的文字甚多，茲以「帛」字爲例。見於信陽楚簡者，如：

（2.15）

「帛」字在兩周金文的形體十分固定，如：

〈九年衛鼎〉

此外，據《金文編》收錄從偏旁「巾」者觀察，亦未見短橫畫「一」的添加。
〔註18〕楚簡從「巾」偏旁者，其上之「一」應爲飾筆。

從偏旁「巾」者，亦見相同的現象。茲將之臚列於下表，以清眉目：

| 字　例 | 添加短橫畫飾筆者 | 未添加短橫畫飾筆者 |
|---|---|---|
| 帶 | （信2.2） | （包219） |

---

〔註18〕《金文編》卷7，頁548～551。

| | | |
|---|---|---|
| 帚 | （信 2.15） | |
| 帕 | （信 2.15） | |
| 綿 | （信 2.19） | |
| 常 | （包 203） | |
| 帬 | （包 269） | |

（12）從部件「↑」者

從部件「↑」的文字甚多，茲以「萊」字爲例。見於信陽楚簡者，如：

（1.24）

見於包山楚簡者，如：

（86）

將信陽與包山楚簡「萊」字系聯，此字從艸柬聲。信陽楚簡（1.24）所見添加於「↑」部件的短橫畫「－」，無論添加與否，並無礙於其原來所承載的音義，故應視爲飾筆。

此外，在楚簡、帛書文字亦發現從「↑」部件者，具有相同的情形。茲將之臚列於下表，以清眉目：

| 字　例 | 添加短橫畫飾筆者 | 未添加短橫畫飾筆者 |
|---|---|---|
| 秉 | （曾 43） | （帛丙 3.1） |
| 橐 | （信 1.27） | |
| 朱 | （信 2.16） | （曾 86） |
| 蔕 | （信 2.21） | |
| 刺 | （天 1） | |
| 英 | （天 2） | （天 1） |
| 紾 | （天 2） | （天 2） |
| 集 | （天 2） | （包 212） |
| 策 | （天 2） | （包 260） |
| 束 | （望 1.10） | |
| 未 | （包 8） | （包 41） |

| 殺 | 𣪊（包83） | 𣪊（包86） |
|---|---|---|
| 株 | 𣝯（包117） | 𣝯（包108） |
| 東 | 東（包121） | 東（包153） |
| 寢 | 寢（包146） | 寢（包166） |
| 責 | 責（包152） | 責（包146） |
| 邾 | 邾（包156） | 邾（包94） |
| 央 | 央（包201） | |
| 歸 | 歸（包206） | 歸（包43） |
| 遷 | 遷（包242） | 遷（秦99.1） |
| 鞅 | 鞅（包268） | |
| 絑 | 絑（包269） | 絑（包170） |
| 戠 | 戠（包牘1） | 戠（帛丙11.2） |
| 帝 | 帝（九56.47） | 帝（帛甲6.2） |

除了上述所舉的例字外，將短橫畫添加於較長的豎畫者，還有「帀」、「夜」、「罣」、「執」、「兩」、「南」、「信」、「異」諸字。茲將之臚列於下表，以清眉目：

| 字　例 | 添加短橫畫飾筆者 | 未添加短橫畫飾筆者 |
|---|---|---|
| 帀 | 帀（包2） | |
| 異 | 異（包55） | |
| 罣 | 罣（包121） | 罣（天1） |
| 執 | 執（包122） | 執（包120） |
| 夜 | 夜（包194） | 夜（包181） |
| 南 | 南（包231） | 南（包154） |
| 兩 | 兩（包237） | 兩（包145） |
| 信 | 信（郭·老子丙本1） | |

## 5、將短橫畫「－」添加於偏旁或部件之下者

### （1）見

「見」字習見於楚簡帛文字，形體略有差異。見於望山楚簡者，如：

身（1.49）

見於包山楚簡者，如：

身（15）　　　　　　身（208）

見於楚帛書者，如：

身（帛乙 12.11）

見於郭店楚簡〈五行〉者，如：

身（24）　　　　　　身（25）

身（27）

形體雖略有差異，卻皆爲「見」字。短橫畫「－」添加與否，並無礙於其原來所承載的音義，「－」應爲飾筆的添加。

（2）娑

「娑」字見於郭店楚簡《老子》甲本者，如：

娑（9）

見於〈窮達以時〉者，如：

娑（12）

於兩周金文作：

娑〈中山王嚳鼎〉

將楚簡與金文系聯，形體大致相同，惟一不同者，僅於「－」的有無。〈窮達以時〉「娑」字下所見的短橫畫「－」，應爲飾筆的添加。

6、將短橫畫「－」添加於從口的部件之中者

（1）中

「中」字於楚簡習見，形體不一。見於曾侯乙墓竹簡者，如：

中（156）　　　　　　中（207）

見於天星觀竹簡者，如：

中（卜筮）　　　　　　中（卜筮）

中（卜筮）　　　　　　中（卜筮）

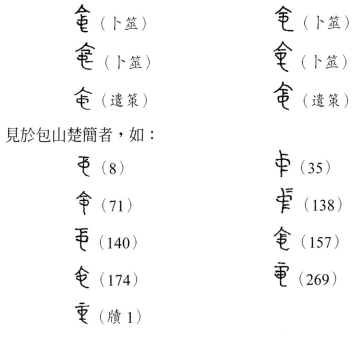

見於包山楚簡者，如：

見於長沙五里牌竹簡者，如：

見於仰天湖竹簡者，如：

見於范家坡 27 號墓竹簡者，如：

關於仰天湖竹簡「中（𠳐）」字的考釋，歷來學者的說法亦不一。李學勤指出此字爲「中」，卻未說明其理由；陳直從史學的考證上以爲應是「市」字；朱德熙與裘錫圭認爲李學勤之言可從；陳煒湛將之釋爲「屯」字，以爲是「屯」字的異體字；郭若愚釋爲「中」，以爲是「仲」字；滕壬生將之歸於「中」字下。〔註 19〕今從已出土的楚簡觀察，釋爲「中」字當是正確，其字形正是楚國特有

〔註 19〕李學勤：〈談近年新發現的幾種戰國文字資料〉，《考古參考資料》1956 年第 1 期，頁 48；陳直：〈楚簡解要〉，《西北大學學報》1957 年第 4 期，頁 38～40；朱德熙、裘錫圭：〈戰國文字研究（6 種）〉，《朱德熙古文字論集》（北京：中華書局，1995 年），頁 36，（又收入《考古學報》1972 年第 1 期）；陳煒湛：〈釋𠳐〉，《戰國楚簡研究》第 6 期（廣州：中山大學古文字研究室楚簡整理小組，1977 年），頁 18～21；郭若愚：〈長沙仰天湖戰國竹簡文字的摹寫和考釋〉，《上海博物館集刊》第 3 期（上海：上海古籍出版社，1993 年），頁 23；滕壬生：《楚系簡帛文字編》，頁

的寫法。

「中」字於甲骨文作：

（《合》811 正）　（《合》811 反）

（《合》29813 反）

於兩周金文作：

〈中山王嚳鼎〉　〈兆域圖銅版〉

〈噩君啓車節〉

從甲、金文與楚簡的字形觀察，簡文的「中」字，是楚國特有的字形。在楚簡中，除了一般的書寫形體外，亦見於起筆橫畫之上添加短橫畫「－」的飾筆，如長沙五里牌竹簡（15）、包山楚簡（牘 1）；亦見於部件「口」中添加短橫畫者，如包山楚簡（269）；亦見於「中」字之上添加無義偏旁「宀」者。再者，甲、金文的字形，「中」字中間的豎畫爲直筆，楚簡除曾侯乙墓竹簡所見皆爲豎畫，以及包山楚簡、天星觀竹簡少數爲豎畫外，其餘多作向右方撇勾。

（2）從偏旁「周」者

「周」字見於包山楚簡，如：

（29）　（207）

該字於兩周金文的形體十分固定，如：

〈保卣〉　〈虢季子白盤〉

尚未見短橫畫「－」的添加。此外，在部件「口」添加「－」，無礙於其原來所承載的音義。楚簡「周」字於部件「口」的短橫畫「－」，應視爲飾筆。

從偏旁「周」者，亦見相同的現象。茲將之臚列於下表，以清眉目：

| 字　例 | 添加短橫畫飾筆者 | 未添加短橫畫飾筆者 |
|---|---|---|
| 綢 | （曾 128） | （曾 123） |
| 雕 | （包 270） | （包 253） |

除了上述所舉的例字外，在部件「口」中，添加短橫畫飾筆的現象，於楚

49。

簡帛文字尚有不少例子。茲將之臚列於下表，以清眉目：

| 字　例 | 添加短橫畫飾筆者 | 未添加短橫畫飾筆者 |
|---|---|---|
| 楚 | （曾 122） | （望 1.124） |
| 袑 | （曾 137） | （曾 123） |
| 缶 | （信 2.14） | （望 2.46） |
| 紺 | （天 2） | （天 1） |
| 事 | （包 16） | （包 135 反） |
| 舍 | （包 120） | （包 133） |
| 郜 | （包 181） | （包 153） |
| 占 | （包 200） | （包 198） |
| 旌 | （包 269） | （包 28） |
| 參 | （帛甲 2.21） | （包 12） |

7、將短橫畫「－」添加於從心的偏旁之中者

「心」字習見於楚簡帛文字，形體大多相同。以包山楚簡為例，如：

（218）　　　　　　（223）

在郭店楚簡〈緇衣〉卻發現將短橫畫添加於「心」字，如：

（8）

此外，從偏旁「心」者亦偶見相同的現象，如：〈緇衣〉「惑」字作「」（4）、「忞」字作「」（6）；〈魯穆公問子思〉「思」字作「」（1）；〈窮達以時〉「衰」字作「」（10）等。短橫畫「－」的添加與否，無礙於其原來所承載的音義。郭店楚簡〈緇衣〉、〈魯穆公問子思〉、〈窮達以時〉之「心」字或從「心」偏旁者，偶見的短橫畫「－」，應為飾筆的添加。此種現象的發生，應是該批竹簡書寫者個人的書寫習慣所致。

8、將短斜畫「丶（丿）」添加於字或偏旁的左側、右側或下方者

「秌」字於楚簡多見，形體不盡相同。見於天星觀竹簡者，如：

（卜筮）

見於望山楚簡者，如：

杁（1.54）　　　　　　祋（1.56）

祧（1.79）

見於包山楚簡者，如：

祋（210）　　　　　　杁（229）

祧（243）

見於秦家嘴 99 號墓竹簡者，如：

杁（14）

從其辭例觀察，多作「嬰禱祋……」，與祭祀祝禱相關。此字於《包山楚簡》與
《望山楚簡》僅是依其字形描繪，並未隸定；於《包山楚簡文字編》依次隸定
爲「祋」、「祧」，未添加偏旁「示」者，則歸於待考字中；《楚系簡帛文字編》
將之一併隸定爲「祋」。今據辭例可知：滕壬生的見解應可從。以包山楚簡爲例，
（243）簡的字應爲其正體，（210）與（229）之字，將短斜畫添加於字或偏旁
的右側飾筆情形。

　　將短斜畫添加於字或偏旁的左側或右側的現象，除上述的例字外，亦可於
楚簡帛文字找到例字。茲將之臚列於下表，以清眉目：

| 字　例 | 添加短斜畫飾筆者 | 未添加短斜畫飾筆者 |
| --- | --- | --- |
| 瓏 | 瓏（曾 5） | |
| 客 | 客（曾 171） | 客（包 6） |
| 欽 | 欽（天 2） | 欽（天 2） |
| 後 | 後（包 2） | 後（包 227） |
| 周 | 周（包 12） | 周（包 141） |
| 事 | 事（包 16） | 事（包 161） |
| 郇 | 郇（包 23） | 郇（包 23） |
| 偌 | 偌（包 57） | |
| 受 | 受（包 63） | 受（包 58） |
| 得 | 得（包 90） | 得（包 120） |
| 弗 | 弗（包 123） | 弗（包 156） |

| 毌 | （包 245） | （包 236） |
|---|---|---|
| 茖 | （郭·窮達以時 13） | （信 2.28） |

**9、將小圓點「‧」添加於較長的豎畫之上者**

將小圓點「‧」添加於較長豎畫之上的文字不少，茲以「箄」字爲例。見於仰天湖竹簡者，如：

（20）

根據上述將短橫畫「－」添加於較長豎畫之上，所列「竹」字與從偏旁「竹」者觀察，其中多數的飾筆皆爲短橫畫「－」，只有少數字例是以「‧」代替「－」。進一步的說，古文字中的小圓點往往可以拉長成爲一橫作「－」，而在從「竹」偏旁的字例中，則同時保存此二種現象。

茲將添加「‧」爲飾筆的字例，臚列於下表，以清眉目：

| 字　例 | 添加「‧」者 | 未添加「‧」者 |
|---|---|---|
| 市 | （包 12） | （包 52） |
| 布 | （仰 11） | （信 1.10） |
| 筏 | （仰 32） | |

**10、將小圓點「‧」添加於較長的彎筆之上者**

「弋」字見於郭店楚簡〈緇衣〉者，如：

（13）

於兩周金文作：

〈癲鐘〉　　　　　　〈五年召伯虎簋〉

金文的字形，皆未見添加小圓點「‧」在任何筆畫。郭店楚簡「弋」字所見的「‧」，應爲飾筆的添加，其作用是爲了避免筆畫細長所產生的單調，所以藉著「‧」的添加，增加節奏感以及視覺的美感。

**（二）複筆者**

楚簡帛文字複筆的增繁，亦多爲飾筆的現象，其種類有以下幾項：一、將短斜畫「﹨（ˊ）」分別添加於一字或偏旁的兩側、同側；二、將「八」或「ㄥ」添加於某字或偏旁的上方；三、將短斜畫「ˋ（ˊ）」添加於某字或偏旁的同側、兩側；四、將「＝」添加於某字或偏旁的下方、中間。茲條分縷析，論述如下：

1、將短斜畫「ˋ（ˊ）」分別添加於一字或偏旁的兩側、同側者

（1）事

「事」字於楚簡帛文字多有添加飾筆的情形。見於包山楚簡者，如：

ㄑ（16）　　　　　　　　　ㄑ（135 反）

ㄑ（161）

見於楚帛書者，如：

ㄑ（丙 10.2）

於兩周金文作：

ㄑ〈天亡簋〉　　　　　　　ㄑ〈中山王嚳鼎〉

ㄑ〈兆域圖銅版〉

從字形觀察，應以〈天亡簋〉的字形爲正體。將之與楚簡帛的「事」字系聯作
比較，部件「口」中所見的「一」爲飾筆，部件「口」右側的斜筆亦爲添加的
飾筆，於「↓」的左側所見的斜筆亦爲飾筆。

（2）從偏旁「玉」者

「玉」字於楚簡十分習見，見於曾侯乙墓竹簡者，如：

玊（123）　　　　　　　　　玉（137）

見於信陽楚簡者，如：

玉（1.33）

見於天星觀竹簡者，如：

玉（卜筮）　　　　　　　　　王（卜筮）

見於望山楚簡者，如：

玉（1.107）　　　　　　　　　玊（1.109）

見於包山楚簡者，如：

玉（3）　　　　　　　　　　玉（25）

見於秦家嘴 99 號墓竹簡者，如：

玊（11）　　　　　　　　　　玊（14）

見於仰天湖竹簡者，如：

玊 （22）

「玉」字於甲骨文作：

羊 （《合》7053 正）　　　　丰 （《合》34149）

前引諸例而言，以（《合》7053 正）的字爲例，其上之「↓」應是將玉相連的繫繩。此一字形於其後的金文未見，相對的，金文的「玉」字是由（《合》34149）的字形發展而出。據此可知，楚文字所見於玉字的同一側或兩側上添加短斜畫的情形，應可視作爲求文字的均衡與美感的飾筆現象。

　　「玉」字或從「玉」偏旁者，於金文多作「王」，增加飾筆的現象，多集中於中山王𰻞墓出土的玉器，〔註20〕寫作「王」、「王」，以加「‧」或「▼」的方式作爲飾筆。此外，「玉」字於〈詛楚文〉作「玊」，〔註21〕於〈咸陽盆〉作「王」，〔註22〕未見從偏旁「玉」者於同側或兩側間添加筆畫。將楚簡的「玉」字與其他資料相互系聯觀察，未添加飾筆符號者爲正體，其餘多爲增加短斜畫複筆的飾筆現象，只有少數幾例爲單筆的飾筆現象。關於「玉」字於同側或兩側上添加筆畫的現象，林清源認爲這是爲了與「王」字別嫌的作法。〔註23〕從金文及其他資料「玉」字的書寫形體觀察，事實上當時的人對於「玉」、「王」二字區別甚明，並無後人辨識不清的現象，所以其添加的筆畫應可視爲飾筆。所謂「別嫌」的作用，乃是由於後人無法明確的辨識該字，才在其既有的形體上加上一點「、」，以便與「王」字區別。

　　此外，楚簡帛文字從「玉」偏旁者，多有增加短斜畫複筆的飾筆現象，只有少數幾例爲單筆的飾筆。茲將之臚列於下表，以清眉目：

| 字例 | 從「玊」者 | 從「玊」者 | 從「玊」者 | 從「玉」者 | 從「王」者 | 從「王」者 |
|---|---|---|---|---|---|---|
| 珚 |  |  |  | 珚 （曾4） |  | 珚 （曾7） |
| 瓄 | 瓄 （曾8） | 瓄 （曾25） | 瓄 （曾76） | 瓄 （曾5） |  |  |

---

〔註20〕 文中所引中山王𰻞玉器上的文字，皆出自《中山王𰻞器文字編》與河北省文物研究所編：《𰻞墓——戰國中山國國王之墓》（北京：文物出版社，1996年）之摹本。

〔註21〕 商承祚：《石刻篆文編》（北京：中華書局，1996年），頁29。

〔註22〕 袁仲一、劉鈺：《秦文字類編》（西安：陝西人民教育出版社，1993年），頁493。

〔註23〕 《楚國文字構形演變研究》，頁180。

| | | | | |
|---|---|---|---|---|
| 瓔 | | | 珵（曾57） | |
| 玘 | | | 玶（曾60） | |
| 鎣 | | | 望（曾123） | |
| 瑅 | | | 瑝（曾138） | |
| 琦 | | | 琦（信2.12） | |
| 玓 | | 玒（信2.18） | | |
| 珥 | 珇（天1） | 取（信2.2） | 珇（曾64） | 珇（曾10） |
| 玩 | 玩（天1） | | | |
| 璪 | 璪（天1） | | | |
| 琫 | | | 琫（天1） | |
| 玫 | | | 玟（望2.6） | |
| 璜 | 璜（望2.50） | | | |
| 瑗 | 瑗（包5） | | | |
| 瑞 | 瑞（包22） | | | |
| 珊 | 珊（包74） | | | |
| 珏 | 珏（包85） | | | |
| 玫 | 玟（包146） | | | |
| 珞 | | | 珞（包167） | |
| 環 | 環（包213） | 環（望1.109） | 環（秦99.11） | |
| 琥 | 琥（包218） | | | |

從上表所列的字例觀察，從偏旁「玉」者的寫法十分不固定。此外，「玉」的形體寫作「王」者，甚為少見，大多加上一筆以上的短斜畫於偏旁「玉」的同側或是兩側。

2、將「八」或「八八」加於某字或偏旁的上方者

在某字或偏旁之上添加「八」、「八八」的文字不少，茲以「豫」字為例。「豫」字見於包山楚簡，其形體可分為三種，如：

豫（7）　　　豫（11）

豫（24）

古文字從偏旁「予」者，字形大多作「𣏾」，未見添加飾筆「八」，故知（24）的字形應爲正體，（11）爲添加飾筆，（7）爲省減部件。

　　具有相同情形者，尚有「牕」、「帀」諸字。茲將之臚列於下表，以清眉目：

| 字　　例 | 添加「八」者 | 未添加「八」者 |
|---|---|---|
| 牕 | ![字形]（包 149） | ![字形]（包 137 反） |
| 帀 | ![字形]（包 232） | |

　　3、將短斜畫「ゝ（″）」添加於某字或偏旁的同側、兩側者

（1）雕

「雕」字習見於楚簡，見於信陽楚簡者，如：

![字形]（2.3）

見於望山楚簡者，如：

![字形]（2.6）

以信陽楚簡字形爲例，將短斜畫「″」添加於該字右方，此字雖不從「佳」，仍爲「雕」字。添加的「″」，無礙於原來承載的音義。

（2）文

「文」字偶見於楚簡、帛書，形體不甚固定。見於雨臺山 21 號墓出土竹簡者，如：

![字形]（2）　　　　　　　![字形]（3）

見於包山楚簡者，如：

![字形]（42）　　　　　　　![字形]（203）

雖有從「口」者，從其辭例觀察，應是「文」字的異體，而所從之「口」，應是無義的偏旁。包山楚簡（203）與雨臺山 21 號墓竹簡（3）形體上的短斜畫，則是添加短斜畫於右側的現象，無礙於該字原本的音義。

（3）從偏旁「胃」者

「胃」字習見於楚簡帛文字，形體大致相同。見於信陽楚簡者，如：

![字形]（1.28）

見於包山楚簡者，如：

（90）

該字於兩周金文作：

〈少虞劍〉

金文「胃」字尚未見添加短斜畫「〝（〞）」的現象。楚簡帛文字之「肉」、「月」、「舟」三字的形體相近，除從「肉」偏旁之「胃」字外，包山楚簡之「月」字作「」（214），楚帛書之「月」字作「」（帛乙 3.20）等；包山楚簡之「舟」字作「」（168），或作「」（168）等。從「肉」、「月」、「舟」三者的形體觀察，「肉」與「月」最為接近。有時書寫者為了區別其間的不同，於「胃」字所從之「肉」的右側加上「〞」，以表示二者的差別。「〝（〞）」的添加，除了具有補白的作用外，也同時具有區別「肉」、「月」的作用。

從偏旁「胃」者，亦見相同的現象。茲將之臚列於下表，以清眉目：

| 字 例 | 添加短斜畫「〝（〞）」者 | 未添加短斜畫「〝（〞）」者 |
|---|---|---|
| 覵 | （包 42） | （包 120） |
| 膚 | （包 84） | （包 193） |
| 痟 | （包 171） | （包 171） |

將短斜畫「〝（〞）」添加於某字或偏旁的同側、兩側者，尚有「光」、「產」、「章」、「足」諸字。茲將之臚列於下表，以清眉目：

| 字 例 | 添加短斜畫「〝（〞）」者 | 未添加短斜畫「〝（〞）」者 |
|---|---|---|
| 產 | （包 116） | （包 187） |
| 足 | （包 155） | （包 112） |
| 光 | （包 207） | |
| 章 | （郭・語叢三 10） | （包 77） |

4、將「＝」添加於某字或偏旁的下方、中間者

在某字或偏旁之下、中間添加「＝」的文字不少，茲以「命」字為例。「命」字多見於楚系簡帛文字，其形體多不相同。見於曾侯乙墓竹簡者，如：

（4）　　（63）

敍（146）

見於望山楚簡者，如：

侖（1.28）

見於包山楚簡者，如：

侖（2）　　　　　　侖（7）

侖（12）　　　　　　侖（18）

敍（25）　　　　　　敍（91）

於兩周金文作：

命〈命簋〉　　　　　　𩆜〈霝君啓車節〉

以上諸例，作「侖」者爲正體，加上「一」、「＝」或是「夊」則較少見。從簡文資料觀察，不論添加與否，皆無礙於原本所載的字音與字義，所以這些應是添加飾筆的現象。又包山楚簡（18）的字形省減「口」，於該字下方添加「＝」符號，這種情形於楚簡亦常見，如「馬」字在書寫時僅是截取其特徵，而未全部書寫，遂在其字形的下方加上「＝」，表示此爲省減的形體。

除「命」字外，尚有其他字例。茲將之臚列於下表，以清眉目：

| 字　例 | 添加「＝」者 | 未添加「＝」者 |
|---|---|---|
| 齊 | 𪗆（包 7） | |
| 鑕 | 鑕（包 89） | |
| 食 | 食（包 251） | 食（天 1） |
| 組 | 組（包 270） | 紐（天 2） |
| 皆 | 皆（包 273） | 皆（包 16） |
| 相 | 眛（帛殘）〔註24〕<br>想（郭・六德 49） | 相（帛甲 7.35） |
| 且 | 且（郭・唐虞之道 5） | |

〔註24〕所謂「帛殘」，係指據李學勤：〈試論長沙子彈庫楚帛書殘片〉，《文物》1992 年第 11 期，所附殘缺的楚帛書而言。

| 見 | 身（郭・五行 27） | 身（包 15） |
|---|---|---|
| 劍 | 鐱（仰 27） | 鐱（包 18） |

## 二、偏旁增繁

所謂「偏旁增繁」，係指在原本的形體之上，另外添加的一些偏旁或是部件。它包含幾種情形：一為所增繁的部分對於該字原本所載的音、義，不發生任何影響或變化，所添加者為無義的增繁；一為所增繁的部分對於該字原本所載的音、義，亦不發生影響與變化。增繁的部分，可能是為了突出該字原本的字義、字音，才在原本的形、音、義上更換或是添加，藉此突出其表音、表義的功能。

### （一）重複形體者

所謂重複形體，係指將原本字形的形體重複，或重複為二，或重複為三，雖然形體多所重複，本來的字音與字義卻不受影響。因此，重複的部分亦可視為無義的形體，此種方式則可稱為無義的增繁。

1、格

「格」字僅見於信陽楚簡，如：

客（1.1）

商承祚將之釋為「格」，認為具有「至」的意思，[註25] 從其辭例「戔人格上則形戮至」觀察，依其所言逐能讀通此簡文字。從形體觀察，是在既有的形體之上，再加上一個相同的形體，字形雖有不同，對於原本所載的字音與字義卻不發生影響。

2、月

「月」字見於信陽楚簡者，如：

胥（1.23）

辭例為「州昊昊呆呆有胥日」，今知「月」字作「胥」，從字形言，此為重複「月」而形成其形體，故應視為「月」字。

3、朋

「朋」字見於郭店楚簡〈語叢一〉者，如：

---

〔註25〕〈信陽長臺關一號楚墓竹簡第一組文章考釋〉，《戰國楚竹簡匯編》，頁 158。

（87）

於兩周金文作：

〈效卣〉　　　　　　〈裘衛盉〉

金文「朋」字的辭例多爲「×朋」，亦未見重複形體者。楚簡「朋」字辭例爲「朋友」，就辭例言，二者大不相同。觀察金文與楚簡「朋」字，可知楚簡「朋」字應爲重複形體的現象。

### （二）重複偏旁或部件者

重複偏旁或部件，所增繁者亦爲無義的增繁，是在既有的結構之上，重複某一個偏旁或是部件，重複的次數不一，雖然在字形的形體上有所改變，卻無礙於原本所載的字音與字義。

#### 1、惑

「惑」字見於包山楚簡，如：

（106）　　　　　　（138）

觀察其辭例，不論重複或未重複偏旁者，多用爲人名，所以此字可視爲「惑」字的重複偏旁。

#### 2、恆

「恆」字習見於楚簡帛文字。見於天星觀竹簡者，如：

（卜筮）

見於包山楚簡者，如：

（130）　　　　　　（137 反）

（163）　　　　　　（197）

（201）　　　　　　（218）

（233）

於金文作：

〈智鼎〉　　　　　　〈亘鼎〉

金文的字形，或從二從月從心，或從二從月，與楚簡帛文字的形體不相同。又

《說文解字》「恆」字云：「常也，從心舟在二之閒上下，心以舟施恆也。」其下有一重文「亙」，云：「古文恆，從月。」〔註26〕今觀察「恆」字古文形體與楚系簡帛的「恆」字相似，《說文解字》所收的「恆」字古文應是據此而寫。此外，金文的「恆」字始終未加上飾筆，從楚簡帛書的字形以及辭例言，其字形如上所列，其辭例則多為「恆貞吉」，故知包山楚簡（218）應為正體，（130）將飾筆添加於起筆橫畫之上，（197）重複豎畫，（201）重複短橫畫，（233）所從之偏旁「口」，為無義的偏旁，（137反）所見的偏旁「心」與「一」，為無義的偏旁與飾筆，至於（163）的辭例為「恆思公之州里公嚞」，楚簡增加偏旁「邑」，是為了表明此為地名，所以「恆」字之「邑」應具有表義的功能。

楚簡帛文字重複偏旁或部件者，除上列二例外，尚有「鄒」、「敗」、「部」、「翼」、「息」、「福」、「霝」諸字。茲將之臚列於下表，以清眉目：

| 字　例 | 重複偏旁或部件者 | 未重複偏旁或部件者 |
|---|---|---|
| 翼 | 𦏧（曾 17） | 𦏧（曾 82） |
| 敗 | 𣤑（包 23） | 𢼨（包 128） |
| 鄒 | 𢆉（包 95） | 𢆉（望 1.5） |
| 部 | 𨺻（包 206） | 𨜌（包 214） |
| 霝 | 𩂫（包 272） | 𩄀（天 1） |
| 息 | 𦣹（郭・緇衣 23） | |
| 福 | 𥛝（郭・成之聞之 17） | 𥛝（望 1.51） |

## （三）增加無義偏旁者

所謂「無義偏旁」，是在原本的文字形體之上添加形符，添加的部分，並不會對於改變、影響該字原本的字義與字音。

### 1、增加「邑」的偏旁者

「翟」字多見於楚簡。見於曾侯乙墓竹簡者，如：

𨙷（26）

見於望山楚簡者，如：

（2.2）

從辭例觀察，所載皆與車馬有關。其文例於「翟輪」之前，多記載某某人駕馭某車，而後則記載馬車上的品物。據此可知，望山楚簡與曾侯乙墓竹簡的字應為同一字，此字從「邑」與否，並不會影響原本的字音與字義，故知所從之偏旁「邑」為無義的偏旁增繁。

### 2、增加「丌」的偏旁者

「猶」字見於信陽楚簡者，如：

（1.24）

見於郭店楚簡〈語叢三〉者，如：

（1）

於兩周金文作：

〈鈇鐘〉　　　　　　〈毛公鼎〉

〈王孫遺者鐘〉　　　〈中山王𧡛鼎〉

從偏旁「丌」的「猶」字，僅見於〈王孫遺者鐘〉與郭店楚簡〈語叢三〉。從字形觀察，此二者的形體十分相近，郭店楚簡「猶」字應是受到金文的影響。而該字下方所從之「丌」，並無任何意義，應屬無義偏旁的添加。

### 3、增加「女」的偏旁者

「弔」字見於郭店楚簡〈緇衣〉者，如：

（39）

見於〈五行〉者，如：

（16）

雖有從「口」與從「女」偏旁的差異，辭例皆為「弔（淑）人君子」。「弔」字於兩周金文的形體十分固定，如：

〈賢簋〉　　　　　　〈齊侯鎛〉

皆未見從偏旁「口」或「女」者。據此可知，「弔」字所從之「口」或「女」，同為無義偏旁的添加。

4、增加「亼」的偏旁者

「留」字見於信陽楚簡者，如：

（2.13）

見於郭店楚簡〈緇衣〉者，如：

（41）

於兩周金文作：

〈留鎛〉

將三者的「留」字系聯，發現郭店楚簡「留」字上的「亼」應屬無義偏旁的添加。

5、增加「口」的偏旁者

（1）丙

「丙」字於楚簡帛文字的字形皆相同，從辭例觀察，多作爲干支紀日用。以包山楚簡爲例，如：

（54）

該字於殷商時多用於干支紀日之上，其用法與後代的楚系簡帛相同。於甲骨文作：

（《合》1098）

於兩周金文作：

〈口父乙方鼎〉　　　　　　〈子禾子釜〉

從甲、金文的字形觀察，皆未見添加於「丙」字的起筆短橫畫「一」、內部的「一」與下方的「口」，所添加的「一」應爲飾筆，從「口」與否並不影響其原本所載的字音與字義，偏旁「口」爲無義的增繁。

（2）從偏旁「青」者

「青」字見於包山楚簡，如：

（256）

於兩周金文作：

〈吳方彝蓋〉

金文「青」字尚未見添加「口」者。此外，據《說文解字》「青」字的篆文觀察，該字上半部從「生」，其下從「丹」，亦未見「口」的添加。〔註27〕據此可知，偏旁「口」應為無義偏旁的增繁。

從偏旁「青」者，亦見相同的現象。茲將之臚列於下表，以清眉目：

| 字　例 | 添加「口」者 | 未添加「口」者 |
|---|---|---|
| 精 | （天 1） | |
| 䣈 | （包 50） | |
| 精 | （帛甲 5.35） | |
| 靜 | （郭・老子甲本 5） | （郭・老子甲本 5） |
| 清 | （郭・老子甲本 10） | |
| 精 | （郭・老子甲本 34） | |
| 婧 | （郭・成之聞之 35） | |
| 睛 | （郭・性自命出 62） | |
| 情 | （郭・語叢一 31） | |

（3）從偏旁「且」者

「組」字見於曾侯乙墓竹簡者，如：

（2）

見於信陽楚簡者，如：

（2.15）

見於天星觀竹簡者，如：

（遣策）

辭例依次為「屯瓔組之綏」、「一青緅纓組」、「纓組之柵」。字形雖有差異，就辭例言，所指應同為綏組之類的織品。又「組」字於兩周金文作：

〈師寰簋〉

未見「口」的添加。據此可知，偏旁「口」應為無義的增繁。

---

〔註27〕《說文解字注》，頁 218。

從偏旁「且」者，亦見相同的現象，如以「且」字爲例：

| 字 例 | 添加「口」者 | 未添加「口」者 |
|---|---|---|
| 相 | 𥺅 （曾 214） | |

（4）從偏旁「豆」者

「脰」字多見於楚簡，以包山楚簡爲例，如：

$$\text{短}（139）\qquad\qquad\text{脰}（278 反）$$

辭例同爲「脰尹」，作爲職官使用。從「口」與否，並不影響原本所載的字音與字義，偏旁「口」的添加，應爲無義的增繁。

從偏旁「豆」者，亦見相同的現象，如以「桓」字爲例：

| 字 例 | 添加「口」者 | 未添加「口」者 |
|---|---|---|
| 桓 | 𣐊 （帛乙 2.10） | |

增加無義偏旁「口」者，除上述的例字外，亦可於楚簡帛文字找到例子。茲將之臚列於下表，以清眉目：

| 字 例 | 添加「口」者 | 未添加「口」者 |
|---|---|---|
| 頸 | 𩑔 （曾 9） | 𩑔 （包 16） |
| 䡅 | 𨏔 （曾 45） | |
| 旌 | 𣃽 （曾 65） | |
| 驕 | 𩥑 （曾 146） | |
| 復 | 復 （曾 162） | 復 （曾 160） |
| 毋 | 𢇍 （天 1） | 毋 （天 1） |
| 巫 | 𥎝 （天 2） | |
| 辰 | 辰 （望 1.9） | |
| 等 | 𥪪 （包 9） | 等 （包 132 反） |
| 後 | 後 （包 152） | 後 （包 4） |
| 寺 | 𡩋 （包 209） | 寺 （包 266） |
| 恆 | 𢛢 （包 233） | 死 （包 199） |
| 紀 | 紀 （帛乙 4.13） | |

| | | |
|---|---|---|
| 敘 | （帛丙 10.3） | （包 211） |
| 辱 | （郭・老子甲本 36） | （包 21） |
| 弔 | （郭・緇衣 32） | |
| 雀 | （郭・魯穆公問子思 6） | （包 202） |
| 己 | （郭・窮達以時 14） | （包 180） |
| 訏 | （郭・尊德義 15） | |

從上表的字例可以看出，無義偏旁「口」多添加於該字的正下方，或是左右兩側的下方。此外，「口」的增添，對於該字原本所載的字音與字義，並無影響，從文字本身觀察，實無意義可言。就書法的層面言，除了補白的作用外，亦應具有穩定結構的功用。

6、增加「宀」的偏旁者

「集」字於楚簡常見，其形體多有不同。見於天星觀竹簡者，如：

（卜筮）

見於包山楚簡者，如：

（1）　（10）

（131）　（212）

（234）　（268）

於兩周金文作：

〈毛公鼎〉　〈噩君啓舟節〉

於中山王響玉器作：

（玉飾）

〈毛公鼎〉與包山楚簡（1）的形體相似，〈噩君啓舟節〉的「集」字加上「宀」，與包山楚簡（10，212）、天星觀竹簡的形體相似。此外，又發現中山王響玉器與楚系文字「集」字有一個共通處，即所從偏旁「木」與「隹」有共用筆畫的現象。從字形的結構觀察，當採取「隹」上「木」下的形式時，「木」的豎畫若與「隹」的兩個豎畫其中之一重疊相連，容易發生共用一個筆畫的現象。從辭例觀察，以包山楚簡爲例，不論從「宀」與否，其辭例多有相同者，如：

書（盡）集戠（歲）（216，232）〔註28〕

以庚集戠（歲）（212，228）

據此可知，添加的「宀」爲無義的偏旁。無論「宀」的添加與否，皆無礙於原本所載的字音與字義。

增加無義偏旁「宀」者，除上述的例字外，尙有「中」、「躬」諸字。茲將之臚列於下表，以清眉目：

| 字　例 | 添加「宀」者 | 未添加「宀」者 |
|---|---|---|
| 中 | （包71） | （包35） |
| 躬 | （包210） | （包226） |

### 7、增加「日」的偏旁者

「柜」字於楚簡的字形多有不同。見於信陽楚簡者，如：

（2.3）　　　　　（2.18）

（2.21）

見於望山楚簡者，如：

（2.45）

見於仰天湖竹簡者，如：

（22）　　　　　（22）

所從偏旁「巨」，於兩周金文作：

〈伯矩簋〉　　　　　〈伯矩尊〉

〈鄶侯少子簋〉

與楚簡所從偏旁「巨」不同。信陽楚簡「柜」字所從偏旁「巨」，其中間部位或寫作「⺄」，或塡實爲「●」；望山楚簡雖仍保留「⊃」之形，卻與其上的橫畫分離；仰天湖竹簡進一步於該字形下增加「日」的偏旁。

仰天湖竹簡於同一枚竹簡上曾經出現該字二次，一爲增添「日」者，一則未予添加，其辭例皆同。據此可知，所添加的「日」應爲無義的偏旁。

---

〔註28〕凡同出一簡帛，而且其文句相同者，一概只列出一個文句，於括弧中分別標明其簡帛編號。

　　添加無義偏旁「日」者，除上列字例外，尚有「辰」、「辱」諸字。茲將之臚列於下表，以清眉目：

| 字　例 | 添加「日」者 | 未添加「日」者 |
|---|---|---|
| 辰 | （包 90） | |
| 辱 | （郭・老子乙本 11） | （包 21） |

## 8、增加「甘」的偏旁者

　　「合」字於楚簡的字形，多見添加偏旁「甘」的現象。以包山楚簡為例，如：

（83）　　　　　　（166）

（265）

於兩周金文作：

〈五年召伯虎簋〉　　　〈秦公鐘〉

金文未見於「口」中添加「一」，亦未見增添「甘」，故知此二者應為單筆的飾筆與無義偏旁。再者，與（265）「合」字相較，知（265）省簡一個橫筆「一」。

　　添加無義偏旁「甘」者，除上列字例外，尚有「劍」、「巫」、「僉」諸字。茲將之臚列於下表，以清眉目：

| 字　例 | 添加「甘」者 | 未添加「甘」者 |
|---|---|---|
| 巫 | （望 1.113）<br>（望 1.119） | （天 1） |
| 劍 | （包 18）<br>（仰 27） | |
| 僉 | （郭・老子甲本 5） | |

「劍」字於包山楚簡不從「刃」，兩周金文之「劍」字亦不從「刃」而從「金」，如：

〈吳季子之子逞劍〉　　　〈富奠劍〉

楚簡之「劍」字實有所承襲。再者，楚簡「劍」字除添增偏旁「甘」外，於仰天湖竹簡亦見添加兩道橫長畫飾筆的現象。

「巫」字多在起筆橫畫之上添加短橫畫飾筆「－」；此外，在望山楚簡（113），更見於「甘」字之上再添加一筆較長的橫畫，此筆較長的橫畫與短橫畫「－」的性質相當，皆爲飾筆。

### 9、增加「心」的偏旁者

「卲」字於楚簡的字形，多見增加偏旁「心」的現象。以包山楚簡爲例，如：

（95） （125）

（167） （214）

（226）

從包山楚簡所載的資料發現，無論其增添偏旁「心」、「止」，或未添加任何偏旁者，此字多作爲人名之用，故知所從之「心」或「止」皆爲無義的偏旁。此外，進一步的觀察，亦發現從「人」與從「尸」者有互通的現象。究其原因，古文字裡從「人」與從「尸」作爲形旁時，由於字形的相近，因而產生形近互通。

添加無義偏旁「心」者，除上列字例外，亦可於楚簡帛文字找到例子。茲將之臚列於下表，以清眉目：

| 字　例 | 添加「心」者 | 未添加「心」者 |
|---|---|---|
| 鄝 | （曾 170） | （曾 167） |
| 國 | （包 57） | （包 45） |
| 褱 | （包 119 反） | （包 72） |
| 恆 | （包 137 反）<br>（包 229） | （包 199） |
| 訓 | 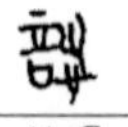（包 217） | （天 1） |
| 難 | （郭・老子甲本 16） | （包 236） |
| 宅 | （郭・緇衣 21） | （郭・老子乙本 8） |
| 川 | （郭・緇衣 12） | |
| 衰 | （郭・窮達以時 10） | |
| 含 | 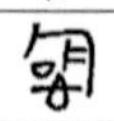（郭・成之聞之 2） | （天 1） |

### 10、增加「土」的偏旁者

「臧」字多見於包山楚簡，於楚帛書僅見一例。以包山楚簡爲例，如：

臧（7） 臧（15）

臧（43） 臧（96）

臧（121） 臧（163）

臧（176） 臧（177）

臧（205）

於兩周金文作：

臧〈曩伯子宠父盨〉 臧〈豁孫鐘〉

金文「臧」字多從「口」。從辭例觀察，除添加偏旁「立」的「臧」字外，其餘多作爲人名使用。從偏旁「土」的「臧」字，與一般的「臧」字並無分別，所添增的「土」爲無義的偏旁。此外，在上列字例中發現，其左邊部分的筆畫，時有繁簡不一的情形，此應爲書寫者在書寫時爲求迅捷而產生的現象。至於添加偏旁「立」的「臧」字，其辭例爲「罷禱於卲王鑿、大墜（臧）」，應作牲品之名，劉彬徽等人於釋文中亦指出該字「疑讀作牂」，〔註29〕故知添加偏旁「立」者於此具有其意義，不可與添加「土」者等同視之。

添加無義偏旁「土」者，尙有「緥」、「佣」、「禹」、「萬」、「堯」、「難」諸字。茲將之臚列於下表，以清眉目：

| 字 例 | 添加「土」者 | 未添加「土」者 |
|---|---|---|
| 緥 | 緥（包244） | 緥（包230） |
| 難 | 難（郭・老子甲本14） | 難（包236） |
| 萬 | 萬（郭・太一生水7） | 萬（帛甲2.28） |
| 禹 | 禹（郭・緇衣12） | |
| 佣 | 佣（郭・緇衣45） | |
| 堯 | 堯（郭・唐虞之道1） | 堯（郭・六德7） |

〔註29〕劉彬徽、彭浩、胡雅麗、劉祖信：〈包山二號楚墓簡牘釋文與考釋〉，《包山楚墓》（北京：文物出版社，1991年），頁387。

11、增加「止」的偏旁者

「衡」字僅見於曾侯乙墓竹簡與天星觀竹簡，其形體略有差異。見於曾侯乙墓竹簡者，如：

衡（43）

見於天星觀竹簡者，如：

衡（遣策）

曾侯乙墓竹簡的「衡」字多添加偏旁「止」。從辭例觀察，天星觀竹簡為「衡厄」，曾侯乙墓竹簡為「衡厄」。就曾侯乙墓竹簡遣策所載之事物觀察，其與車馬品物的關係密切，所以此應為馬車上的「衡軛」。「衡」字添加「止」實無改變原本所載的字音與字義，故可知「止」應屬無義的偏旁增添現象。

此外，尚有「卲」字亦見增加無義偏旁「止」者，請參見上述增加「心」的偏旁之論述。

12、增加「艸」的偏旁者

「臭」字習見於楚簡，多作為月名使用。見於望山楚簡者，如：

臭（1.8）　　　　　臭（2.6）

見於包山楚簡者，如：

臭（73）

該字下半部所從為「火」。楚簡帛文字「火」作為偏旁或是部件時，常在較長的豎畫之上添加短橫畫「一」。「臭」字所從之「火」形體上的「一」為添加的飾筆。從辭例觀察，除望山楚簡（2.6）外，其餘皆作「臭月」，作為月名使用，而且從「艸」之例亦僅見於望山楚簡（1.8），可知所從偏旁「艸」應屬無義的偏旁。

添加無義偏旁「艸」者，尚有「果」、「怒」諸字。茲將之臚列於下表，以清眉目：

| 字　例 | 添加「艸」者 | 未添加「艸」者 |
|---|---|---|
| 果 | 果（曾6） | 果（曾30） |
| 怒 | 怒（郭・老子甲本34） | 怒（郭・語叢二25） |

13、增加「貝」的偏旁者

「放」字僅見於曾侯乙墓竹簡，如：

（4）

辭例爲「敓韌」。具有相同辭例者，又見於（4，18，31，36，58，88）等。此外，與「敓韌」辭例相近者，亦見「賯韌」（39，45，54，71），「繽韌」（43，67），「繽韌」（53，75）。《說文解字》「敓」字云：「分也，從攵分聲。」「賯」字云：「財分少也，從貝分，分亦聲。」「紛」字云：「馬尾韜也，從糸分聲。」〔註30〕據辭例觀察，從偏旁「貝」的「敓」字，其義爲「分」，已能解釋該辭例，至於添加的偏旁「貝」，於此並無任何的意義，亦不見具有標音等作用，應可視爲無義偏旁的添加。相對的，「賯」字之義爲「財分少」，於此無法通讀，可能亦應作「分」字解釋，爲「分」字的異體；「繽」字未見於字書，但是從辭例與字形言，應是「紛」字的異體。換言之，「敓」字所從之「貝」爲無義偏旁的添加，而「分」、「紛」等字所見的「貝」亦與之相同，皆屬無義偏旁的添加。

### （四）增加標義偏旁者

所謂增加標義偏旁，係指在文字原本的結構之上，再增加一個形符，透過這個新添的形符，突顯該字的意義。

### 1、增加「木」的偏旁者

「戶」字見於包山楚簡者，如：

（簽）

於甲骨文作：

（《合》26764）　　　　　　（《合》32833）

未見添加偏旁「木」的現象。《說文解字》「戶」字下有一重文作「」，云：「古文戶從木。」〔註31〕其言正與楚簡所見從木之「戶」字相符。從《說文解字》所收的重文觀察，以「鬲」字爲例，其下云：「鼎屬也，實五觳，斗二升曰觳，象腹交文三足。」此字下有重文「」，云：「鬲或從瓦」。〔註32〕其言「鬲或從瓦」表示其器爲瓦製，事實上，二者是相同的器物，加上偏旁「瓦」的目的，是爲了指出它的材質。「戶」字加上偏旁「木」，其目的應是爲了指出製作「戶」

---

〔註30〕 《說文解字注》，頁124，頁285，頁664。

〔註31〕 《說文解字注》，頁592。

〔註32〕 《說文解字注》，頁112。

所用的材質。

### 2、增加「臣」的偏旁者

「僕」字習見於楚簡，其形體略有差異。以包山楚簡爲例，如：

於兩周金文作：

於兩周金文作〈幾父壺〉 〈史僕壺〉

〈五年召伯虎簋〉 〈瓰鎛〉

從字形觀察，僅見同爲楚系的〈瓰鎛〉與楚簡「僕」字相同。《說文解字》「僕」字云：「給事者」，「僕」字下有重文「𦣻業」，云：「古文從臣。」〔註33〕「臣」字有屈服事君之義，在「僕」字的結構上添加「臣」，正是爲了突出它的意義。增添偏旁「臣」後，其意義益加彰顯，原本具有表義作用的「丵」，其功用日漸被偏旁「臣」所取代，在書寫者爲求書寫便利迅速的要求下，遂產生省減的現象。再者，就其字形的形體言，偏旁「人」與「臣」常見共用筆畫的現象，亦即採取「人」上「臣」下的結構形式時，二者若重疊相連，容易共用一個筆畫，如（133）即將二者相近的筆畫共用。

### 3、增加「馬」的偏旁者

「匹」字見於曾侯乙墓竹簡，如：

匹（129） 匹（131）

匹（179）

於兩周金文中作：

匹〈衛簋〉

楚簡未添加偏旁「馬」的形體與金文最爲相似。從曾侯乙墓竹簡的辭例觀察，此字多作爲計算馬匹的單位詞，如：

---

〔註33〕《說文解字注》，頁 104。

三匹郗甲（129）

三匹畫甲（131）

三匹駠（187）

加上偏旁「馬」是爲了突顯此字的用法，並且作爲馬匹的專字。

### 4、增加「爪」的偏旁者

「瑻」字僅見於曾侯乙墓竹簡，其字形除了本節「複筆」玉字項下所列的形體外，尚有作「王𤩅」者。凡是未加上「爪」者，其辭例皆爲「屯瑻組之綏」，如：（2，5，8，14，17，19，23，25，26，29，32，36，38，39，46，58，72，76，89，105）等，李家浩與裘錫圭對於此一辭例的字，於釋文指出「瑻」字當爲「纁」，字義爲「淺絳」，就其詞性而言應爲名詞。〔註34〕今觀察加上「爪」者有二例，如（212，213），其辭例同爲「瑻一人」，應具有動詞的性質。「瑻」字由於詞性的不同，而於原有的形體上添加偏旁「爪」，以表示名詞與動詞的不同，這是因爲作用與意義不同，產生的分化現象。

### 5、增加「欠」的偏旁者

「敆」僅見於楚帛書，如：

$\begin{matrix}\text{敆}\end{matrix}$（丙 5.1）

關於「敆」字的解釋，歷來學者的說法甚多。嚴一萍將之釋爲「敢」字；林巳奈夫釋爲「敆」；饒宗頤、李零、何琳儀與陳茂仁皆釋爲「敆」字，何琳儀進一步的提出「敆」是「合」的繁文，又指出從「口」與從「欠」義近可通，陳茂仁則從假借的觀點出發，認爲「敆」即今之「句」字，其音爲「勾」。〔註35〕雖

---

〔註34〕〈曾侯乙墓竹簡釋文與考釋〉，《曾侯乙墓》，頁 504。

〔註35〕嚴一萍：〈楚繒書新考〉，《中國文字》第 27 冊（臺北：國立臺灣大學文學院中國文學系，1968 年），頁 24。（又收入《甲骨古文字研究》第 3 輯）；林巳奈夫：〈長沙出土戰國帛書考〉，《東方學報》第 36 冊第 1 分（日本京都：京都大學人文科學研究所，1964 年），頁 77；饒宗頤：〈楚繒書疏證〉，《中央研究院歷史語言研究所集刊》第 40 本（臺北：中央研究院歷史語言研究所，1967 年），頁 24；李零：《長沙子彈庫戰國楚帛書研究》（北京：中華書局，1985 年），頁 77；何琳儀：〈長沙帛書通釋〉，《江漢考古》1986 年第 2 期，頁 84～85；陳茂仁：《楚帛書研究》（國立中正大學中國文學研究所碩士論文，1996 年），頁 278。

然說法紛紜，可是應以何琳儀的說法較為足探信。其言若然，則「敂」字右邊所見的偏旁「欠」，應是一個有義的偏旁，亦即添加了具有標義作用的偏旁。

### 6、增加「肉」的偏旁者

「虎」字習見於楚簡，以曾侯乙墓竹簡為例，如：

（13） （62）

辭例皆為「虎韔」，加上偏旁「肉」者，是為了突顯其意義，表示此物是以老虎的皮所製。據此可知，偏旁「肉」為標義偏旁。

### 7、增加「人」的偏旁者

「弟」字偶見於楚簡，大多未添加「人」的偏旁，以包山楚簡為例，如：

（138反） （227）

辭例皆為「兄弟」。（227）於原本「弟」字上增添偏旁「人」，應是為了突顯該字的性質，亦即「弟」字是使用於人類的長幼稱謂，所以添加的偏旁「人」為標義的偏旁。

### 8、增加「韋」的偏旁者

「冒」字偶見於楚簡，除作為人名使用外，亦作為物名。作為物名之用時，應讀為「帽」。見於包山楚簡者如：

（259） （277）

見於仰天湖竹簡者，如：

（11）

以上三例皆作為「帽子」使用，從字形觀察，有添加偏旁「韋」、「糸」及未添加偏旁的不同。誠如「缶」字項下的論述，添加偏旁「石」或「土」的意義，應是為了指出製作「缶」的材質，而「冒」字添加「韋」或「糸」的作用，亦在於指出製造「帽子」的材質。

### 9、增加「糸」的偏旁者

添加標義偏旁「糸」者為「冒」字，請參見上述添加標義偏旁「韋」的論述。

### 10、增加「心」的偏旁者

「哀」見於曾侯乙墓竹簡者，如：

念（31）

見於包山楚簡者，如：

念（145）

見於郭店楚簡〈語叢二〉者，如：

念（31）

「哀」字之義爲「閔」，段玉裁云：「閔，弔者在門也。引申之凡哀皆曰閔。」
〔註36〕親朋死喪而問之，內心必爲哀傷，這是一種發自內心的情感，添加偏旁
「心」者，更能突顯其意義。

　　11、增加「貝」的偏旁者

　　「府」字見於包山楚簡者，如：

府（3）

《說文解字》「府」字云：「文書臧也」，段玉裁云：「文書所藏之處曰府」，〔註37〕
此處收藏的文書應指重要的文件，絕非無保存價值的文書。又《說文解字》「貝」
字云：「古者貨貝而龜寶，周而有泉，至秦廢貝行錢。」〔註38〕「貝」本爲古代
的貨幣，故得小心收藏，所以「府」字添加偏旁「貝」，應有其意義。

　　12、增加「羽」的偏旁者

　　「巠」字見於郭店楚簡〈緇衣〉者，如：

巠（28）

見於〈性自命出〉者，如：

巠（65）

雖有從「羽」與否的差異，可是從辭例觀察，依次爲「而巠（輕）雀（爵）」、「而
毋巠（輕）」，「巠」字皆通假爲「輕」。「羽」字之義爲「鳥長毛」，羽毛爲輕盈
之物，故知「巠」字添加偏旁「羽」者，其作用應爲表示「輕」義。

　　13、增加「力」的偏旁者

　　「強」字見於郭店楚簡《老子》甲本者，如：

〔註36〕《說文解字注》，頁 61。

〔註37〕《說文解字注》，頁 447。

〔註38〕《說文解字注》，頁 281。

彃（22）

辭例爲「虐（吾）勥（強）爲之名曰大」。《說文解字》「剛」字收錄古文作「𠇻」，形體與楚簡「強」字十分相近，段玉裁於「剛」字下云：「彊者，弓有力也，……引申凡有力曰剛。」〔註39〕楚簡「強」字下添加偏旁「力」，應爲標義偏旁的增繁，其作用在於突顯該字的意義，表現有「力」的特色。

14、增加「石」的偏旁者

「缶」字多見於楚簡，以包山楚簡爲例，如：

舍（85）　　　　　　　缸（255）

𠀋（255）　　　　　　舍（260）

於兩周金文作：

𦈢，𦈢〈蔡侯𦈢缶〉

「缶」字在包山楚簡的字形十分多，或加上飾筆「一」，或加上偏旁「石」，或加上偏旁「土」，雖然形體有異，卻無改「缶」字原本所載的字音與字義。添加偏旁「石」或「土」的目的，應是爲了指出製作「缶」的材質。

15、增加「土」的偏旁者

「𨹥」字見於包山楚簡，如：

𨹥（172）　　　　　　　𨹥（190）

辭例皆爲「𨹥郢」。「土」具有標義的作用，加上「土」的偏旁，應表示此爲地名。

此外，尚有「缶」字亦見增加標義偏旁「土」者，請參見上述添加標義偏旁「石」的論述。

16、增加「又」的偏旁者

「祚」字見於包山楚簡，如：

祚（129）　　　　　　　禣（141）

「祚」字所從的偏旁「乍」，於兩周金文亦見添加「又」者，如：

𠂤〈中山王𧵑方壺〉　　　　𠂤〈楚王酓肯鼎〉

---

〔註39〕《說文解字注》，頁181。

楚簡「祚」字添加「又」的形體，應是沿襲金文而來。此外，又見「遱腏（胙）」（224），辭例與「歸祚」相同，皆爲「××歸祚於×郢之歲」。「歸祚」於《周禮・天官・膳夫》作「歸胙」，〔註40〕「祚」未收錄於《說文解字》，而「胙」字之義爲「祭福肉」。「祚」或「胙」字於此加上偏旁「又」，應是將「歸祚（胙）」一詞視爲一種行動的表現。

除上列字例外，添加標義偏旁「又」者，如以「克」字爲例：

| 字　例 | 添加「又」者 | 未添加「又」者 |
|---|---|---|
| 克 | （郭・老子乙本2） | （曾45） |

### 17、增加「邑」的偏旁者

「正」字僅見於包山楚簡，如：

（119）　　　　（150）

（179）　　　　（186）

前三者的辭例皆作「邳昜」，（186）爲「鄴邳公」。又於包山楚簡（111，173，174，177，186，193，194）多見未添加偏旁「邑」的「正昜」。以上四例皆於左邊加上「邑」的偏旁，（150）與（179）皆在右邊的「正」字上添加一短橫畫的飾筆，（186）加上二筆短橫畫的飾筆，（119）從邑從定，「定」雖爲定字，在簡文應讀作「正昜」。劉釗對於「邳」字與其地望曾作過考釋，云：

> 簡119有字作「![字]」，字表隸定爲「邳」。按字從「邑」、從「定」。「定」從「宀」、從「正」，即「定」字。故此字應釋爲「定」。從「邑」是因爲用爲地名字的原因。「邳」字簡111作「正」。「定」從「正」聲，故二字通用。簡文地名「正昜」、「邳昜」都應讀爲「正陽」，即現河南正陽。〔註41〕

從其不同的形體觀察可知，是否加上「邑」的偏旁，就其字形而言應無太大的不同。然而，就其意義言，則差異甚大，「邑」具有標義的作用，加上「邑」的偏旁，表示此爲地名，或爲人名。進一步的說，「正」字之下的「正」與「邳」，

---

〔註40〕（漢）鄭玄注、（唐）賈公彥疏：《周禮》（十三經注疏本）（臺北：藝文印書館，1993年），頁59。

〔註41〕劉釗：〈包山楚簡文字考釋〉，中國古文字研究會第九屆學術研討會論文，頁10。

這是一種因為作用與意義不同產生的分化現象。再者，從「正易」與「鄁易」觀察，古人有時在書寫上並不十分嚴格，亦即應該加上「邑」的偏旁，表示地名與一般的「正」字區別時，卻時常有漏加的現象發生。

添加標義偏旁「邑」者，除上列字例外，亦可於楚簡帛文字找到例子。茲將之臚列於下表，以清眉目：

| 字　例 | 添加「邑」者 | 未添加「邑」者 |
|---|---|---|
| 秦 | 𥏏（曾3） | 𥏌（包133） |
| 奠 | 𥏏（曾151） | 𥏌（包260） |
| 宅 | 𥏏（望1.114） | 𥏌（包171） |
| 付 | 𥏏（包34） | 𥏌（包39） |
| 義 | 𥏏（包40） | 𥏌（包84） |
| 昱 | 𥏏（包41） | 𥏌（包48） |
| 沙 | 𥏏（包78） | 𥏌（包59） |
| 者 | 𥏏（包102） | 𥏌（包113） |
| 羕 | 𥏏（包107） | 𥏌（包86） |
| 夷 | 𥏏（包118） | 𥏌（包124） |
| 恆 | 𥏏（包163） | 𥏌（包199） |
| 畺 | 𥏏（包164） | 𥏌（包76） |
| 梁 | 𥏏（包165）<br>𥏏（包179） | 𥏌（包157） |
| 襄 | 𥏏（包189） | 𥏌（包155） |
| 吾 | 𥏏（包203） | 吾（包248） |

「梁」字於兩周金文或作「𣲘」〈梁伯戈〉，或作「𥏏」〈廿七年大梁司寇鼎〉，其一不從「木」，其一不從「水」而添加「邑」，故知楚簡的字形其來有自，應非憑空自創，然而楚簡將所從之「木」改為「禾」，應是由於義近所造成的偏旁替換。

### 18、增加「車」的偏旁者

「乘」字於楚簡習見，其形體多有差異。見於曾侯乙墓竹簡者，如：

（1 正）　　（63）

（120）

見於天星觀竹簡者，如：

（遣策）　　（遣策）

見於包山楚簡者，如：

（227）

於兩周金文作：

〈克鐘〉　　〈虢季子白盤〉

〈噩君啓車節〉

於璽印作：

（4009）〔註 42〕

〈噩君啓車節〉的字形與天星觀竹簡完全相同，上半部的偏旁與包山楚簡所從偏旁、璽印文字的字形相同。查相關的辭例，多與車馬有關，時常作爲計算馬車的單位詞，以天星觀竹簡爲例，如：

一乘田車（遣策）

又以包山楚簡爲例，如：

一乘羊車（275）

亦有例外作爲人名使用者，如包山楚簡：

卲乘（227）

添加偏旁「車」的目的，應是爲了突顯它的意義與車馬相關。

添加標義偏旁「車」者，尚有「旆」、「殿」諸字。茲將之臚列於下表，以清眉目：

| 字　例 | 添加「車」者 | 未添加「車」者 |
|---|---|---|
| 旆 | （曾 16） | （曾 6） |
| 殿 | （曾 150） | （曾 13） |

〔註 42〕羅福頤：《古璽文編》（北京：文物出版社，1994 年），頁 120。

### 19、增加「辵」或「止」的偏旁者

加上「辵」或「止」偏旁於「上」字，從辭例觀察，多作爲動詞性質使用。

見於信陽楚簡者，如：

上（1.2）

見於包山楚簡者，如：

從（150）　　　　　　　　上（192）

上（242）

見於德山夕陽坡 2 號墓竹簡者，如：

上（2）

見於范家坡 27 號墓竹簡者，如：

上

「上」字加上「辵」的偏旁，亦見於〈鄂君啓舟節〉，如：

上 灘

其意義據《金文編》所載爲「溯流而上」，[註43] 作爲動詞使用。

從「上」字書寫的形體觀察，一般作爲方位詞或名詞者，僅是加上「一」的飾筆作「上」形，或是完全不加上任何的筆飾；作爲動詞者則加上「辵」或是「止」的偏旁，這應是一種因爲作用與意義不同產生的分化現象。

添加標義偏旁「辵」或「止」者，尙有「去」、「往」諸字。茲將之臚列於下表，以清眉目：

| 字　例 | 添加「辵」或「止」者 | 未添加「辵」或「止」者 |
|---|---|---|
| 去 | 徙（郭・成之聞之 21） | |
| 往 | 徃（郭・尊德義 31） | |

### 20、增加「戈」的偏旁者

「嚻」字習見於楚簡，見於曾侯乙墓竹簡者，如：

（1 正）

〔註43〕《金文編》卷 1，頁 6。

見於包山楚簡者，如：

　　　　（7）

雖有從「戈」與否的差異，二者辭例同爲「大莫囂」。《淮南子‧脩務》云：「吳與楚戰，莫囂大心撫其御之手。」〔註44〕從文獻資料記載莫囂參與戰爭一事觀察，楚國早期的「莫囂」一職，可能亦涉及軍事之職。添加偏旁「戈」者，是爲了突顯所屬的職務，表示其爲領軍作戰的「莫囂」。

　　除上列字例外，添加標義偏旁「戈」者，如以「奇」字爲例：

| 字　例 | 添加「戈」者 | 未添加「戈」者 |
|---|---|---|
| 奇 | （郭‧老子甲本 29） | |

## （五）增加標音偏旁者

　　所謂增加標音偏旁，係指在該字原本的形體結構，增加一個聲符，添增的標音聲符，必須與原字所載的字音，具有音同或音近的關係。

　　1、羽

　　「羽」字習見於楚簡，見於曾侯乙墓竹簡者，如：

　　　　（6）

見於雨臺山 21 號墓竹簡者，如：

　　　　（3）

見於信陽楚簡者，如：

　　　　（2.19）

見於天星觀竹簡者，如：

　　　　（遣策）

見於望山楚簡者，如：

　　　　（2.47）

見於包山楚簡者，如：

　　　　（253）　　　　　　　　（260）

〔註44〕　（漢）高誘注：《淮南子》（臺北：藝文印書館，1974 年），頁 590。

見於仰天湖竹簡者，如：

羽（35）

於兩周金文作：

〈曾侯乙鐘〉

〈曾侯乙鐘〉所見之字為宮商角徵羽的「羽」字。（253）的辭例為「二羽膚」，
（35）的辭例為「羽膚」，故知在楚系文字，「羽」字已分見二形。「于」字反切
為「羽俱切」，「羽」字反切為「王矩切」，上古音同屬「魚」部「喻」紐，雙聲
疊韻。《說文解字》將「羿」歸為「雩」字的重文，反切為「羽俱切」，上古音
屬「魚」部「喻」紐。此三者為雙聲疊韻的關係。「羽」字本身已具有標音的作
用，再加上標音偏旁「于」，乃在突顯此字的表音功能。

2、兄

「兄」字主要見於包山楚簡與磚瓦廠 370 號墓竹簡，以包山楚簡為例，如：

狌（63）　　　　戕（133）

兄（138 反）

於兩周金文作：

〈曾子仲宣鼎〉　　　　牲〈王孫遺者鐘〉

楚簡「兄」字在位置經營上並不固定，偏旁時有左右調換的現象。此外，楚簡
的字形承繼金文而來，非任意為之。「兄」字反切為「許榮切」，上古音屬「陽」
部「曉」，「生」字反切為「巨王切」，上古音屬「陽」部「群」紐，二者為疊韻
的關係，增添聲符應是為了突顯此字的字音。

3、齒

「齒」字主要見於楚簡，其形體大致相同。以下僅以信陽楚簡與仰天湖竹
簡為例。見於信陽楚簡者，如：

齒（2.2）　　　　齒（2.9）

見於仰天湖竹簡者，如：

齒（25）　　　　齒（25）

「齒」字於甲骨文作：

　　　 田 （《合》94 反）　　　　　 田 （《合》419 正）

　　　 田 （《合》591 正）　　　　 田 （《合》13644）

於兩周金文作：

　　　　　　　 〈中山王䑏方壺〉

甲骨文「齒」字爲象形文，本身已具有標音作用，望文即可讀之識之，未再添
加偏旁「止」作爲聲符，金文與楚簡的「齒」字則多添加聲符偏旁「止」。「齒」
字反切爲「昌里切」，上古音屬「之」部「穿」紐，「止」字反切爲「諸市切」，
上古音屬「之」部「照」紐，二者發聲部位相同，照穿旁紐，疊韻，「齒」、「止」
爲旁紐疊韻的關係。從文字的發展言，是於已具有讀音的甲骨文「齒」字，再
添加標音偏旁「止」，遂形成現在所見的「齒」字。

# 第三節　省　減

　　中國的文字繁簡不一，爲了書寫的便利，字形多有傾向簡化的現象。於日
常生活中習見的器物，於大自然界所見的山、水、鳥、獸、蟲等物象，從文字
的發展而言，以甲骨文字爲例，多是直接的書繪其形體，以求見其形而知其義。
然而隨著人們對於文字需求量的增大，如此濃厚象形意味的文字，無法符合使
用者之需，勢必走向字形的省減，方能增加使用的效率。亦即以線條的形式取
代圖畫的形式，使它由複雜的圖畫，逐漸轉爲簡單的線條或是符號。所謂省減，
係指在原本的字形上，減少一個筆畫，或是一個偏旁，或是將偏旁間相似的筆
畫共用，甚者將重複的形體、偏旁或是部件省減，在不破壞該字原本所載的字
音與字義下，將字形簡化，以求書寫的方便與迅速。

　　文字的省減現象，除了發生在單一的文字之上，也會出現於兩字或兩字以
上的合文。楚系簡帛文字的合文現象十分多見，因此，本論文於第六章「楚簡
帛文字－－－合文考」以專章討論，於此不作說明與介紹。關於楚簡帛文字
省減的現象，茲條分縷析，論述如下：

## 一、筆畫省減

### （一）共用筆畫者

係指構成文字時，偏旁間相同或相近的筆畫共用。

1、名

「名」字見於信陽、包山與郭店楚簡，形體或有差異。見於信陽楚簡者，如：

（1.17）

見於包山楚簡者，如：

（32）　　　　　　　　（249 反）

見於郭店楚簡〈成之聞之〉者，如：

（13）

於兩周金文作：

〈南宮乎鐘〉　　　　　　　〈少虞劍〉

「名」字從夕從口，金文未見共用筆畫的情形。信陽楚簡的「名」字，所從之「夕」改為「月」，可能是字形與意義相近而混用。至於包山楚簡（32）與郭店楚簡〈成之聞之〉（13）之形體為共用筆畫的現象，前者為偏旁「口」與「夕」共用一個筆畫，後者為偏旁「口」與「月」共用一個筆畫。

2、善

「善」字主要見於楚簡，其形體多有共用筆畫的現象。見於信陽楚簡者，如：

（1.45）

見於望山楚簡者，如：

（1.17）

見於包山楚簡者，如：

（54）　　　　　　　　（168）

於兩周金文作：

〈善鼎〉　　　　　　　〈毛公鼎〉

金文「善」字的形體從「誩」、從「言」，不見省減現象。楚簡「善」字本身僅從「誩」，已經省減同形偏旁「言」。再者，「善」由「羊」與「言」構成，楚簡的「善」字，出現「羊」與「言」共用相近的筆畫，即共用「＝」的筆畫。

3、歲

「歲」字多見於楚簡、帛書，字形略有不同，以下僅以包山楚簡與望山楚簡爲例。見於望山楚簡者，如：

　　　　誐（2.1）

見於包山楚簡者，如：

　　　歲（2）　　　　　　　　　歲（130）

　　　歲（217）　　　　　　　　歲（228）

此字於兩周金文作：

　　　戌〈利簋〉　　　　　　　戌〈毛公鼎〉

　　　戌〈陸璋方壺〉　　　　　戌〈噩君啓舟節〉

　　　戌〈楚王酓肯鼎〉　　　　戌〈楚王酓忑鼎〉

金文字形的發展，從象形走向形聲，其間的變化甚大。從楚簡的「歲」字觀察，「歲」字多從「月」，惟望山楚簡（2.1）從「日」，造成偏旁不同的因素，係因義近而替代。再者，「歲」字上半部所從的「止」，與下半部的偏旁具有相同的筆畫，所以書寫時二者共用一筆橫畫。

4、僕

「僕」字習見於楚簡，形體略有差異。以包山楚簡爲例，如：

　　　僕（15）　　　　　　　　僕（133）

　　　僕（137反）　　　　　　僕（155）

於兩周金文作：

　　　僕〈幾父壺〉　　　　　　僕〈五年召伯虎簋〉

　　　僕〈瞗鎛〉

從字形觀察，僅見同爲楚系的〈瞗鎛〉與楚簡「僕」字相同。就其字形言，偏旁「人」與「臣」常見共用筆畫的現象，亦即採取「人」上「臣」下的結構形式時，二者若重疊相連，容易發生共用筆畫的現象，如（133）即共用相近的筆畫。

5、吳

「吳」字見於郭店楚簡〈唐虞之道〉者，如：

（1）

辭例為「唐吳（虞）之道」，「吳」字通假為「虞」。於兩周金文作：

〈吳王光鑑〉

楚簡「吳」字已出現共用筆畫的現象。

6、從偏旁「木」者

從「木」偏旁者，多見共用筆畫的現象，茲以「新」字為例。「新」字多見於楚簡，形體略有不同。見於曾侯乙墓竹簡者，如：

（50）

見於包山楚簡者，如：

（5）　　　（15反）

（16）　　　（35）

（61）　　　（172）

於兩周金文作：

〈頌鼎〉　　　〈中山王𫵽方壺〉

〈曾侯乙鐘〉

楚簡「新」字的形體其來有自。「新」字的形體，應由三個部分組成，即「斤」、「木」與「辛」。以包山楚簡為例，（5）將所從之「木」改為「火」，（61）將所從之「木」改為「↓」，此二種現象皆是因為省減筆畫所造成的訛誤，（16）不從「木」，（35）左邊的形體採取上「辛」下「木」的形式。由於「辛」與「木」具有相同的筆畫，採取上「辛」下「木」時，二者共用同一個筆畫。再者，從字形結構的安排觀察，採取「木」上「辛」下的方式，未見共用筆畫情形，若採用「辛」上「木」下的方式，則多見筆畫的共用。據此可知，從偏旁「木」者若欲與另一偏旁共用筆畫，絕非任意為之，它須有一項必要條件，即所從偏旁「木」必須置於另一偏旁之下，方能採取共用筆畫的形式。

除了「新」字外，從偏旁「木」者，亦見相同的現象。茲將之臚列於下表，

以清眉目：

| 字　例 | 共用筆畫者 | 未共用筆畫者 |
|---|---|---|
| 慚 | （包 191） | |
| 集 | （包 209）<br>（包 234） | （包 1） |
| 萐 | （包簽） | （包 258） |

### 7、從偏旁「青」者

「青」字於楚簡帛文字除了添加無義偏旁「口」外，亦見共用筆畫的現象。

見於包山楚簡者，如：

（193）　　　　　　（256）

見於楚帛書者，如：

（甲 5.24）

於兩周金文作：

〈吳方彝蓋〉

金文未見共用筆畫現象，楚簡帛的「青」字，其上之偏旁「生」的末筆與其下偏旁共用一個筆畫。

從偏旁「青」者，亦見相同的現象。茲將之臚列於下表，以清眉目：

| 字　例 | 共用筆畫者 | 未共用筆畫者 |
|---|---|---|
| 精 | （天 1） | |
| 郬 | （包 50） | |
| 精 | （帛甲 5.35） | |
| 靜 | （郭・老子甲本 5） | |
| 清 | （郭・老子甲本 10） | |
| 精 | （郭・老子甲本 34） | |
| 婧 | （郭・成之聞之 35） | |
| 宵 | （郭・性自命出 62） | |
| 情 | （郭・語叢一 31） | |

### 8、從偏旁「己」者

「𠀤」字見於郭店楚簡〈尊德義〉者,如:

（5）

於兩周金文作:

,〈師袁簋〉　　　,〈無𠀤簋〉

金文尚未見「己」與「其」共用筆畫的現象。從楚簡的「𠀤」字結構觀察,該字上半部從「己」,下半部從「其」,「其」字於楚簡帛文字多作「亓」或「丌」,當它與「己」組合成「𠀤」字時,由於二者具有一筆相同的橫畫「一」,遂共用一筆橫畫。

從偏旁「己」者,亦見相同的現象,如以「忌」字為例:

| 字　例 | 共用筆畫者 | 未共用筆畫者 |
|---|---|---|
| 忌 | （郭・太一生水 7） |  |

### (二)單筆者

所謂單筆,係指對於字形的形體,在不破壞基本的構形下,省減一個筆畫。

### 1、從偏旁「易」者

「易」字習見於楚簡、帛書,多作為人名或地名使用。見於曾侯乙墓竹簡者,如:

（162）

見於天星觀竹簡者,如:

（卜筮）　　　（卜筮)

見於包山楚簡者,如:

（2）　　　（162）

見於楚帛書者,如:

（丙 10.1）

於兩周金文作:

〈易叔盨〉　　　〈王孫遺者鐘〉

〈楚王酓璋戈〉　　　〈楚王酓璋鎛〉

〈噩君啓舟節〉　　　　〈正昜鼎〉

楚簡從「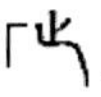」者多沿襲銘文的字形，以曾侯乙墓竹簡言，其年代較早，在字形上仍承繼銘文的字形。此外，包山楚簡與天星觀竹簡的「昜」字多有省減一個筆畫的現象，亦即在下半部的偏旁裡省減一筆斜畫。

從偏旁「昜」者，亦見相同的現象。茲將之臚列於下表，以清眉目：

| 字　例 | 省減單筆者 | 未省減單筆者 |
|---|---|---|
| 暘 | （曾 212） | |
| 墬 | （信 2.13） | |
| 楊 | （天 1） | （包 192） |
| 傷 | （包 24） | 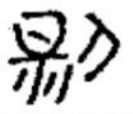（包 22） |
| 場 | （包 122） | （包 121） |
| 逿 | （包 128） | （包 143） |
| 湯 | （包 135 反） | （包 173） |
| 腸 | 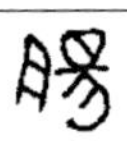（包 166） | （曾 164） |
| 殤 | （包 222） | （曾 173） |

2、從偏旁「川」者

「訓」字於楚簡、帛書的形體不一，見於天星觀竹簡者，如：

（卜筮）

見於包山楚簡者，如：

（199）　　　　（210）

（217）

「訓」字所從偏旁「川」，常省減一個筆畫。換言之，所省減者爲相同形體的部分。此外，在位置的經營上，雖然一致的採取左右結構的方式，偏旁的位置卻不甚固定。再者，包山楚簡（217）增添一個偏旁「心」，從辭例觀察，（210）與（217）皆爲「戲外又不訓」，故知所添加偏旁「心」應爲無義偏旁。

從偏旁「川」者，亦見相同的現象，如以「紃」字爲例：

| 字　例 | 省減單筆者 | 未省減單筆者 |
|---|---|---|
| 紃 | 紃（望 2.6） | 紃（包 268） |

### 3、從偏旁「口」者

「甲」字於習見於楚簡、帛書，形體多有差異。以包山楚簡爲例，如：

　　　　甲（12）　　　　　　　甲（185）

　　　　甲（46）

雖有筆畫多寡的不同，從辭例觀察，依次爲「甲戌之日」、「甲辰之日」、「甲辰」，皆爲干支紀日。無論所從偏旁「口」，省減的筆畫多寡，皆爲「甲」字。

從偏旁「口」者，亦見相同的現象。茲將之臚列於下表，以清眉目：

| 字　例 | 省減單筆者 | 未省減單筆者 |
|---|---|---|
| 圀 | 圀（曾 4） | 圀（望 2.48） |
| 國 | 國（曾 174） | |
| 圓 | 圓（曾 203） | |
| 固 | 固（望 1.29） | 固（望 1.20） |

## 二、偏旁、部件省減

### （一）省減部件者

所謂省減部件，係指構成文字時，省減一筆或是部分的筆畫，而省減者屬於不成文的部分。

### 1、舊

「舊」字見於包山楚簡者，如：

　　　　舊（24）

見於郭店楚簡《老子》乙本者，如：

　　　　舊（3）

《老子》乙本辭例爲「長生舊（舊）視之道也」，該字的形體雖與包山楚簡的「舊」字不同，透過辭例的觀察，應爲「舊」字。造成二者的差異，應是省減部件的現象。

2、學

「學」字見於郭店楚簡《老子》乙本者，如：

　　　　學（3）　　　　　　　　　　　學（4）

於兩周金文作：

　　　　學〈大盂鼎〉　　　　　　　　學〈者沪鐘〉

　　　　學〈中山王響鼎〉

金文「學」字雖有從「攵」與否的差別，卻少見省減部件的現象。《老子》乙本辭例依次爲「學者日益」、「絕學無憂」，與今本《老子》第四十八章、第二十章等相符。據此可知，此二字應爲「學」字。將楚簡與金文「學」字系聯，發現楚簡「學」字省減的部分不一，（3）將「爻」改寫爲「丨」，省減「子」上的「冖」；（4）省減兩處的部件，一爲「冖」，一爲「爻」。

## （二）借用部件者

所謂借用部件，係指構成文字時，部件相同或相近者共用，從字形表面觀察，或以爲它是減省相似的某一部件，可是仍應屬於借用。

### 1、借用「口」的部件者

「胄」字於楚簡習見，形體多有差異。見於曾侯乙墓竹簡者，如：

　　　　胄（1正）　　　　　　　　　　　胄（43）

見於天星觀竹簡者，如：

　　　　胄（遣策）　　　　　　　　　　　胄（遣策）

見於包山楚簡者，如：

　　　　胄（269）　　　　　　　　　　　胄（270）

　　　　胄（牘1）

見於秦家嘴 99 號墓竹簡者，如：

　　　　胄（6）

包山楚簡的「胄」字在位置經營上採取左右式的結構，餘者皆爲上下式的結構。《說文解字》「胄」字「從冃由聲」，其下有一重文「胄，司馬法胄從革。」

〔註45〕該字的形體與楚簡的字形相符。此外，秦家嘴 99 號墓竹簡與天星觀竹簡的「胄」字，其上之「由」與其下之「革」，具有相似的部件「ㅂ」，書寫時採取共用部件的方式。

借用部件「口」者，尚有「群」、「砧」諸字。茲將之臚列於下表，以清眉目：

| 字　例 | 借用部件「口」者 | 未借用部件「口」者 |
|---|---|---|
| 群 | （帛乙 9.25） | |
| 砧 | （郭・緇衣 36） | |

### （三）截取特徵者

所謂「截取特徵」，係指對於某一字的形體、偏旁加以省減，雖然有所省略，基本的特徵仍然保留，因此仍可藉著主要的特徵，與未省減之本字聯繫，而其音義不變。關於「截取特徵」的方式，前人多已論述，如：高明稱之為「截取原字的一部分代替本字」，〔註46〕林澐稱之為「截取性簡化」，〔註47〕林清源亦稱為「截取特徵」，云：「是指音義完整且無法再行分解的偏旁或單字，在書寫時只截取其中一部份形體作為代表，其餘部份則省略不寫。」〔註48〕從楚簡帛文字的截取方式觀察，書寫者一般多保留其較為重要的特徵，如「馬」字僅保留「眼睛」的部分，「為」字保留「手」與「象頭」的部分。

### 1、嘉

「嘉」字主要見於包山楚簡，如：

（74）　　　　（159）

（164）　　　　（166）

（216）

於兩周金文作：

〈伯嘉父簋〉　　　　〈王孫遺者鐘〉

---

〔註45〕《說文解字注》，頁 357～358。

〔註46〕高明：《中國古文字學通論》（臺北：五南圖書出版有限公司，1993 年），頁 137。

〔註47〕林澐：《古文字研究簡論》（吉林：吉林大學出版社，1986 年），頁 75。

〔註48〕《楚國文字構形演變研究》，頁 47。

〈中山王嚳鼎〉

於侯馬盟書作：

（1.41）　　　　　（36.3）

（92.5）　　　　　（152.3）

（156.1）　　　　（156.20）

（194.1）　　　　（194.4）

（195.7）　　　　（200.8）〔註49〕

金文「嘉」字所從為「壴」，實非楚簡的「禾」；侯馬盟書的「嘉」字合計出現約189次，從形體的不同，可看出其截取特徵的現象。楚簡「嘉」字從「禾」的現象，正是截取特徵的表現。與侯馬盟書不同者，在於侯馬盟書尚可見到此字截取特徵的過程，楚簡則已習慣性的將此字原本所從的偏旁改為「禾」。此現象的產生，誠如林清源所言：「『嘉』字所從的『禾』旁與『壴』旁，所以發生類似互用的現象，既不是因為字形的相近，也不是因為字義相關，而是形體訛變所造成的結果。」〔註50〕從侯馬盟書與金文的「嘉」字形體觀察，「嘉」字本應從偏旁「壴」，其後因為形體的省減，遂產生訛變，因而改從「禾」。

2、得

「得」字多見於楚簡、帛書，字形多以截取特徵的方式表達。以包山楚簡為例，如：

（6）　　　　　　（102）

（158）

於甲骨文作：

（《合》133 正）　　（《合》439）

（《合》18211）

於殷周金文作：

〔註49〕《侯馬盟書・侯馬盟書字表》，頁343～345。

〔註50〕《楚國文字構形演變研究》，頁52

〈得鼎〉　　　　　　　〈師旂鼎〉

〈大克鼎〉　　　　　　〈中山王礜鼎〉

〈陳璋方壺〉　　　　　〈子禾子釜〉

「得」字應是從手持貝之形，金文「得」字所從之「貝」，多因省減而改作「目」。此一現象非僅存在於金文，在楚簡、帛書亦復如此。「貝」不再保留象形的成分，透過截取特徵的省減方式，改爲「目」、或「目」的形體。

3、皆

「皆」字習見於楚簡、帛書，形體多爲省減。見於包山楚簡者，如：

（16）　　　　　　　　　　（273）

見於楚帛書者，如：

（乙 9.24）

於甲骨文作：

（《合》27749）　　　　　　　（《合》31771）

於兩周金文作：

〈皆作障壺〉　　　　　　〈中山王礜鼎〉

甲骨文的「皆」字正像一虎或二虎陷於阱中，楚簡與金文的字形相近，或從「竹」，或從「虎」，包山楚簡（273）則又添加二筆橫畫的飾筆。《金文編》「皆」字下云：「秦殘陶量皆明壹之，皆字作𦣞，從𩰬與從冑同。」〔註51〕此外，曾憲通云：「秦故道詔版有𦣞字，從二虎從甘，義與皆同，帛文之𦣞，即詔版𦣞字省去一虎頭（虍）。中山王壺之𦣞，又較帛文之𦣞略去一虎足（儿），即詔版所從雙虎省去其一。金文皆壺之𦣞，江陵楚簡之𦣞，信陽楚簡之𦣞，又較帛文之𦣞省去㐭形。」〔註52〕從文字發展的過程言，應是兩條不同的路線，一則由甲骨文從偏旁二「虎」，或是一「虎」，走向金文中的一「虎」，如〈中山王礜鼎〉；一則爲了書寫的便利，以截取特徵的方式將虎頭省減，保留其下半部分的形體，因而走向「竹」，如西周金文〈皆作障壺〉。此外，從楚帛書的「皆」字觀察，

─────────

〔註51〕《金文編》卷4，頁245。

〔註52〕曾憲通：《楚帛書・楚帛書文字編》（香港：中華書局，1985年），頁269。

原本應從二虎，可是爲了書寫的便利，遂省減同形的「虎」。在省減上，一方面採取省減同形的方式，一方面又爲保存原本的字形特徵，而兼採截取特徵的方式。因此，從其形體仍可看出「皆」字的原貌。

### 4、癆

「癆」字於楚簡多採截取特徵的形式書寫，見於天星觀竹簡者，如：

（卜筮）　　　　（卜筮）

見於望山楚簡者，如：

（1.69）

見於包山楚簡者，如：

（10）　　　　（174）

（188）

見於江陵九店竹簡者，如：

（56.67）

關於包山楚簡的「癆」字，學者們說法紛紜。黃錫全認爲該字所見的「＝」爲飾筆，應釋爲「羽」字；[註53] 李天虹以爲雪花似羽毛，雪字容易與羽字相混，又因該字之形與羽字的形體相近，因而可能是「雪」字；[註54] 何琳儀認爲「癆」與「翏」同爲一字，「羽」是「翏」的省形，再加上此二字皆爲人名之用，故應讀爲「廖」；[註55] 劉釗認爲「羽」爲「翏」的省形，此字應釋爲「癆」，於簡文中作爲姓氏字。[註56] 從辭例觀察，以望山楚簡爲例，如：「己未又（有）勿（悶），辛、壬叔（癆）」（1.67）、「壬、癸大又（有）翏（癆）」（1.69），前後文句皆爲有關疾病的記載，如「瘥」字等，可知它省去表示與疾病有關的「疒」的偏旁。此外，九店竹簡「癆」字在其前後文句，亦見「疾」字，如：「以又（有）疾，子少（小）翏（癆），卯大翏（癆），死生才（在）寅」（56.67），應與望山

---

〔註53〕黃錫全：《湖北出土商周文字輯證·《包山楚簡》部分釋文校釋》（武漢：武漢大學出版社，1992 年），頁 191。

〔註54〕李天虹：《《包山楚簡》釋文補正》，《江漢考古》1993 年第 3 期，頁 88。

〔註55〕何琳儀：〈包山竹簡選釋〉，《江漢考古》1993 年第 4 期，頁 55。

〔註56〕〈包山楚簡文字考釋〉，頁 2。

楚簡中的「瘥」字情形相似。再者，天星觀竹簡的「瘥」字，於文句上亦多見「疾」字，如：「疾遲又（有）瘥」、「疾又（有）瘥」，故知二者應同為一字。包山楚簡的「瘥」字，在辭例上多見「瘥亞夫」，如（174）與（188），據此應可肯定二字相同。從字形言，楚簡的「瘥」字多以截取特徵的方式書寫，將其下半部省減，並在該部位添加「＝」，表示此為截取特徵的形體。根據字形與辭例的判斷，包山楚簡之「瘥」字說法雖多，應以何琳儀與劉釗之說較為可信。

5、鼎

「鼎」字見於信陽楚簡者，如：

（2.14）

見於包山楚簡者，如：

（54）　　　　　　（265）

於兩周金文作：

〈大盂鼎〉　　　　　　〈中山王𧊒鼎〉

〈楚王盦肯鼎〉

將金文與楚簡的「鼎」字系聯，發現「鼎」字的發展，自西周至戰國時期的變化甚大，從具有象形成分的圖畫文字，逐漸改以線條表現，書於楚簡時，更進一步的省減，僅保留該字最為重要的特徵，如包山楚簡（265）。此種省減的方式，雖然未於該字下方添加「＝」，仍屬於截取特徵的形式。

6、強

「強」字見於郭店楚簡〈五行〉者，如：

（34）

辭例為「不畏強語（禦）」。《說文解字》「勥」字下收錄一個古文「」，形體與楚簡十分相近。古文「勥」字上方所從為「彊（疆）」，「彊（疆）」字於兩周金文作：

〈散氏盤〉　　　　　　〈秦公鎛〉

就字形言，楚簡「強」字上半部所從之「田」，應是「彊（疆）」的省減。換言之，金文「彊（疆）」字所見置於二「田」間的「－」，為田地的分隔線，而從

金文的字形觀察，「一」的存在與否，並不影響該字的意義，故「一」的多寡並無限制。此外，所謂「截取特徵」，係將構成文字最重要的部分保留，該字所重爲「田」，故保留「田」以代表「彊（疆）」字。

　　7、從偏旁「無」者

　　「無」字習見於楚簡，見於曾侯乙墓竹簡者，如：

　　　　　　[字形]（95）

見於包山楚簡者，如：

　　　　　　[字形]（16）

見於秦家嘴 99 號墓竹簡者，如：

　　　　　　[字形]（4）

於兩周金文作：

　　　　[字形]〈大盂鼎〉　　　　　　[字形]〈虢季子白盤〉

　　　　[字形]〈秦公簋〉　　　　　　[字形]〈曾侯乙鐘〉

　　　　[字形]〈曾姬無卹壺〉

「無」字於金文多從「人」，而楚簡的字形有二種，一爲省減「人」，一爲未省減「人」。除包山楚簡外，天星觀竹簡、望山楚簡與楚帛書亦不見從「人」的偏旁。由曾侯乙墓竹簡「無」字一律從「人」的現象觀察，可知早期楚簡在書寫上仍然深受金文的影響，在字形上多沿襲其形體，發展至晚期時，爲了書寫的便利與迅速，遂採取截取特徵的方式，將「人」省減。

　　從偏旁「無」者，亦見相同的現象。茲將之臚列於下表，以清眉目：

| 字　例 | 截取特徵者 | 未截取特徵者 |
|---|---|---|
| 禰 | [字形]（天 1） | |
| 廡 | [字形]（包 53） | |
| 鄦 | [字形]（包 87） | |
| 蕪 | [字形]（包 263） | |

　　8、從偏旁「倉」者

　　「倉」字於楚簡帛文字多見省形。見於包山楚簡者，如：

（19）

見於楚帛書者，如：

（丙 7.1）

於兩周金文作：

〈叔倉盨〉　　　　　　　　〈宜陽右倉簋〉

〈叔倉盨〉未見省減偏旁「口」，〈宜陽右倉簋〉將「口」省減。將金文與楚簡帛「倉」字系聯，楚簡、帛書的「倉」字，亦將「口」省減，並將其上半部的形體省改。就其書寫的方式言，應可視為截取特徵的現象。

從偏旁「倉」者，亦見相同的現象。茲將之臚列於下表，以清眉目：

| 字　例 | 截取特徵者 | 未截取特徵者 |
|---|---|---|
| 滄 | （天 1） | |
| 愴 | （望 1.1） | |
| 蒼 | （包 176） | |

9、從偏旁「則」者

「則」字於楚簡、帛書的形體略有不同，見於信陽楚簡者，如：

（1.1）

見於包山楚簡者，如：

（216）

見於楚帛書者，如：

（丙 1.2）

見於郭店楚簡《老子》甲本者，如：

（35）

於兩周金文作：

〈五年召伯虎簋〉　　　　〈中山王𧊒方壺〉

〈曾侯乙鐘〉　　　　　　〈鄂君啟舟節〉

金文「則」字右邊的偏旁多為「刀」或「刃」，楚簡、帛書改從「勿」。從「刀」

或「刃」的偏旁，改爲從「勿」，此一改變應是形近所造成的訛變。此外，左側偏旁「貝」，於金文仍保留「鼎」的形狀，楚簡帛的「則」字，除了信陽、郭店楚簡的形體與他簡略有不同外，亦多保留「鼎」之形。其次，進一步的觀察，金文仍可見「鼎」之形，楚簡、帛書的「鼎」字形體略有不同，即原本「三足」之形與「火」的偏旁相近。今觀察信陽、郭店楚簡的「則」字亦應從「鼎」，惟所從之「鼎」爲截取特徵後的形體，並且在省減之後，又於該字形下添加二道長橫畫「＝」，表示此爲省減之形。

從偏旁「則」者，亦見相同的現象。茲將之臚列於下表，以清眉目：

| 字 例 | 截取特徵者 | 未截取特徵者 |
|---|---|---|
| 惻 | ![字形]（郭・老子甲本1） | ![字形]（帛乙10.28） |

10、從偏旁「衣」者

「裏」字多見於楚簡，字形大致相同，惟少數以截取特徵的方式呈現。見於信陽楚簡者，如：

![字形]（2.9）　　　　　　![字形]（2.9）

![字形]（2.13）

見於包山楚簡者，如：

![字形]（263）

於兩周金文作：

![字形]〈番生簋蓋〉　　　　　![字形]〈毛公鼎〉

金文「裏」字從衣里聲，未見省減現象。楚簡亦多未省減，惟信陽楚簡（2.9）、（2.13）二例，將所從偏旁「衣」截取特徵，省減其上半部。雖然形體已經省減，仍可辨識出爲何字。此外，從「衣」與從「卒」偏旁時有互作的情形，如信陽楚簡的字例即是「衣」、「卒」相互通用的現象。

從偏旁「衣」者，亦見相同的現象。茲將之臚列於下表，以清眉目：

| 字 例 | 截取特徵者 | 未截取特徵者 |
|---|---|---|
| 裀 | ![字形]（信2.19） | |
| 襡 | ![字形]（信2.19） | |

| | | | |
|---|---|---|---|
| 袞 | 𣎴（包16） | | 楚（包189） |
| 被 | 𦼩（包203） | | 𦼧（包214） |
| 卒 | 𠩄（包簽） | | 𠩄（包簽） |

11、從偏旁「皇」者

「皇」字於楚簡並不常見，見於雨臺山21號墓者，如：

𡊅（2）

見於信陽楚簡者，如：

𡊅（2.25）

見於望山楚簡者，如：

𡊅（2.45）

見於包山楚簡者，如：

𡊅（266）

於兩周金文作：

𡊅〈善鼎〉          𡊅〈王孫遺者鐘〉

𡊅〈曾侯乙鐘〉

兩周金文一般皆保有「凵」，楚簡文字僅剩下「王」與其上的豎畫，表面上似乎不可識，透過與金文的「皇」字相互聯系，可知其為簡化的現象。

從偏旁「皇」者，亦見相同的現象。茲將之臚列於下表，以清眉目：

| 字　例 | 截取特徵者 | 未截取特徵者 |
|---|---|---|
| 諻 | 𧨾（包60） | |
| 篁 | 𥲤（包190） | |

12、從偏旁「馬」者

「馬」字多見於楚簡，形體或有不同，茲以包山楚簡與曾侯乙墓竹簡為例。

見於曾侯乙墓竹簡者，如：

𢒉（128）          𢒉（147）

（150）

見於包山楚簡者，如：

（8）　　　　　　　　（24）

（30）　　　　　　　　（60）

（118）　　　　　　　　（119）

（200）　　　　　　　　（牘1）

於甲骨文作：

（《合》5711）　　　　　　　　（《合》5712）

（《合》5716）

於兩周金文作：

〈作冊大方鼎〉　　　　　　　　〈小臣宅簋〉

〈九年衛鼎〉

從所列的字形觀察，甲骨文的字形，象形成分十分濃厚；金文亦多保有象形的成分；包山楚簡除（牘1）之外，多採取截取特徵的形式書寫。「馬」字截取特徵的方式，即在字形上保留上半部的形體，而省減下半部的形體，又於省減的部位加上「＝」，表示此為省減之形。至於曾侯乙墓竹簡的「馬」字則與金文相似，依舊保留其完整的形體。究其原因，曾侯乙墓竹簡屬於戰國早期，其文字書寫仍然深受青銅器銘文的影響，所以依舊保留全形，未作省減。

從偏旁「馬」者，亦見相同的現象。茲將之臚列於下表，以清眉目：

| 字　例 | 截取特徵者 | 未截取特徵者 |
|---|---|---|
| 檻 | （包23） | |
| 裹 | （包72） | |
| 薦 | （包267） | |

13、從偏旁「為」者

「為」字習見於楚簡帛文字。見於曾侯乙墓竹簡者，如：

（142）　（145）

見於信陽楚簡者，如：

（1.9）

見於天星觀竹簡者，如：

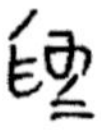（卜筮）

見於包山楚簡者，如：

（5）　（7）

（15 反）　（16）

（86）　（120）

（147）　（156）

見於郭店楚簡《老子》乙本者，如：

（3）

於甲骨文作：

（《合》13490）　（《合》15180）

於兩周金文作：

〈散氏盤〉　〈趙孟庎壺〉

〈曾伯陭壺〉　〈兆域圖銅版〉

〈噩君啓車節〉　〈鑄客鼎〉

從上面所列的字形觀察，「爲」字像是以手牽象，「象」字於甲骨文作：

（《合》1052 正）

甲骨文的象形成分較濃，金文雖亦見保留象形成分者，可是在楚系與中山國銘文則見截取特徵的現象。楚簡帛文字的「爲」字，一致採取截取特徵的方式，或於省減的下方加上「＝」，或將「＝」添加於上方，表示此爲省減之形，或未加任何的符號。據此可知，「＝」的符號添加，並未硬性規定置於省減者的下方，但是從「＝」添加的情形而言，仍以置於下方者爲常態。

從偏旁「爲」、「象」者，亦見相同的現象。茲將之臚列於下表，以清眉目：

| 字　例 | 截取特徵者 | 未截取特徵者 |
|---|---|---|
| 喙 | ☲（曾 1 正） | |
| 憑 | ☲（包 220） | |

## （四）省減同形者

所謂省減同形，係指書寫時省減相同形體的偏旁或是部件。

### 1、堯

「堯」字見於楚帛書者，如：

　　　　㞢（乙 9.7）

見於郭店楚簡〈窮達以時〉者，如：

　　　　大（3）

見於〈唐虞之道〉者，如：

　　　　堯（1）

見於〈六德〉者，如：

　　　　㞢（7）

《說文解字》「堯」字下有一重文，「㞢，古文堯。」〔註57〕形體與〈六德〉「堯」字相同。《說文解字》收錄的古文「堯」字，其來源應屬楚系文字。此外，將之與楚帛書的「堯」字系聯比較，楚帛書的「堯」字應是〈六德〉「堯」字的省減同形。

### 2、幾

「幾」字見於五里牌竹簡者，如：

　　　　幾（5）

於兩周金文作：

　　　　㡀〈幾父壺〉

金文所從爲二幺，楚簡省減二個同形的幺，改爲一個幺。

---

〔註57〕《說文解字注》，頁 700。

3、喪

「喪」字偶見於楚簡，其形體略有差異。見於郭店楚簡《老子》丙本者，如：

（8）　　　　　　（9）

（10）

辭例依次爲「喪事上右」、「言以豊（禮）居之也」、「戰勅（勝）則以喪豊（禮）居之」。所從「口」的部件雖有多寡的不同，仍同屬一字。「喪」字於兩周金文作：

〈癲鐘〉　　　　　　〈洹子孟姜壺〉

從金文「喪」字觀察，部件「口」多爲四個，將之與楚簡相較，楚簡的「喪」字應是將四個「口」省減爲二個「口」或三個「口」。

4、能

「能」字見於信陽楚簡者，如：

（1.18）

見於望山楚簡者，如：

（1.37）　　　　　　（1.38）

於兩周金文作：

〈沈子它簋蓋〉　　　　〈史墻盤〉

〈毛公鼎〉　　　　　〈番生簋蓋〉

〈哀成叔鼎〉　　　　〈中山王𨥑鼎〉

金文字形皆可見其二足，信陽楚簡與望山楚簡（1.37）的字形，應是省減同形的一足。

5、星

「星」字僅出現於楚帛書，如：

（乙1.21）

於甲骨文作：

（《合》11488）　　　（《合》11489）

（《合》11501）

甲文字形所從之「日」多在二個或二個以上，楚帛書的「星」字應爲省減相同的偏旁。

6、競

「競」字主要出現於包山楚簡與磚瓦廠 370 號墓出土的竹簡。見於包山楚簡者，如：

（81）　　　　　（90）

見於磚瓦廠 370 號墓竹簡者，如：

（1）

包山楚簡（81）出現省減同形的現象，將「競」字上半部相同的部分省減；磚瓦廠 370 號墓竹簡（1）是在「口」中添加一筆短橫畫「一」作爲飾筆。

7、皆

有關「皆」字省減同形的現象，請參見本節「截取特徵」下的論述。

8、訓

有關「訓」字省減同形的現象，請參見本節「單筆」下的論述。

9、善

有關「善」字省減同形的現象，請參見本節「共用筆畫」下的論述。

10、從偏旁「昔」者

「昔」字於楚簡多未見省形，惟於江陵九店出現省減同形的現象。見於信陽楚簡者，如：

（1.87）

見於天星觀竹簡者，如：

（遣策）　　　　（遣策）

見於江陵九店竹簡者，如：

（56.44）

於甲骨文作：

（《合》137 反）　　　　（《合》301）

（《合》302）　　　　（《合》1111 反）

（《合》16930）

於兩周金文作：

〈中山王嚳鼎〉　　　　〈舒鉴壺〉

從該字的形體觀察，甲骨文的形體多不固定，金文則沿襲甲骨文而發展。然而亦見特例者，如〈中山王嚳鼎〉的字形將「日」改爲「田」，與之相同者尚見信陽與天星觀竹簡的「昔」字。此一現象的產生，應是字形的訛誤所致。林宏明以爲造成此種現象的原因，主要是上半部與羊角的形體相近所致的訛誤。〔註58〕從楚簡帛文字的「戠」及從「戠」偏旁者觀察，亦多見此現象觀察。「戠」字其下之「日」時有寫作「田」者，正是受到其上方的「丨」或是「丶」影響所致。此外，江陵九店「昔」字省減一筆相同的筆畫，應是省減同形的現象。

從偏旁「昔」者，亦見相同的現象。茲以「戠」字爲例：

| 字　例 | 省減同形者 | 未省減同形者 |
|---|---|---|
| 戠 | （包85）<br>（包224） | （包243） |

#### 11、從偏旁「需」者

「需」字於楚簡或增加同形的「口」，或省減同形的「口」，或將所從三個「口」的位置任意的變化，在位置的經營上極爲不固定。見於天星觀竹簡者，如：

（卜筮）

見於望山楚簡者，如：

（2.48）

見於包山楚簡者，如：

---

〔註58〕林宏明：《戰國中山國文字研究》（國立政治大學中國文學系碩士論文，1997 年），頁 96。

（149）　　　（172）

（270）　　　（272）

（276）

於甲骨文作：

（《合》2864）　　（《合》6197）

（《合》32509）

於兩周金文作：

〈癲鐘〉

甲骨文「霝」字多從二「口」，金文從三「口」，從文字發展的角度言，楚簡應是承繼金文而來，所以楚簡多見從三「口」的「霝」字。由此可知，從二「口」者應視爲省減同形，從四「口」者則是增加同形的現象。此外，從「口」的結構安排觀察，所從之「口」若爲奇數則多排成一列，若爲偶數則兩兩爲一組的排列。然而亦有例外者，如上列之包山楚簡（270）與天星觀竹簡（卜筮），所從「口」雖爲三的奇數，卻又以兩兩一組的方式排列，另將多餘的一個「口」或置於其上，或置於其下。此外，「霝」字的上半部爲「雨」，「雨」中的小點應是雨滴之形，包山楚簡（272）、（276）則將雨滴之形省減，此一現象的產生，可能是前後文皆見「霝」字，或從偏旁「霝」的字，書寫者爲了書寫的便利，採取省減其部分的形體以代替其全部。

從偏旁「霝」者，亦見相同的現象。茲將之臚列於下表，以清眉目：

| 字　例 | 省減同形者 | 未省減同形者 |
|---|---|---|
| 靈 | （望1.88） | （望1.91） |
| 櫺 | （望2.2） | |
| 纗 | （望2.8） | （包268） |
| 鑐 | （包牘1） | （包272） |

## 12、從偏旁「艸」者

「芒」字偶見於楚簡，形體略有差異。見於信陽楚簡者，如：

（2.23）

見於郭店楚簡〈緇衣〉者，如：

（9）

將二者的形體系聯，發現郭店楚簡的「芒」字省減偏旁「艸」的同一形體「屮」，改作「屮」。

從偏旁「艸」者，亦見相同的現象。茲將之臚列於下表，以清眉目：

| 字 例 | 省減同形者 | 未省減同形者 |
|---|---|---|
| 蕾 | （包 169） | |
| 菓 | （郭・尊德義 39） | （包 258） |
| 草 | （郭・六德 12） | （信 2.13） |
| 茆 | （郭・六德 12） | |
| 芊 | （郭・語叢一 73） | （曾 71） |
| 廟 | （郭・語叢四 27） | （郭・性自命出 20） |

省減同形者，除了上列的例字外，亦可於楚簡帛文字找到諸多例子。茲將之臚列於下表，以清眉目：

| 字 例 | 省減同形者 | 未省減同形者 |
|---|---|---|
| 繼 | （望 2.50） | （天 1） |
| 隋 | （包 167） | （包 22） |
| 陸 | （包 181） | （包 62） |
| 臨 | （包 185） | （包 53） |
| 絕 | （郭・老子甲本 1） | （曾 5） |

（五）省減義符者

所謂省減義符，係指書寫時省減標示意義的偏旁。

1、賓

「賓」字見於郭店楚簡《老子》甲本者，如：

（19）

見於〈語叢一〉者，如：

（88）

於甲骨文作：

（《合》838 反）　　　（《合》3010 反）

（《合》23241 正）　　（《合》26764）

於兩周金文作：

〈史頌鼎〉　　　〈邾公釛鐘〉

〈王孫遺者鐘〉

甲骨文「賓」字，據李孝定考釋指出：「從乃人字」，〔註59〕「賓」字發展至金文，又在甲骨文的形體之下添加偏旁「貝」，發展至小篆，文字的訛變更大，《說文解字》云：「所敬也，從貝宀聲。」，段玉裁云：「貝者，敬之之物也。」〔註60〕以爲「賓」字所重爲「貝」，將「」訛誤爲「宀」，轉爲聲符。將甲骨文、金文與楚簡「賓」字系聯，〈語叢一〉（88）仍保留自甲骨文以來的「賓」字寫法，《老子》甲本（19）省減具有意義的偏旁「人」。

2、敳

「敳」字見於郭店楚簡《老子》甲本者，如：

（15）

見於《老子》乙本者，如：

（4）

《說文解字》「敳」字云：「眇也，從人從攵豈省聲」，〔註61〕郭店楚簡《老子》乙本（4）的「敳」字省去偏旁「攵」，應是省減標義偏旁的現象。

3、斯

「斯」字見於郭店楚簡〈性自命出〉者，如：

（25）　　　　（26）

---

〔註59〕李孝定：《甲骨文集釋》第 6（臺北：中央研究院歷史語言研究所，1991 年），頁 2152。

〔註60〕《說文解字注》，頁 283。

〔註61〕《說文解字注》，頁 378。

於兩周金文作：

〈禹鼎〉　　　　　　　　〈余贎𨒮兒鐘〉

將金文與楚簡的「斯」字系聯，楚簡從「」者可能是「其」的訛寫。此外，《說文解字》「斯」字云：「析也，從斤其聲」，〔註62〕（26）的「斯」字省去偏旁「斤」，應是省減標義偏旁的現象。

4、瘳

「瘳」字省減義符的情形見於望山楚簡，如：

（1.69）

辭例爲「壬癸大又（有）翏（瘳）」，滕壬生將它釋爲「祿」，朱德熙等人將之釋爲「瘳」字，〔註63〕從前後文句有關疾病的記載，如「瘥」字等，可知應作「瘳」字爲是。於此省減與疾病有關的「疒」偏旁。

5、秦

「秦」字於楚簡多見省減的現象。見於天星觀竹簡者，如：

（卜筮）　　　　　　　（卜筮）

見於包山楚簡者，如：

（133）　　　　　　　（167）

於兩周金文作：

〈秦公簋〉　　　　　　〈秦王鐘〉

〈楚王酓忎鼎〉

金文「秦」字於春秋早期多從偏旁「舂」。此外，曾侯乙墓竹簡從偏旁「秦」者，如「鄩」字作「」，亦不見省減「舂」。據此推測，楚簡帛文字省減偏旁「舂」的情形，應是在戰國中期左右。偏旁「舂」只見「杵」，「臼」與「廾」皆已未見，容易導致字形產生更大的訛誤，天星觀竹簡的字形「」即是訛誤下的產物。

6、春

「春」字多見於楚簡、帛書，形體基本上保留偏旁「屯」，而省減偏旁「日」

---

〔註62〕《說文解字注》，頁724。

〔註63〕《楚系簡帛文字編》，頁22；《望山楚簡》，頁74。

或「艸」。見於曾侯乙墓竹簡者，如：

（1 正）

見於包山楚簡者，如：

（200）　　　　　（203）

（206）　　　　　（240）

見於楚帛書者，如：

（乙 1.13）

「春」字於甲骨文作：

（《合》18）　　　　　（《合》2358 正）

（《合》8582 正）　　（《合》9784）

（《合》17314）　　（《合》29715）

（《合》30851）

於兩周金文作：

，〈蔡侯墓殘鐘四十七片〉

從甲骨文的字形觀察，省減偏旁「日」的情形多見，至於具有表音作用的偏旁「屯」，不論甲骨文、金文，甚或是楚簡、帛書皆未見省減。「春」字的字形，正象草木於陽光中欣欣向榮生長的樣子，所見的「艸」與「日」本身應具有表義的作用，於此將之省減，應可視爲省減義符的現象。

7、鄧

「鄧」字見於包山楚簡，如：

（15）

辭例爲「登廄、登具、登儀、登墅」。包山楚簡的「登」字應爲「鄧」字，主要作爲人名之用。於此省減具有標義作用的偏旁「邑」，必須透過辭例的觀察，方能知道其爲「鄧」字而非「登」字。

　　省減與增繁是透過與正體的比較而得知，在第二節「增加標義偏旁」有一項爲增加偏旁「邑」者，其中所列的字例甚多，可與此相互對照。茲將部分字

例臚列於下表，餘者請參見該項下所臚列的字例。

| 字　例 | 省減「邑」者 | 未省減「邑」者 |
|---|---|---|
| 郱 | 𦬒（望 2.63） | 𦬔（包 177） |
| 斳 | 𥬇（包 84） | 𩢲（包 40） |
| 陰 | 𨒅（包 133） | 𨒀（包 132） |
| 䣄 | 吾（包 248） | 𧝙（包 200）<br>𧞱（包 206） |

「䣄」字的辭例皆爲「䣄公子春」，其字形除了省減義符「邑」的情形，據表格所列字例觀察，亦出現重複「五」的現象，而且在形體重複時又將其下的「口」省減。

### 8、從偏旁「閒」者

「閒」字見於包山楚簡者，如：

𨳥（13）　　　　　　　　𠃖（179）

於兩周金文作：

𨳾〈犈鐘〉　　　　　　閒〈兆域圖銅版〉

𨳿〈曾姬無卹壺〉

金文「閒」字多不省減偏旁「門」。此外，「閒」字其義爲「隙」，段玉裁於「閒」字下云：「隙者，壁際也。引申之凡有兩邊、有中者皆謂之隙。隙謂之閒，閒者門開則中爲際。」〔註64〕「門」的偏旁具有表義的作用，楚簡省減「門」即是省減義符的現象。

從偏旁「閒」者亦見相同的現象，如以「鄳」字爲例：

| 字　例 | 省減「門」者 | 未省減「門」者 |
|---|---|---|
| 鄳 | 𨛫（包 103） | |

### 9、從偏旁「㫃」者

「遊」字於楚簡的字形與金文多不相同。見於曾侯乙墓竹簡者，如：

𨕖（120）

---

〔註64〕《說文解字注》，頁 595。

見於包山楚簡者，如：

（152）　（181）

（277）

於兩周金文作：

〈曾侯仲子斿父鼎〉　〈中山王嚳鼎〉

〈鄂君啓舟節〉

其形皆像人手執㫃，〈曾侯仲子斿父鼎〉從偏旁「彳」，〈中山王嚳鼎〉、〈鄂君啓舟節〉從偏旁「辵」，「彳」與「辵」作爲形旁時，常因意義相近的關係而替代。楚簡的字形沿襲從「辵」之形。由於該字的形體已與原本不同，在訛變的狀況下，具有義符功能的「」，遂消失原有的作用，故而書寫時或有省減的現象產生，如包山楚簡（277）。

省減具有標義作用「㫃」者，除「遊」字外，尚見「𢍰（旗）」字。茲將之臚列於下表，以清眉目：

| 字　例 | 省減「㫃」者 | 未省減「㫃」者 |
|---|---|---|
| 𢍰 | （郭・成之聞之 30） | （曾 3） |

10、從偏旁「廾」者

「賽」字於楚簡的辭例多見「賽禱」、「賽金」或是「一賽」，字形偶見省減「廾」的偏旁。見於包山楚簡者，如：

（149）　（210）

「賽」字爲大徐本新附字，有「報」之義，〔註 65〕從字形觀察，報答他人時以雙手將「貝」(物品)奉上，以示報答之意。楚簡省減「廾」，即省去具有標義的「廾」。

省減具有標義作用「廾」者，除「賽」字外，尚見「𦥑」字。將之臚列於下表，以清眉目：

| 字　例 | 省減「廾」者 | 未省減「廾」者 |
|---|---|---|
| 𦥑 | （望 1.54） | （包 229） |

〔註 65〕（漢）許慎撰、（宋）徐鉉等校定：《說文解字》（北京：中華書局，1985 年），頁 206。

### 11、從偏旁「其」者

「其」字習見於楚系簡帛文字，以包山楚簡爲例，如：

元 （7）　　　　　　　　　　　丌 （15 反）

於甲骨文作：

（《合》904 正）　　　　　　　（《合》37022）

於兩周金文作：

〈楚公豪鐘〉　　　　　　　〈王孫遺者鐘〉

〈楚王領鐘〉　　　　　　　〈噩君啓車節〉

從文字形體的發展觀察，它本來只作「」，像畚箕之形，而後又於其下添加聲符「丌」。爲求文字書寫的方便與省時，遂將「丌」上面的形符「」省去，僅保留聲符。爲求形體上的美感，或是補白的作用，在「丌」的起筆橫畫上添加短橫畫「一」，寫作「元」形。

從偏旁「其」者，亦見相同的現象。茲將之臚列於下表，以清眉目：

| 字例 | 省減「」者 | 未省減「」者 |
|---|---|---|
| 巽 | 巺 （信 2.17） | |
| 諆 | 諕 （天 1） | |
| 巽 | 巽 （天 2） | |
| 箕 | 箕 （天 2） | |
| 期 | 同 （包 15） | |
| 闚 | 闇 （包 119 反） | |
| 基 | 基 （包 168） | |
| 惎 | 惎 （郭・六德 41） | |

### （六）省減聲符者

形聲字是由形與音二者結合而成，所謂省減聲符，係指省減某一部分的形體時，具有表音作用的偏旁被省略了它的表音部分，而僅是保留其表義的形體。

### 1、省減聲符「彡」者

「參」字於楚簡、帛書的形體不一，見於包山楚簡者，如：

品（13）

見於楚帛書者，如：

鼎（甲 2.21）

於殷周金文作：

菁 〈父乙盉〉　　　　　〈盠方彝〉

〈裘衛盉〉　　　　　〈大克鼎〉

〈魚鼎匕〉

從文字的發展而言，早期的銘文尚未見添加「彡」者，添加聲符的現象，到西周時才出現。據此可知，標音偏旁「彡」是後來才增添。關於包山楚簡（13）的考釋，劉彬徽等人認為此字當為「參」，所謂「參璽」亦即三合之璽，〔註66〕其言應可採信。從文字發展的現象觀察，「參」字在西周時皆已添加聲符「彡」，將之與楚簡帛文字系聯比對，包山楚簡的「參」字應是省減聲符「彡」。

**2、省減聲符「○」者**

「環」字多見於楚簡，形體多不相同。見於曾侯乙墓竹簡者，如：

瞏（58）

見於望山楚簡者，如：

瞏（1.54）　　　　　瞏（1.109）

璟（1.125）　　　　　是（2.50）

見於包山楚簡者，如：

瞏（190）

見於秦家嘴 99 號墓竹簡者，如：

瞏（11）

於兩周金文作：

〈師遽方彝〉　　　　　〈番生簋蓋〉

環 〈毛公鼎〉

─────────────

〔註66〕〈包山二號楚墓簡牘釋文與考釋〉，《包山楚墓》，頁373。

從字形觀察，皆未省減「○」，又〈番生簋蓋〉與〈毛公鼎〉所從為「睘」，〈師遽方彝〉所從為「袁」，而且〈番生簋蓋〉的「環」字不從玉，與望山楚簡（2.50）相近，所不同者在於「○」的省減。今從文字的發展言，未省減「○」者應為正體，餘者則為省減之形。又從「○」得聲者有「員」字，「○」之反切不可知，段玉裁將之歸於十五部，「員」字反切為「王權切」，上古音屬「文」部「匣」紐。又金文「環」字所從之「睘」字，反切為「渠營切」，上古音屬「元」部「群」紐，「袁」字反切為「羽元切」，上古音屬「元」部「匣」紐。文、元旁轉，此二者亦從「○」得聲。今楚簡將之省去「○」，即省去聲符。

　　省減聲符「○」者，除「環」字外，尚見「還」、「鐶」、「繯」、「嬛」、「睘」、「遠」諸字。茲將之臚列於下表，以清眉目：

| 字　例 | 省減「○」者 | 未省減「○」者 |
|---|---|---|
| 繯 | （曾 123） | |
| 嬛 | （曾 174） | |
| 鐶 | （望 2.37） | （信 2.10） |
| 睘 | （望 2.50） | |
| 遠 | （包 28） | （天 1） |
| 還 | （包 92） | （包 10） |

## 第四節　結　語

　　根據前面二節的統計，楚系簡帛文字增繁的現象多於省減，探究其原因，不外乎有以下幾點：

　　一、受到當時審美觀的影響，從其他各國的文字觀察，在原本的文字形體添加飾筆的現象十分多見，﹝註67﹞受到時代潮流的影響所及，書寫者在書寫時往往有添加飾筆的情形，使之臻於美觀。

　　二、受到文字結構的影響，中國文字為方塊字，書寫時除需要符合記錄語言的要求外，亦須考慮文字的整體結構，為了結構的穩定與對稱，遂添加某些

---

﹝註67﹞林素清在《戰國文字研究》指出，戰國時期的增繁現象可分為圓點、橫筆、「＝」
　　　短畫、斜短畫、渦狀紋、鳥蟲型、蟲爪紋等，流行的區域遍及東方諸國。頁80。

不具有意義的偏旁或點、線、畫等。

　　三、隨著社會的進步，器材的使用與製作愈爲精密，在材質的運用上亦益爲廣泛，爲了反應此種現象，並且表現同一種器材爲不同材質所製，書寫時遂於原有的字形上添加不同的偏旁。

　　四、漢字爲目所識，文字的形體倘若省減的太多或是處處省減，容易使得字形的形體因爲簡化而產生訛變，甚者會令使用者一時間無法辨識，所以省減的現象才會較增繁爲少。

　　增繁分爲有義與無義二種。在無義增繁裡，有不少是採取添加飾筆的情形，楚系簡帛文字使用的飾筆十分簡單，不外是利用一些簡單的點與線，如：「─」、「、」、「·」、「八」、「〃」、「＝」以及「〃（〝）」等七種，藉著添加位置的不同，達到補白、勻稱的文字視覺美感。此外，這些飾筆的添加位置，或置於上方，或置於下方，或分置左右兩側，並非絕對的固定，而且添加的數目亦不拘。再者，楚簡帛文字飾筆的添加，並非任意爲之，在諸多的飾筆現象，並未發現複雜的紋飾，或是流行於楚金文的「鳥蟲」紋飾。究其原因，從出土的竹簡與帛書內容觀察，主要作爲記錄司法文書、遣策、竹書、數術等，實用的功能，遠在銅器文字之上。其次，這些材料的處理十分複雜，從取得材料到拿來書寫的階段，必須經過多次的處理與修整，並非直接砍伐竹材即可使用。所以，必須在有限的材料下，書寫、記載最多的文字。倘若仍然沿襲飾以「鳥蟲」紋飾或筆畫盤曲、修長的銅器文字風格，不僅浪費書寫的材料，也會徒增書寫的時間。因此，在飾筆的使用上，必須加以選擇而非任意爲之。

　　無義偏旁雖較飾筆的點、線更有變化，使用的偏旁卻不見得豐富，如：「口」、「宀」、「日」、「甘」、「心」、「土」、「止」、「邑」、「艸」、「貝」、「丌」、「女」、「亼」等十三種。相對的，具有表義功能的偏旁則相形爲多，如：「又」、「邑」、「不」、「石」、「土」、「車」、「辵」、「止」、「臣」、「馬」、「爪」、「欠」、「肉」、「人」、「韋」、「糸」、「心」、「戈」、「貝」、「羽」、「力」等二十一種。從偏旁增繁的使用觀察，無義偏旁的添加並不見任何的意義。但是若從審美與書法的層面而論，在同一枚竹簡上倘若不斷書寫著相同的文字，在視覺上會令人有一種呆板的感覺，也容易使目治者感到疲憊；此外，漢字的書寫講究整體的結構，爲了結構的穩定性，若能於其形體上增加一些無傷於原本所載字音與字義的偏旁，或許能夠彌

補此項缺失。至於有義偏旁的添加，其目的十分簡單，不外是爲了突顯其字義或是字音，或是將該字構成的材質加以強調，如「缶」字添加「石」、「土」的用義，即是爲了表明此「缶」是由不同材質的原料所製作。

從增繁的現象觀察，造成古文字的增繁因素，可以分爲以下幾類：

一、該字所從偏旁的意義不夠彰顯，因而再添加上一個形符。

二、該字的音讀不夠清楚，因而再添加上一個聲符。

三、隨著社會與科技的進步，辭彙的發展日趨豐富，爲了充分反映當時的現象，遂添加一個形符，以爲區別。

四、爲了區別動詞與其他詞性的不同。

五、爲了文字的結構，在某些位置添加一些筆畫或無義偏旁，一方面有補白的作用，一方面亦使之匀稱疏密。

一般而言，標義偏旁的添加，是爲了使其詞義更爲明確，標音偏旁的添加，則是爲了明示其讀音，二者皆爲不可或缺的增繁，然而亦由於此一發展的趨勢，使得原本屬於象形或會意字者，逐漸轉爲形聲字，而漢字的數量亦日趨繁多，相對的，在語言的記錄上，也愈加的精密。

在省減的方面，主要分爲筆畫、偏旁與部件的省減。一般而言，書寫者爲了書寫時的便捷，常將筆畫繁複者，省減一個筆畫，或是把相同、相近的筆畫，以共用的方式書寫，或是將相同形體、偏旁者，省去其一、二，或是在不破壞基本形體的要求，省去文字較不重要的形體，保留重要的某些特徵，甚者將具有表義或是表音功能的偏旁，省略或簡化。一般而言，文字的省減，並非可以任意爲之，自有其一定的規則：

一、欲共用筆畫者，在形體結構的安排上，多採取上下式結構；此外，並不限於相同的筆畫，只要筆畫相近者，亦可共用，如：「新」字採取「辛」上「木」下時，即可共用一筆豎畫；「僕」字採取「人」上「臣」下時亦可共用一個筆畫。至於左右式結構者，共用筆畫的現象，較爲少見，如「吳」字的「大」與「口」共用一筆畫。

二、在偏旁的省減上，不論如何的簡化，最好能在不破壞該字的聲符下進行。

三、截取特徵的方式，主要是保留該字最爲重要的部位，一般而言，截取

特徵的省減，常在該字的下方標識「＝」的符號，表示該字爲省減的形體。但是從楚簡帛的諸多例字觀察，「＝」的添加與否，以及位置的安排，並無硬性的規定，或置於上方，或置於下方，亦可不添加「＝」。

據此可知，爲了書寫的便利，文字多有簡化的情形，而書寫者卻多能維持不過分破壞形體與音義的基本要求。職是之故，後人方能藉著相關的資料，從未知中尋找解答。

除了所見的繁簡現象，在觀察字形時，也發現一項特別的情形，亦即同屬於楚系的曾侯乙墓竹簡，它的文字形體頗能自成一格，介於金文與楚簡文字之間。從字形觀察發現，曾侯乙墓竹簡屬於戰國早期，簡文的書寫，仍然受到銅器銘文的影響，所以省減的現象與後期的楚簡帛文字相較，不如後者嚴重。換言之，楚簡帛文字的增繁與省減現象，並非一時的產物，可以透過時代較早的曾侯乙墓竹簡資料與其他的簡帛資料，從中比對、觀察其間的演變過程，了解它的承繼與發展。據此可知，曾侯乙墓竹簡資料可視爲溝通金文與楚簡帛文字的一座重要的橋樑。

楚系簡帛文字的增繁與省減的現象，雖然十分繁雜，卻不出以下幾種方式。茲將增繁與省減的類別、例字臚列於下，以清眉目：

增繁的類別與例字：

## 一、筆畫增繁

### （一）單筆者

1、將短橫畫「－」添加於一般的橫畫、起筆的橫畫之上者：

天、下、福、紅、攻、坪、百、絽、侯、鄔、其、翼、箕、期、臮、基、闌、諆、箕、惎、不、胚、怀、杯、正、政、定、征、可、苛、牁、軻、奇、倚、坷、絅、酉、奠、鄭、酒、酴、酷、茜、牆、酓、酺、猷、耳、聖、聞、聤、緅、取、戶、房、雇、啓、所、疾、石、礦、庶、疾、巿、反、返、仮、宅、亥、而、惡、亞、五等字。

2、將短橫畫「－」添加於起筆的橫畫之下者：

板字。

3、將短橫畫「－」添加於收筆的橫畫之下者：

上、丘、且、組、俎、至、毑、桎、室、侄、屋、銍、硅、臺、銍、堂、

相、立、位等字。

4、將短橫畫「一」添加於較長的豎畫之上者：

艸、內、衲、納、火、炎、燅、燭、燒、熬、光、熾、笔、纛、纙、赤、敇、郯、庚、戡、炋、臭、黃、樊、黑、墨、黤、瑩、縈、熶、難、鑽、鐘、袈、然、縿、埮、虞、羊、羋、䴴、遲、兩、南、竹、篁、等、筓、箸、筡、竿、簍、簋、策、竽、笙、箕、笒、笋、笒、筭、茅、箕、簑、笠、筐、箞、簪、傓、箈、簾、簥、簸、簦、籂、燅、籣、竺、籔、籣、筲、策、筍、席、築、篕、不、肧、怀、杯、凡、机、風、屯、圫、邨、在、緒、春、萊、帝、歸、央、鞅、英、殺、朱、株、邾、絑、囊、東、刺、柬、未、責、寢、秉、戩、幕、集、遜、綅、策、帀、夜、帶、常、幂、布、帛、綿、帬、豕、狂、豩、獵、弓、弙、張、罩、執、異、信等字。

5、將短橫畫「一」添加於偏旁或部件之下者：

見、吝等字。

6、將短橫畫「一」添加於從口的部件之中者：

中、周、事、占、雕、舍、缶、褣、楚、郜、旌、參、綢、結等字。

7、將短橫畫「一」添加於從心的偏旁之中者：

心、思、惑、衰、忩等字。

8、將短斜畫「ノ（ヽ）」添加於字或偏旁的左側、右側或下方者：

袾、周、得、事、受、倍、瑩、後、鄰、弗、毋、鈙、客、菩等字。

9、將小圓點「‧」添加於較長的豎畫之上者：

竿、筏、帀、布等字。

10、將小圓點「‧」添加於較長的彎筆之上者：

弋字。

（二）複筆者

1、將短斜畫「ノ（ヽ）」分別添加於一字或偏旁的兩側、同側者：

玉、瑗、環、璜、琥、瑞、珥、玩、玏、玫、玟、珞、琸、珶、珊、瑒、珏、事等字。

2、將「八」或「ハ」添加於某字或偏旁的上方者：

豫、帀、牖等字。

3、將短斜畫「ˋ(ˊ)」添加於某字或偏旁的同側、兩側者：

雕、文、胃、膚、瞿、瘠、光、產、足、章等字。

4、將「＝」添加於某字或偏旁的下方、中間者：

命、相、且、劍、皆、食、組、齊、躋、見等字。

## 二、偏旁增繁

### （一）重複形體者

格、月、朋等字。

### （二）重複偏旁或部件者

惑、恆、窈、敗、敔、翼、霝等字。

### （三）增加無義偏旁者

1、增加「邑」的偏旁者：「翟」字作「鄱」，下同。

2、增加「丌」的偏旁者：猶字。

3、增加「女」的偏旁者：弔字。

4、增加「亼」的偏旁者：留字。

5、增加「口」的偏旁者：丙、辰、辱、寺、等、巫、青、鄱、精、情、靜、清、精、情、婧、青、旌、紀、組、相、恆、後、稱、遷、桓、朐、毋、頸、敘、雀、己、弔、訏等字。

6、增加「宀」的偏旁者：集、中、躬等字。

7、增加「日」的偏旁者：桓、辰、辱等字。

8、增加「甘」的偏旁者：合、劍、巫、僉等字。

9、增加「心」的偏旁者：卲、襄、訓、國、鄳、恆、川、宅、衰、含等字。

10、增加「土」的偏旁者：臧、難、堯、禹、萬、佣、繃等字。

11、增加「止」的偏旁者：衡、卲等字。

12、增加「艸」的偏旁者：夷、果、怒等字。

13、增加「貝」的偏旁者：攽、分、紛字。

### （四）增加標義偏旁者

1、增加「木」的偏旁者：戶字。

2、增加「臣」的偏旁者：僕字。

3、增加「馬」的偏旁者：匹字。

4、增加「爪」的偏旁者：瓊字。

5、增加「欠」的偏旁者：猷字。

6、增加「肉」的偏旁者：虎字。

7、增加「人」的偏旁者：弟字。

8、增加「韋」的偏旁者：冒字。

9、增加「糸」的偏旁者：冒字。

10、增加「心」的偏旁者：哀字。

11、增加「貝」的偏旁者：府字。

12、增加「羽」的偏旁者：亞字。

13、增加「力」的偏旁者：強字。

14、增加「石」的偏旁者：缶字。

15、增加「土」的偏旁者：鄉、缶等字。

16、增加「又」的偏旁者：祚、克等字。

17、增加「邑」的偏旁者：正、者、畾、羕、奠、昱、吾、秦、宅、付、沙、恆、梁、襄、夷、義等字。

18、增加「車」的偏旁者：乘、施、殿等字。

19、增加「辵」或「止」的偏旁者：上、去、往等字。

20、增加「戈」的偏旁者：囂、奇等字。

（五）增加標音偏旁者

1、增加聲符「于」者：羽字。

2、增加聲符「生」者：兄字。

3、增加聲符「止」者：齒字。

省減的類別與例字：

# 一、筆畫省減

## （一）共用筆畫者

僕、善、名、吳、青、鄯、精、精、腈、霄、靜、清、情、精、新、集、棄、慚、忌、曷等字。

## （二）單筆者

易、邊、暘、楊、傷、場、湯、殤、腸、墬、訓、紃、甲、圅、圓、國、

固等字。

## 二、偏旁、部件省減

### （一）省減部件者

舊、學等字。

### （二）借用部件者

胄、群、砧等字。

### （三）截取特徵者

裏、被、卒、袋、襠、裯、皇、諻、簹、馬、薦、裹、樓、爲、嗉、懇、則、惻、嘉、得、無、蕪、廉、禱、鰡、皆、瘵、倉、蒼、滄、愴、鼎等字。

### （四）省減同形者

堯、幾、皆、能、訓、紃、善、星、競、昔、哉、霝、櫺、霊、繻、鑢、芒、蕈、廟、苙、草、茆、薔、隋、臨、絕、繼、陸等字。

### （五）省減義符者

1、省減偏旁「人」者：賓字。

2、省減偏旁「攵」者：敝字。

3、省減偏旁「斤」者：斯字。

4、省減偏旁「广」者：瘵字。

5、省減偏旁「舂」者：秦字。

6、省減偏旁「日」或「艸」者：春字。

7、省減偏旁「邑」者：鄧、鄴、邨、郙、陰字等。

8、省減偏旁「門」者：閒、鬬等字。

9、省減偏旁「队」者：游、翼（旗）等字。

10、省減偏旁「廾」者：賽、壄字等。

11、省減偏旁「⋈」者：其、翼、簊、冀、惎、期、基、闌、諆等字。

### （六）省減聲符者

1、省減聲符「彡」者：參字。

2、省減聲符「○」者：環、還、鐶、繯、嬛、睘、遠等字。

# 第四章　楚簡帛文字——異體字考

## 第一節　前　言

　　文字是記錄語言的工具，必須與語言相結合。從此層面而言，文字產生於語言之後，應是無庸置疑。文字的產生，並非一時一地一人之作，生活於不同地域的人，對於同一事物的記錄，也不會完全相同，這是受到個人的生活經驗、意識、感覺等因素的左右所致。以甲骨文「鹿」字為例，或作「𩥉」（《合》7075 反），或作「𩣛」（《合》10635），或作「𩤡」（《合》27921），或作「𩥇」（《屯》3996），雖然多以鹿的側面取象造字，可是形體多有差異。同一個字而有不同的字形，即是文字異體的現象。從甲骨文的「鹿」字觀察，因不同造字者的造字取象不一，產生的同字異形，應是早期文字異體的原因。

　　文字的發展過程是增繁與省減或交互更迭、或同時並進的發展，正因為二者的要求不同，一則為了區別字形，或是美感作用，或是加強其音義上的功能，因此在原本的形體上添加一些有義、無義的偏旁；一則為了書寫的便捷，或省減偏旁，或截取文字的特徵。由於對文字的使用與要求不一，便產生異體字的現象。異體字的起源很早，已見於甲骨文的文字異體，如：

　　牡：𪊨（《合》1142 正）：𪊩（《合》11151）

　　牝：𪊪（《合》721 正）：𪊫（《合》4909 正）

：（《屯》809）

牢：（《合》400）：（《合》406）

奚：（《合》811 反）：（《合》28723）

天：（《合》17985）：（《合》19050）

：（《合》22055）

齒：（《合》94 反）：（《合》591 正）

：（《合》13644）

據此可知，甲骨文的異體字現象可以區分爲：一、偏旁位置不固定；二、增加或更換偏旁；三、偏旁結構相同而筆畫多寡不一。事實上，文字異體的情形大抵如甲骨文中所見，不論其後的金文、戰國文字、小篆等，其模式皆與之相似。

文字的書寫，與書寫者的習慣與心態息息相關。文字的書寫，並非天生使然，今人習字從摹寫字帖入手，古人習字的方法，雖然與今日或異，可是依理而言應不會相差太遠。倘若摹寫時誤解文字的形體結構，又未能及時更正，積習成性，以訛誤的字形取代正確的形體，便造成字形的訛變；有時爲了書寫的方便，取其迅速，在形體上即以較簡單的筆畫取代複雜的筆畫；又爲了表現個人書寫的藝術性，或是突出該字的意義，遂在文字的形體上添加有義、無義的偏旁，以爲裝飾。由於書寫者的習慣不同，文字的異體情形相對增加。透過對於異體字的觀察，不僅可以瞭解當時文字的異體情形，也可以知道文字本身演變的源流。所以本章將透過觀察楚系簡帛文字的文字異體現象，一方面希望能夠找出造成異體的因由，一方面也希望透過此一現象，瞭解文字在使用、演變上發生的變化。

## 第二節　異體字的定義

文字異體現象的起源甚早，在甲骨文已發現不少異體字，這種現象的發生，非僅起始於造字之始，而且十分廣泛的存留於出土文物與文獻資料，因此，學者們對於異體字現象的研究、觀察，投注不少心力，相對的，對於異體字的定義，亦多有主張。如王力云：

> 在傳統的寫法中，就有許多字是不止一個形體的。這在古人叫做通用字。……每一個字如果有兩個以上的形體，就只擇定一個，其餘

都認爲異體字。〔註1〕

林澐云：

> 同一個字在演變過程中產生的種種不同字形，習慣上稱爲「異體字」。〔註2〕

此外，孔仲溫於《類篇研究》中引述三家對於異體字的定義，云：

> 近人對異體字之見解，如周祖謨〈漢字與漢語的關係〉一文云「音義相同而寫法不同的字」，《古代漢語通論》則謂：「兩個字的意義完全相同，在任何情況下都可以互相替代」，而陳師伯元於主編《字形彙典》時，亦指示異體字之定義乃：「自古至今，一直與本字同一音義，而形體有別者。」〔註3〕

孔仲溫於此並未眞正爲異體字下一個定義，僅是臚列前人之說，而後曾榮汾云：

> 異體字者，乃泛指文字於使用過程中，除「正字」之外，因各種因素，所歧衍出之其它形體而言。〔註4〕

張亞初云：

> 異體字則是指同一個時期內同一個字的幾種不同的形體結構。〔註5〕

梁東漢云：

> 在文字學上，這些代表同一個音節同一個詞的不同的形式和結構，我們管它叫做「異體」，也有人管它叫作「或體」或「重文」。〔註6〕

許威漢云：

> 音同義同而筆畫不同的字叫異體字，它包括古體、帖體之外，還包

〔註1〕 王力：《王力文集・字的寫法、讀音和意義》第 3 卷（山東：山東教育出版社，1985 年），頁 499。

〔註2〕 林澐：《古文字研究簡論》（吉林：吉林大學出版社，1986 年），頁 94。

〔註3〕 孔仲溫：《類篇研究》（臺北：學生書局，1987 年），頁 260。

〔註4〕 曾榮汾：《字樣學研究》（臺北：學生書局，1988 年），頁 120。

〔註5〕 張亞初：〈古文字分類考釋論稿〉，《古文字研究》第 17 輯（北京：中華書局，1989 年），頁 243。

〔註6〕 梁東漢：《漢字的結構及其流變》（上海：上海教育出版社，1991 年），頁 64。

括俗體、或體。〔註7〕

裘錫圭云：

> 異體字就是彼此音義相同而外形不同的字。嚴格地説，只有用法完
> 全相同的字，也就是一字的異體，才能稱爲異體字。但是一般所説
> 的異體字往往包括只有部分用法相同的字。嚴格意義的異體字可以
> 稱爲狹義異體字，部分用法相同的字可以稱爲部分異體字，二者合
> 在一起就是廣義的異體字。〔註8〕

詹鄞鑫云：

> 異體字概念有廣義狹義之別。狹義的異體字指兩個形體不同而兩者的
> 讀音（通常包括古音和今音）相同、意義（通常包括本義和各個義項）
> 也相同的文字。廣義的異體字除包括狹義異體字以外，還包括一部分
> 在文獻中經常通用的通假字（如：修脩、剪翦）和古今字（如昆崑、
> 席蓆）。……異體字是同一個字的不同寫法，換言之，是爲同一個詞
> 而造的不同形體的文字，或是由某一個字變形成爲異體字。〔註9〕

從上列諸家的說法觀察，學者們的說法雖然多著重於「音義相同而寫法不同」，但是就其對於異體字的解釋與定義，應以裘氏的說法較爲完備與正確。此外，從《說文解字》的重文觀察。所謂的「重文」，係指某字有兩個或兩個以上的字形或是字體。以「旁」字爲例，其下有三個重文，依次爲「𤌯古文旁」、「𤲚亦古文旁」、「𩇵籀文」，〔註10〕雖然三者的形體不同，音義卻都相同，知《說文解字》中的「重文」應屬異體字。判斷異體字的基本條件：字形的形體可能或有增減、偏旁或有不同，音義必須相同。由《說文解字》所收重文言，異體字亦可稱爲重文，或是或體字。

異體字的分類，裘錫圭分爲八類：一、加不加偏旁的不同；二、表意、形聲等結構性質上的不同；三、同爲表意字而偏旁不同；四、同爲形聲字而偏旁

---

〔註7〕 許威漢：《漢語學》（廣東：廣東教育出版社，1995年），頁74。

〔註8〕 裘錫圭：《文字學概要》（臺北：萬卷樓圖書有限公司，1995年），頁233。

〔註9〕 詹鄞鑫：《漢字說略》（臺北：洪葉文化事業有限公司，1995年），頁296～297。

〔註10〕 （漢）許慎撰、（清）段玉裁注：《說文解字注》（臺北：黎明文化事業股份有限公司，1991年），頁2。

不同；五、偏旁相同但配置方式不同；六、省略字形一部分跟不省略的不同；七、某些比較特殊的簡體跟繁體的不同；八、寫法略有出入或因訛變而造成不同。〔註11〕他所言的第一類主要是偏旁的增繁現象，第三類為義近偏旁的替代，第四類為聲近偏旁的替代，第五類為偏旁位置的不固定，第六、七類為省減現象，第八類為訛變現象。關於異體字中偏旁、形體增繁與省減等現象，在本論文第三章已經詳細說明，因此，本章不再詳加舉例論述，於此僅將有義與無義偏旁的增繁，以及字形的形體、偏旁的省減列出，其他的現象則分為偏旁位置不固定、更換偏旁、形體訛變與其他等四項，分別舉例說明，論述如下：

## 第三節　偏旁或形體的增減

　　文字的書寫要求便捷，在字形上必須以省減的方式達成；相對地，為了區別字義，或是為了形體的美觀，字形上則添加有義或無義的偏旁，或是在空間上以飾筆達成補白、勻稱的效果。文字的使用主要為語言的記錄，它以溝通、傳達作為主要的目的，因此在字形的形體上須有固定性，才能方便達成其目的。然而，為了書寫上的方便與行文之迅速，為了文字形體的美感，或是區別字義之需，增繁、省減之間便造成大量的異體字。關於增繁與省減的現象，在本論文第三章已經詳細舉例討論，於此僅將該章討論的結果列出，不再重複說明。

### 一、增　繁

　　楚系簡帛文字所見的增繁現象，除飾筆之外，多為有義、無義偏旁的增繁，形體、偏旁、部件的重複。從增繁的現象觀察，添加有義偏旁的作用，主要是突顯該字的意義；形體、偏旁、部件的重複，與無義偏旁的增添性質相同。以無義偏旁添加為例，有一種狀況是在同一枚簡裡同時有兩個或兩個以上的同一字出現，其中一字便以添加無義偏旁的方式出現。從書法的角度而言，這是為了使書寫的文字在形體上有所變化，不致於呆板。茲將因增繁而產生的異體字，枝分節解地加以逐條列出，以清眉目。

### （一）重複形體者

　　格、月、朋等字。

---

〔註11〕《文字學概要》，頁235～237。

（二）重複偏旁或部件者

惑、恆、㔷、敗、敔、翼、需等字。

（三）添加無義偏旁者

1、添加偏旁「邑」者：「翟」字作「鄱」，下同。

2、添加偏旁「丌」者：猶字。

3、添加偏旁「女」者：弔字。

4、添加偏旁「亼」者：留字。

5、添加偏旁「口」者：丙、辰、辱、寺、等、巫、青、鄁、棈、情、靜、清、精、情、婧、賽、旌、紀、組、相、恆、後、稱、退、桓、脰、毋、頸、敘、雀、己、弔、訏等字。

6、添加偏旁「宀」者：集、中、躬等字。

7、添加偏旁「日」者：柜、辰、辱等字。

8、添加偏旁「甘」者：合、劍、巫、僉等字。

9、添加偏旁「心」者：邵、褱、訓、國、鄺、恆、川、宅、衰、含等字。

10、添加偏旁「土」者：臧、難、堯、禹、萬、倗、繃等字。

11、添加偏旁「止」者：衡、邵等字。

12、添加偏旁「艸」者：寅、果、怒等字。

13、添加偏旁「貝」者：攽、分、紛字。

（四）添加標義偏旁者

1、添加偏旁「木」者：戶字。

2、添加偏旁「臣」者：僕字。

3、添加偏旁「馬」者：匹字。

4、添加偏旁「爪」者：瓙字。

5、添加偏旁「欠」者：故字。

6、添加偏旁「肉」者：虎字。

7、添加偏旁「人」者：弟字。

8、添加偏旁「韋」者：冒字。

9、添加偏旁「糸」者：冒字。

10、添加偏旁「心」者：哀字。

11、添加偏旁「貝」者：府字。

12、添加偏旁「羽」者：巠字。

13、添加偏旁「力」者：強字。

14、添加偏旁「石」者：缶字。

15、添加偏旁「土」者：邺、缶等字。

16、添加偏旁「又」者：祚、克等字。

17、添加偏旁「邑」者：正、者、㔷、羕、奠、昱、吾、秦、宅、付、沙、恆、梁、襄、夷、義等字。

18、添加偏旁「車」者：乘、旆、殿等字。

19、添加偏旁「辵」或「止」者：上、去、往等字。

20、添加偏旁「戈」者：嚣、奇等字。

## （五）添加標音偏旁者

羽、兄、齒等字。

# 二、省　減

省減現象除了一般單筆的省減外，多可視為異體字範圍。

## （一）共用筆畫者

僕、善、名、吳、青、都、精、精、婧、寳、靜、清、情、精、新、集、蕪、慚、忌、曩等字。

## （二）省減部件者

舊、學等字。

## （三）借用部件者

胄、群、砧等字。

## （四）截取特徵者

裏、被、卒、袰、襡、裯、皇、諻、篁、馬、蒿、裹、樓、為、喙、憑、則、側、嘉、得、無、蕪、廉、襦、鄰、皆、瘳、倉、蒼、滄、愴、鼎等字。

## （五）省減同形者

堯、幾、皆、能、訓、紃、善、星、競、昔、戠、霝、檽、䨞、繻、鑐、芒、蕪、廟、芊、草、茆、蕾、隋、臨、絕、繼、陸等字。

（六）省減標義偏旁者

    1、省減偏旁「人」者：賓字。

    2、省減偏旁「攵」者：敞字。

    3、省減偏旁「斤」者：斯字。

    4、省減偏旁「广」者：瘳字。

    5、省減偏旁「舂」者：秦字。

    6、省減偏旁「日」或「艸」者：春字。

    7、省減偏旁「邑」者：鄧、鄢、郘、鄅、陰字等。

    8、省減偏旁「門」者：閒、鄲等字。

    9、省減偏旁「认」者：游、巽（旗）等字。

    10、省減偏旁「卄」者：賽、壨字等。

    11、省減偏旁「ㄣ」者：其、翼、箕、冀、惎、期、基、嘲、諆等字。

（七）省減標音偏旁者

    1、省減聲符「彡」者：參字。

    2、省減聲符「○」者：環、還、鐶、繯、嬛、睘、遠等字。

# 第四節　偏旁位置不固定

    文字並非全由一個偏旁所構成，從古文字的字形觀察，當一個字由幾個偏旁組合時，只要無損該字的原本所承載的音義，其偏旁的位置往往多有變化，不甚固定。楚簡帛文字在偏旁位置經營上，或見左右結構互置，或見上下結構互置，或見上下式結構改為左右式結構，或見左右式結構改為上下式結構。茲將因偏旁位置的不固定而產生的異體字，分別舉例說明，論述如下：

## 一、左右結構互置

    所謂左右結構互置，係指在偏旁位置的經營上，由原本的左右式結構改為右左式的結構，換言之，即是偏旁位置左右不固定，可以任意的更換書寫位置。

### （一）從偏旁「玉」者

    「珥」字於楚簡亦出現偏旁位置不固定的現象，見於曾侯乙墓竹簡者，如：

珥（10）

見於信陽楚簡者，如：

（2.2）

楚簡所收從偏旁「玉」者，若作左右式結構者，多將所從之「玉」置於左方，〔註12〕據此可知，信陽楚簡（2.2）已出將偏旁左右互置。

### （二）從偏旁「言」者

「訓」字於楚簡的形體多為左「言」右「川」的形式。以包山楚簡為例，如：

（179）　　　　　　　（210）

（217）

（179）的形體係於「川」中省減同形，就偏旁位置的經營而言，與此相同者尚有包山楚簡的（193，199）、楚帛書的（丙7.3），又天星觀竹簡、秦家嘴99號墓與13號墓竹簡的「訓」字亦多如此；（217）所見的偏旁「心」，為無義偏旁，其辭例與（210）同為「叡外又不訓」。據此可知，（210）中的「訓」字在偏旁位置上改為左「川」右「言」的方式應為特例，而此一形體的出現亦可證明楚簡中的「訓」字有左右偏旁互置的現象。

### （三）從偏旁「虫」者

「融」字於楚簡、帛書偶見，在偏旁位置的經營上十分不固定。見於望山楚簡者，如：

（1.123）

見於包山楚簡者，如：

（217）

從字形的形體觀察，「融」字出現左右偏旁互置的現象。

### （四）從偏旁「羊」者

「羔」字見於包山楚簡，如：

（214）　　　　　　　（233）

---

〔註12〕滕壬生：《楚系簡帛文字編》收錄從偏旁「玉」者，收於頁 41～48。（武漢：湖北教育出版社，1995 年）。

辭例依次爲「賽禱宮侯土一䝙」、「墨禱宮侯土一䝙」。據此可知，此應爲同一字。在偏旁位置的經營出現左右互置的現象。

### （五）從偏旁「矢」者

「䚩」字僅見於包山楚簡，多作爲人名之用，如：

**𢤲**（165）　　　　　　**𨢮**（188）

字形出現左右偏旁互置的現象。

### （六）從偏旁「木」者

「桶」字偶見於楚簡，見於天星觀竹簡者，如：

**𣏳**（遣策）

見於望山楚簡者，如：

**桶**（2.38）

「桶」字出現左右偏旁互置的現象。

### （七）從偏旁「皮」者

「被」字見於包山楚簡，如：

**𧚍**（199）　　　　　　**𧝑**（203）

**𧟪**（214）

（199）與（214）在偏旁位置的安排上左右相反，亦即出現偏旁位置互換的現象；再者，亦發現其或從偏旁「衣」，或從偏旁「卒」，古文字從「衣」與從「卒」者常見通用情形，此一現象應是形近所造成的替換現象；（203）的形體採取上「皮」下「衣」的形式，而且所從偏旁「衣」採取截取特徵的方式，省去一部分的形體。將三者系聯，可知楚簡的「被」字在偏旁位置的經營上十分不固定，或是左右偏旁互置，或是由左右式改爲上下式的結構。

### （八）從偏旁「兄」者

「兄」字於楚簡帛文字，多見於原本的「兄」字上，添加具有標音作用的偏旁「生」。以包山楚簡爲例，如：

**𣎤**（135）　　　　　　**𣎱**（135 反）

（138 反）

（138 反）應爲正體，餘者爲添加標音偏旁的「兄」字。此外，又從（135）、（135 反）的形體言，楚簡中的「兄」字出現左右偏旁互置的現象。

### （九）從偏旁「豕」者

「豰」字主要出現於包山楚簡與秦家嘴 99 號墓竹簡，以包山楚簡爲例，如：

（207）　　　　　　　（219）

辭例皆爲「一豰」，二者應同爲一字。不同之處，在於偏旁位置的經營上，出現左右互置的情形。

### （十）從偏旁「鼠」者

「鼩」字娟僅見於包山楚簡，如：

（85）　　　　　　　（162）

此字於包山楚簡皆作爲人名使用，不同之處，在於偏旁位置的經營上，出現左右互置的現象。

### （十一）從偏旁「己」者

「己」字習見於楚簡，以郭店楚簡〈成之聞之〉爲例，如：

（20）　　　　　　　（20）

辭例爲「古（故）谷（欲）人之愛己也，……谷（欲）人之敬己」。楚簡「己」字所從之「口」應爲無義偏旁的添加。此外，從字形與辭例的觀察，「己」字的位置經營，雖有左右不同，仍爲一字，不可分視爲二。

### （十二）從偏旁「戈」者

「戠」字於楚簡多見，見於曾侯乙墓竹簡者，如：

（14）

見於天星觀竹簡者，如：

（遣策）

辭例皆爲「一戠」，二者同爲一字。曾侯乙墓竹簡的「戠」字於基本的形體上加上「一」，應是當地特有的寫法。將二例系聯，可知其不同之處，主要是偏旁位

置的經營上出現左右互置的現象。

### （十三）從偏旁「金」者

「鐕」字於楚簡通假爲「錦」，偏旁位置十分固定，多作左「糸」右「金」的結構。可是亦有特例者，以包山楚簡爲例，如：

鐕（262）　　　　　　　　鐕（262）

辭例多爲「××鐕純」，二者同爲一字。不同之處，乃是偏旁位置經營上出現左右偏旁互置的現象。

### （十四）從偏旁「耳」者

「聞」字見於天星觀竹簡者，如：

聞（卜筮）　　　　　　　聞（卜筮）

辭例皆爲「秦客公孫鞅聞王於栽郢之生（歲）」。二者當同爲一字，亦即楚簡的「聞」字出現左右偏旁互置的現象。

### （十五）從偏旁「革」者

「韄」字僅見於包山楚簡，如：

韄（186）　　　　　　　　韄（271）

韄（牘1）

（271）與（牘1）的辭例皆爲「韅牛之革韄」。古文字「革」與「韋」作爲形旁時，可因義近替代，故知二者同爲一字。從形體觀察，出現左右互置的現象。

### （十六）從偏旁「糸」者

「緜」字僅見於包山楚簡，如：

緜（90）　　　　　　　　緜（90）

辭例皆爲「緜丘」。從形體觀察，出現左右互置的現象。

### （十七）從偏旁「皿」者

「鹽」字於楚簡習見，以包山楚簡爲例，如：

鹽（176）　　　　　　　　鹽（186）

此字多作爲人名使用，不同之處，在於偏旁位置的經營上出現左右互置的現象。

## （十八）從偏旁「宀」者

「廟」字見於郭店楚簡〈五行〉者，如：

（5）

見於〈語叢一〉者，如：

（88）

將二者系聯，其間的不同，在於偏旁位置的經營上出現左右互置的現象。

## （十九）從偏旁「女」者

「姑」字於楚簡、帛書的形體略有不同。見於雨台山 21 號墓竹簡者，如：

（3）

見於楚帛書者，如：

（丙 11.1）

將二者系聯，其不同者在於偏旁位置出現左右互置的現象。

從偏旁「女」者，亦見相同的現象，如以「娩」字爲例：

| 字　例 | 從右左式者 | 從左右式者 |
|---|---|---|
| 娩 | （郭・老子甲本 15） | （郭・緇衣 35） |

## （二十）從偏旁「少」者

「少」字於楚簡的形體有二種，以包山楚簡爲例，如：

（50）　　　　　　（129）

辭例皆爲「少司敗」，形體雖不同，卻同爲一字。換言之，「少」字此種現象即是左右互置的情形。

從偏旁「少」者，亦見相同的現象。茲將之臚列於下表，以清眉目：

| 字　例 | 從右左式者 | 從左右式者 |
|---|---|---|
| 鈔 | （信 2.8） | （包 263） |
| 雀 | （包 202） | （望 1.23） |

## （二十一）從偏旁「隹」者

「難」字於楚簡、帛書的形體不一，見於曾侯乙墓竹簡者，如：

**難** （174）

見於信陽楚簡者，如：

**饃** （1.8）

見於包山楚簡者，如：

**難** （236）

見於楚帛書者，如：

**難** （甲 4.25）

從其形體觀察，雖然或從偏旁「黃」，或從偏旁「堇」，卻多將之置於左方，僅信陽楚簡將之置於右方。又兩周金文的「難」字：

**難** 〈夊季良父壺〉　　　　**難** 〈鼄鑄〉

將金文與楚簡帛「難」字系聯，左「黃（堇）」右「隹」者為正體，信陽楚簡的形體即是左右偏旁互置的現象。

從偏旁「隹」者，亦見相同的現象，如以「醮」字為例：

| 字　例 | 從右左式者 | 從左右式者 |
|---|---|---|
| 醮 | **醮** （包 21） | **醮** （包 22） |

### （二十二）從偏旁「歺」者

「死」字多見於楚簡，在偏旁位置的經營上，多採取左右式的結構，亦即左「歺」右「人」的結構。以望山楚簡為例，如：

**死** （1.59）　　　　**死** （1.60）

辭例皆為「不死」，二者同為一字。此外，從字形的觀察得知，「死」字出現偏旁位置左右互置的現象。

從偏旁「歺」者，亦見相同的現象，如以「殤」字為例：

| 字　例 | 從右左式者 | 從左右式者 |
|---|---|---|
| 殤 | **殤** （包 225） | **殤** （包 222） |

### （二十三）從偏旁「角」者

「角」字多見於楚簡，以包山楚簡為例，如：

$\overset{\text{（18）}}{\ }$ 　　　　　$\overset{\text{（86）}}{\ }$

辭例皆爲「嬴逾公角」，二者同爲一字。不同之處，爲偏旁位置的經營有異，亦即「角」字出現偏旁位置左右偏旁互置的現象。

從偏旁「角」者，亦見相同的現象。茲將之臚列於下表，以清眉目：

| 字 例 | 從右左式者 | 從左右式者 |
|---|---|---|
| 嬴 | （望 2.13） | （常 1） |
| 解 | （包 120） | （包 246） |

### （二十四）從偏旁「邑」者

「邦」字多見於楚簡、帛書，見於包山楚簡者，如：

（228）

見於楚帛書者，如：

（丙 8.4）

從字形觀察得知，「邦」字出現左右偏旁互置的情形。

從偏旁「邑」者，亦見相同的現象，如以「郢」字爲例：

| 字 例 | 從右左式者 | 從左右式者 |
|---|---|---|
| 郢 | （包 169） | （包 171） |

### （二十五）從偏旁「犬」者

「狗」字於楚簡的形體略有不同，見於天星觀竹簡者，如：

（遣策）

見於包山楚簡者，如：

（176）

辭例皆爲「狗子」，二者同爲一字。將兩者系聯，可知楚簡「狗」字出現左右偏旁互置的現象。

從偏旁「犬」者，亦見相同的現象，如以「懋」字爲例：

| 字 例 | 從右左式者 | 從左右式者 |
|---|---|---|
| 懋 | （包 194） | （包 15 反） |

## （二十六）從偏旁「土」者

「坪」字多見於楚簡、帛書，形體大多固定。以包山楚簡爲例，如：

　　　　　图（200）　　　　　　　图（206）

辭例皆爲「文坪夜君」，二者同爲一字。其下所從的「土」或置於左，或置於右，偏旁位置並不固定。換言之，偏旁位置的經營出現左右互置的現象。

從偏旁「土」者，亦見相同的現象，如以「塙」字爲例：

| 字 例 | 從右左式者 | 從左右式者 |
|---|---|---|
| 塙 | 图（包 27） | 图（包 76） |

## （二十七）從偏旁「示」者

「祝」字的形體，於楚簡帛文字可分爲二種，一爲將偏旁「示」置於左邊者，見於包山楚簡者，如：

　　　　　图（217）

見於楚帛書者，如：

　　　　　图（甲 6.5）

一爲將偏旁「示」置於右邊者，見於包山楚簡者，如：

　　　　　图（231）

觀察兩周金文的「祝」字，其寫法皆將偏旁「示」置於左方，如：

　　　　　图〈大盂鼎〉　　　　　　　图〈長由盉〉

將金文與楚簡帛「祝」字系聯，後者的「祝」字已出現左右偏旁互置的現象。

從偏旁「示」者，亦見相同的現象。茲將之臚列於下表，以清眉目：

| 字 例 | 從右左式者 | 從左右式者 |
|---|---|---|
| 祝 | 图（望 1.49） | 图（包 210） |
| 社 | 图（望 1.125） | 图（包 248） |
| 祏 | 图（包 205） | 图（天 1） |
| 禱 | 图（秦 99.2） | 图（包 233） |

## 二、由上下式結構改爲左右式結構

所謂上下式結構改爲左右式結構，係指構成文字的二個或二個以上的偏

旁,在偏旁位置的經營上,由原本的上下式結構改換爲左右式的結構。換言之,即是偏旁位置上下、左右不固定,任意的更換書寫位置。

## （一）從偏旁「口」者

「名」字於楚簡多作左右式結構,見於信陽楚簡者,如:

（1.17）

見於包山楚簡者,如:

（249 反）

（1.17）的「名」字於《信陽楚墓》隸爲「明」字,[註13] 辭例爲「以成其明者」,於此將之隸釋爲「明」字,其義不甚明瞭。就字形言,此字與包山楚簡（249反）的字形相似,從「夕」與從「月」者於古文字中時有通用之例,如:

夜:〈師酉簋〉:〈番生簋蓋〉

外:〈靜簋〉:〈子禾子釜〉

夙:〈毛公鼎〉:〈番生簋蓋〉

楚簡所見的字形應同爲一字,將之作「名」字則較適宜。又兩周金文的「名」字多作上下式的結構,如:

〈南宮乎鐘〉

從金文與楚簡「名」字形體比較得知,楚簡中的「名」字乃將上下式改爲左右式的結構。

## （二）從偏旁「人」者

「僕」字習見於楚簡,尤以包山楚簡最爲常見,如:

（15）　　　　（133）

（137 反）

於兩周金文作:

〈幾父壺〉　　　　〈五年召伯虎簋〉

金文的字形,皆採取左右式的結構。楚簡「僕」字由於添加具有標義作用的偏

〔註13〕 劉雨:〈信陽楚簡釋文與考釋〉,《信陽楚墓》（北京:文物出版社,1986 年）,頁125。

旁「臣」，在形體的安排，於右邊的偏旁位置，採取上下式的結構。此外，楚簡「僕」字所從偏旁「人」與「臣」具有一個相近同的筆畫「｜」，爲了書寫方便，或是書寫者個人習慣，兩者出現共用筆畫的現象。又爲了方便或屈就筆畫的共用，在書寫時，偏旁「臣」轉而移至「人」之下，與之成爲一體，相對的，則與原本位於其上的「辛」分離，由上下式的結構改爲左右式的結構。

### （三）從偏旁「夕」者

「多」字見於包山楚簡者，如：

（271）　　　　　　　　（278）

於兩周金文的形體多採取上下式結構，如：

〈命簋〉　　　　　　　　〈秦公鐘〉

然而，亦有特例作左右式結構者，如：

〈麥方鼎〉

從金文與楚簡「多」字的字形觀察，「多」字在書寫上多採取上下式的結構安排，可是亦見特例作左右式偏旁結構。

### （四）從偏旁「貝」者

「貣」字僅見於包山楚簡，如：

（109）　　　　　　　　（116）

辭例依次爲「貣鄟異之黃金七益」、「貣鄟異之金三益」。據此可知，二者應同爲一字。其不同之處有二：一爲偏旁位置的安排有異，從小篆的形體言，（116）應是由上下式改爲左右式的結構；一爲所從偏旁的不同，亦即從「戈」與從「弋」的不同。楚簡所見「戈」字皆作「戈」，「弋」字皆作「弋」，從形體觀察，「弋」字所加的「－」應是飾筆。由於飾筆的添加，使其形體與「戈」字相似，基本上它的橫畫與添加的飾筆採取約略平行的方式書寫，此一筆畫與「戈」字絕然不同，因此可以透過其筆畫書寫的平行與否，以及辭例的觀察，確定爲「戈」字或是「弋」字。

### （五）從偏旁「市」者

「布」字於楚簡的形體略有不同，見於曾侯乙墓竹簡者，如：

（122）

見於信陽楚簡者，如：

（1.10）　　　　　　　　　　　（2.15）

見於仰天湖竹簡者，如：

（11）

於兩周金文作：

〈守宮盤〉

金文的「布」字所從爲「巾」，而且作上下式結構。據此可知，楚簡的「布」字出現偏旁位置不固定的情形。再者，從單一的字形言，仰天湖竹簡所從之「巾」於長豎畫之上添加「‧」，乃是飾筆的一種，信陽楚簡所從「巾」的豎畫添加「－」，亦是飾筆。至於楚簡裡從「巾」、從「市」不一，這是義近替換的現象，「巾」與「市」字皆爲紡織品，是人身上的服飾，在意義上具有一定的關係，所以在古文字中從「巾」與從「市」多可通。

## （六）從偏旁「日」者

「暑」字見於包山楚簡，如：

（184）　　　　　　　　　　　（185）

此字於篆文的字形，係採取上下式結構，即上「日」下「者」，據此可知，楚簡已有將上下式改爲左右式的現象。

## （七）從偏旁「革」者

「胄」字於楚簡的形體不一，見於曾侯乙墓竹簡者，如：

（43）

見於天星觀竹簡者，如：

（遣策）　　　　　　　　　　　（遣策）

見於包山楚簡者，如：

（269）

在本論文第三章第三節「省減」的「借用部件」裡，提到《說文解字》「胄」字

下有一重文與之相近，由於偏旁「由」與「革」具有相似的「口」，因此，二者於書寫時發生借用部件的現象，詳細說明請參見該節「冑」字項下的論述。今將《說文解字》「冑」字下的重文與楚簡「冑」字系聯，楚簡的「冑」字多採取上下式的結構，包山楚簡則出現左右式的結構。

### （八）從偏旁「巾」者

「常」字於楚簡的形體不一，或從「巾」、或從「衣」、或從「卒」、或從「市」，在偏旁位置的安排上多數採取上下式結構，只有少數特例爲左右式的結構。見於曾侯乙墓竹簡者，如：

常（123）

見於包山楚簡者，如：

常（199）　　　　常（203）

常（244）

信陽楚簡的「常」字形體與（203）相同。

「常」字於兩周金文未從「巾」，於小篆則屬於「巾」部。以包山楚簡（203）爲例，所從偏旁「巾」豎畫之上的「一」爲飾筆，其目的可能是爲了美感的補白，或是避免筆畫的修長產生之單調，因而添加「一」藉以調合。將（199）與（244）相較，其不同之處有二：一爲偏旁位置經營上的不固定，由上下式轉爲左右式的結構；一爲所從偏旁由「衣」改爲「卒」，「衣」與「卒」作爲形旁使用時，通用之例於楚簡習見，其因正是二者的字形十分相似，故能透過形近而通用。其次，所從之「巾」改從「衣（卒）」，「巾」與「衣」作爲形旁時通用的例子，於《說文解字》「巾」部下甚多，如：

常：常（小篆）：常（或體）

帙：帙（小篆）：帙（或體）〔註14〕

「巾」與「衣」皆爲紡織品，是人身上的服飾，在意義上具有一定的關係，二者的通用爲義近偏旁的替換；曾侯乙墓竹簡（123）所從者爲「市」，「市」亦爲人身上的服飾，當「巾」、「市」作爲形旁時，由於意義的相近，遂能夠通用。

---

〔註14〕《說文解字注》，頁362。

## （九）從偏旁「且」者

「宜」字多見於楚簡，以包山楚簡爲例，如：

$\text{（圖）}$（103）　　　　　　$\text{（圖）}$（134）

$\text{（圖）}$（223）

於兩周金文作：

$\text{（圖）}$〈天亡簋〉　　　　　　$\text{（圖）}$〈舒蚕壺〉

金文多作上下式的結構，包山楚簡除了一般採取上下式結構的「宜」字，亦出現偏旁位置爲左右式結構的「宜」字。

## （十）從偏旁「也」者

「也」字於楚簡習見，見於信陽楚簡者，如：

$\text{（圖）}$（1.7）

見於郭店楚簡〈太一生水〉者，如：

$\text{（圖）}$（10）

楚簡的「也」字，在偏旁結構的經營上並不固定，除了一般習見的上下式結構，亦見左右式結構者。

# 三、上下結構互置

所謂上下結構互置，係指在偏旁位置的經營上，由原本的上下式結構改爲下上式的結構。換言之，即是偏旁位置上下不固定，任意的更換書寫位置。

## （一）從偏旁「其」者

「期」字於楚簡習見，以包山楚簡爲例，如：

$\text{（圖）}$（19）　　　　　　$\text{（圖）}$（36）

辭例依次爲「受期」、「疋期」。又兩周金文「期」字，

$\text{（圖）}$〈沇兒鎛〉　　　　　　$\text{（圖）}$〈蔡侯紐鐘〉

所從偏旁「日」或在於「其」之上，或在於下方，位置亦不固定。楚簡的「期」字，除了省減金文中所見「其」字的上半部「凵」外，其餘多沿襲之。從其字形觀察、比較，楚簡的「期」字已見上下偏旁互置的現象。

## （二）從偏旁「斤」者

「近」字見於望山楚簡者，如：

斤（2.45）

見於郭店楚簡〈性自命出〉者，如：

近（36）

望山楚簡（2.45）記載品物名稱，辭例爲「一大房，四皇俎，四皇豆，二近（旂），二口」，朱德熙等人考證以爲「近」字從止斤聲，應即是《說文解字》「近」字古文，於此釋爲「旂」，從辭例上言，應是飲食器而非旌旗。〔註15〕從該字的形體觀察，本爲從止斤聲之「近」字，《說文解字》云：「近，附也。」〔註16〕以「附」之義釋讀望山楚簡的辭例，實難通讀。朱氏等人將之釋爲「旂」，應可採信。將望山與郭店楚簡「近」字系聯，楚簡「近」字已見上下偏旁互置的現象。

## （三）從偏旁「匚」者

「區」字見於包山楚簡者，如：

區（3）

見於郭店楚簡〈語叢三〉者，如：

區（26）

於兩周金文作：

區〈子禾子釜〉

〈子禾子釜〉的「區」字，係以共用筆畫的方式構成該字的形體。將金文與楚簡的「區」字系聯，楚簡「區」字已見上下偏旁互置的現象。

## （四）從偏旁「木」者

「桐」字僅見於曾侯乙墓竹簡，如：

桐（212）

辭例爲「桐揆一夫」。又從竹簡（212）的辭例觀察，如：

---

〔註15〕朱德熙、裘錫圭、李家浩：〈望山一、二號墓竹簡釋文與考釋〉，《江陵望山沙塚楚墓》（北京：文物出版社，1996年），頁293。

〔註16〕《說文解字注》，頁74。

　　　　佣所□□六夫，□撰六夫，□四夫，□四夫，……桐撰一夫，璭一

　　　　人

此簡所記載的事物與其他諸簡所載大不相同，其他諸簡所載多與殉葬的車馬有
關，唯此簡所載異於他簡。出土的楚墓多見木俑，如雨台山楚墓、馬山 1 號楚
墓、信陽楚墓、望山 2 號墓、包山楚墓等皆見木俑的出土，而曾侯乙墓則出現
「玉人」，從曾侯乙墓出土「俑」的情形觀察，(212) 之「桐撰一夫」當指由桐
木所製的木俑一尊，由於年代久遠，木製之俑因而腐朽無存。

　　金文「桐」字的寫法，多將偏旁「木」置於「同」上，如：

　　　　杏〈翏生盨〉　　　　　　　　喬〈寥桐盂〉

據此可知，簡文「桐」字出現上下偏旁互置的現象。

　　從偏旁「木」者，亦見相同的現象，如以「新」字爲例：

| 字　例 | 從下上式者 | 從上下式者 |
|---|---|---|
| 新 | 新（包 15 反） | 新（包 102） |

### （五）從偏旁「艸」者

　　「春」字於楚簡的位置經營，多採取上下式的結構，由上而下依序爲「艸」、
「屯」、「日」。以包山楚簡爲例，如：

　　　　菅（206）

於曾侯乙墓竹簡出現特例，如：

　　　　莣（1 正）

「春」字結構作「日」上「屯」下者，亦見於〈春安君〉璽印，此官璽中的「春」
字寫作「昆」，[註17] 偏旁的安排正與曾侯乙墓竹簡的「春」字相似，故知此
應是上下結構互置的現象。

　　從偏旁「艸」者，亦見相同的現象，如以「茆」字爲例：

| 字　例 | 從下上式者 | 從上下式者 |
|---|---|---|
| 茆 | 茆（郭・六德 12） | |

---

〔註17〕羅福頤：《古璽彙編》（北京：文物出版社，1994 年），頁 1。

## 四、由左右式結構改為上下式結構

所謂左右式結構改為上下式結構，係指構成文字的二個或二個以上的偏旁，在偏旁位置的經營上，由原本的左右式結構改換為上下式結構。換言之，即是偏旁位置左右、上下不固定，任意的更換書寫位置。

### （一）從偏旁「牛」者

「犠」字僅見於包山楚簡，如：

犠（248）

辭例為「罷禱大水一犠馬」。與之偏旁位置經營相似者見於〈詛楚文〉，「犠」字寫作「犠」，不從偏旁「牛」，辭例為「初之以圭玉犠牲」。〔註18〕又《金文編》與《楚系簡帛文字編》收錄從偏旁「牛」者，若採取左右式結構者，多將所從之「牛」置於右邊。〔註19〕據此可知，楚簡的「犠」字在偏旁位置的經營，已經將左右式改為上下式的結構。

### （二）從偏旁「革」者

「鞁」字僅見於曾侯乙墓竹簡，形體十分固定，在偏旁位置的經營，為上下式結構，如：

鞁（56）

兩周金文從偏旁「革」者組合而成的文字，多採取左右式的結構，〔註20〕除非另一個偏旁本身亦為左右式的結構者，否則甚少出現上下式結構的現象。從曾侯乙墓竹簡「鞁」字的形體組合觀察，該字的結構為上「取」下「革」，其上之「取」又為左「耳」右「又」的形式。就整個書寫的形式言，即是將左右式改為上下式的結構。形成此一形體的因素：一是為了書寫上的美觀，由於將三個形體由左至右一致排放的方式過於呆板，是以更換書寫的習慣；一則是為了配合竹簡的狹長形制而為，一般而言，竹簡的寬度甚窄，倘若要將三文作橫向排列，可能無法書寫的十分適當，勢必產生形體大小不一的現象，為了文字的視

---

〔註18〕商承祚：《石刻篆文編》（北京：中華書局，1996年），頁54。

〔註19〕容庚：《金文編》收錄從偏旁「牛」者，收於卷2，頁54～56，（北京：中華書局，1992年）；《楚系簡帛文字編》收錄從偏旁「牛」者，收於頁85～88。

〔註20〕《金文編》收錄從偏旁「革」者，收於卷3，頁168～170。

覺美觀，故而將之改以上下式的結構。

### （三）從偏旁「象」者

「爲」字於楚簡、帛書皆以截取特徵的形式表現，換言之，它將該字所從之「象」的形體省減，而保留其最爲重要的部分。以包山楚簡爲例，如：

見於包山楚簡者，如：

$\text{坐}$（5）　　　　　　　　$\text{呴}$（7）

$\text{厓}$（80）　　　　　　　$\text{甸}$（86）

於甲骨文作：

$\text{武}$（《合》13490）　　　　$\text{羿}$（《合》15180）

於兩周金文作：

$\text{軍}$〈散氏盤〉　　　　　　$\text{斈}$〈趙孟𠤥壺〉

$\text{冢}$〈曾伯陭壺〉　　　　　$\text{里}$〈兆域圖銅版〉

$\text{玗}$〈噩君啓車節〉　　　　$\text{呴}$〈鑄客鼎〉

「爲」字於甲骨文與金文，正像一隻手牽引大象之形，「手」的位置雖然或置於上方，或置於左方，可是就金文「爲」字言，仍以置於左方者爲多。楚簡、帛書的字形係由金文發展而來，對於此字的偏旁位置安排，亦多採取左「手」右「象」的方式。從字例觀察，「爲」字雖然多以左右式的結構爲主，在（80）發現右方之「象」有向上置放的傾向，（86）的「象」已經置於「手」之上，在偏旁位置的經營，出現左右式改爲上下式的結構。

### （四）從偏旁「羽」者

「翠」字於包山楚簡、望山楚簡、信陽楚簡與天星觀竹簡的字形皆作上「羽」下「𦎫（章）」的形體結構。以包山楚簡爲例，如：

$\text{翠}$（269）　　　　　　　$\text{翠}$（牘1）

「翠」字於時代較早的曾侯乙墓竹簡則作左「鳥」右「𦎫」的結構，如：

$\text{鷨}$（9）

辭例皆爲「翠首」，應爲一字的異體。又楚簡、帛書從偏旁「羽」者，多作上下

式的結構，亦即將所從之「羽」置於上方。﹝註21﹞曾侯乙墓竹簡所從之「鳥」，就意義言與偏旁「羽」相近，「羽」爲禽鳥身上所出，以偏旁「羽」代替偏旁「鳥」，正是義近替代的現象。至於將「鳥」置於左方，或將「羽」置於上方，可能是爲了書寫時文字的視覺美感。以曾侯乙墓竹簡的字形爲例，「鳥」的形體屬於狹長型，若將之安排於另一偏旁之上，該字將因過於狹長，產生不協調感，爲了使之產生協調與勻稱，最好的方式是採取左右式的結構；以包山楚簡的字形爲例，正好與曾侯乙墓竹簡的形體相反，爲了不使文字形體過寬，最好的方式是將「羽」置於其上。將包山楚簡與曾侯乙墓竹簡的「翠」字系聯，曾侯乙墓竹簡的年代最早，由此律彼，「翠」字已出現由左右式改爲上下式的結構的現象。

### （五）從偏旁「米」者

「糗」字偶見於楚簡，形體或有不同，見於信陽楚簡者，如：

（2.22）

見於望山楚簡者，如：

（1.145）

見於包山楚簡者，如：

（256）

此字於小篆採取左右式的偏旁結構，「糗」字於楚簡中出現偏旁位置由左右式改爲上下式結構的情形。

### （六）從偏旁「身」者

「躬」字見於望山楚簡者，如：

（1.75）

見於包山楚簡者，如：

（210）　　　　（226）

（228）　　　　（230）

（232）

---

﹝註21﹞《楚系簡帛文字編》收錄從偏旁「羽」者，收於頁295～308。

據《說文解字》會意的釋語言，「從×從×」爲會意，可知「躳」字爲會意字。
從字形觀察，（226）的「躳」字不加「宀」，應是「躳」字的正體，餘者爲添加
無義偏旁「宀」，（228）爲省減偏旁的現象。又「躳」字在偏旁位置的經營上，
多採左「身」右「呂」的結構方式，可是亦有特例，如（230）作上「呂」下「身」
者。「躳」字出現偏旁位置不固定的現象，由左右式改爲上下式的結構形式。

### （七）從偏旁「皮」者

「被」字見於包山楚簡者，如：

（203）　　　　　　（214）

（203）的形體採取上「皮」下「衣」的形式，偏旁「衣」亦加以省減，即採取
截取特徵的方式，省其一部分的形體。將二者系聯，可知楚簡的「被」字在偏
旁位置的經營上十分不固定，或見左右式的結構，或見上下式的結構。

### （八）從偏旁「心」者

「惺」字於楚簡的形體，或作左右式結構，或作上下式結構，並不固定。
以包山楚簡爲例，如：

（22）　　　　　　（24）

辭例皆爲「羅惺」，可知爲同一字。「惺」字於小篆主要採取左右式的結構，楚
簡所見偏旁結構爲上下式者，可能是由左右式的結構轉變而來的。

### （九）從偏旁「耳」者

「職」字僅見於楚帛書，如：

（乙 3.13）

「職」字於小篆主要採取左「耳」右「戠」的結構，楚帛書的「職」字係採取
上「戠」下「耳」的偏旁結構。

### （十）從偏旁「力」者

「加」字見於包山楚簡者，如：

（22）　　　　　　（24）

辭例皆爲「司馬之周加公××」，二者同爲一字。此外，包山楚簡所見「加」字
多爲左右式結構，（22）所見的形體，應是由左右式改爲上下式結構的現象。

### （十一）從偏旁「夕」者

「夜」字多見於楚簡，見於曾侯乙墓竹簡者，如：

（67）

見於包山楚簡者，如：

（181）　　　　（206）

辭例皆爲「坪夜君」，二者同爲一字。又此字於兩周金文多作左右式結構，如：

〈番生簋蓋〉　　　　〈㝬簋〉

包山楚簡（206）的形體將「夕」置於下方，可能是受了文字要求勻稱美觀所致。從其形體觀察，它添加了一筆短斜畫的飾筆「、」，爲了使文字得以勻稱，所以將所從偏旁「夕」改置於下半部。就楚簡的「夜」字言，（206）在偏旁位置的安排上，由左右式改爲上下式的結構。

### （十二）從偏旁「韋」者

「韓」字僅見於曾侯乙墓竹簡，如：

（23）　　　　（25）

辭例皆作「二韓」，二者同爲一字。古文字「革」與「韋」作爲形旁使用時，多可通用，從偏旁「革」者組合而成的文字，多採取左右式的結構，從「韋」者亦多如此，（25）的形體應是由左右式轉爲上下式的結構。

### （十三）從偏旁「寺」者

「寺」字多見於楚簡，以包山楚簡爲例，如：

（209）　　　　（212）

（266）

辭例皆爲「出入寺王」，「寺」字於此應作爲「侍」。楚簡帛「寺」字習見添加偏旁「口」，由字形觀察，從「口」者爲無義偏旁的添加，而從口之「寺」字的形體，以（209）爲最常見。據此可知，在（212）與（209）的形體結構上出現偏旁位置不定的現象，亦即由左右式轉爲上下式的結構。

### （十四）從「木」偏旁者

「桙」字僅見於曾侯乙墓竹簡，如：

（38）　　　　　　　（133）

辭例皆爲「黃枈馭」，二者當爲一字，只是偏旁位置的安排不同。又楚簡、帛書從偏旁「木」者，多作左右式的位置經營，故知「枈」字可能是由左右式改爲上下式的結構。

從偏旁「木」者，亦見相同的現象，如以「樸」字爲例：

| 字　例 | 從上下式者 | 從左右式者 |
|---|---|---|
| 樸 | （郭・老子甲本 9） | （郭・老子甲本 32） |

### （十五）從偏旁「隹」者

「雕」字於楚簡多作左右式結構的安排，在包山楚簡卻出現作上下式結構者，如：

（270）　　　　　　（270）

觀察其辭例，前者爲「一雕栝」，後者爲「一雕敧」，可知二者應同爲一字，後者的字形應是由左右式改爲上下式結構。

從偏旁「隹」者，亦見相同的現象，如以「唯」字爲例：

| 字　例 | 從上下式者 | 從左右式者 |
|---|---|---|
| 唯 | （郭・老子甲本 17） | （曾 128） |

### （十六）從偏旁「水」者

「浴」字見於郭店楚簡《老子》甲本者，如：

（2）　　　　　　（20）

辭例依次爲「江海（海）所以爲百浴（谷）王」、「猷（猶）少（小）浴（谷）之與江海（海）」，二者應同爲一字。「浴」字已出現由左右式改爲上下式結構的現象。

從偏旁「水」者，亦見相同的現象，如以「淺」字爲例：

| 字　例 | 從上下式者 | 從左右式者 |
|---|---|---|
| 淺 | （信 2.14） | （帛乙 5.33） |

### （十七）從偏旁「女」者

「如」字於信陽楚簡的形體，係採取上下式結構，如：

（1.4）

小篆「如」字爲左「女」右「口」的形式，楚簡的「如」字，則是採取上「女」下「口」的偏旁結構。由此而言，「如」字於楚簡出現偏旁位置由左右式改爲上下式結構的情形。

從偏旁「女」者，亦見相同的現象，如以「好」字爲例：

| 字 例 | 從上下式者 | 從左右式者 |
|---|---|---|
| 好 | （郭·老子甲本 32） | （郭·老子甲本 8） |

## （十八）從偏旁「貝」者

「賜」字多見於包山楚簡，如：

（65）　　　　　　　（81）

辭例皆爲「周賜」，作爲人名之用，二者同爲一字。楚簡「賜」字的偏旁位置，以左「貝」右「易」的方式爲多，（65）的形體當是由左右式轉爲上下式結構的現象。

從偏旁「貝」者，亦見相同的現象，如以「賅」字爲例：

| 字 例 | 從上下式者 | 從左右式者 |
|---|---|---|
| 賅 | （天 2） | （天 2） |

## （十九）從偏旁「日」者

「晦」字僅見於楚帛書，如：

（甲 3.14）

小篆「晦」字爲左「日」右「每」的形式，楚簡「晦」字則採取上「母（每）」下「日」的偏旁結構。由此而言，「晦」字於楚簡出現偏旁位置由左右式改爲上下式結構的情形。

從偏旁「日」者，亦見相同的現象。茲將之臚列於下表，以清眉目：

| 字 例 | 從上下式者 | 從左右式者 |
|---|---|---|
| 暗 | （包 8） | （包 165） |
| 㫃 | （包 266） | （包 173） |

## （二十）從偏旁「示」者

「福」字見於望山楚簡者，如：

（1.51）

見於包山楚簡者，如：

（37）

於兩周金文作：

〈蔡姞簋〉　　　　　〈曾子尿簋〉

從金文的字形觀察，在位置經營上，偏旁的位置雖亦不固定，卻仍有其基本的模式，亦即多採取左右式的結構。楚簡帛文字則將左右式的結構，轉而寫作上下式結構的位置經營。

從偏旁「示」者，亦見相同的現象。茲將之臚列於下表，以清眉目：

| 字　例 | 從上下式者 | 從左右式者 |
|---|---|---|
| 祇 | （天1） | （天1） |
| 禱 | （望1.54） | （望1.55） |

## （二十一）從偏旁「此」者

「茈」字僅見於包山楚簡，如：

（258）　　　（簽）

「此」字於兩周金文作：

〈此簋〉

從字形觀察，基本上為左右式的結構，包山楚簡（258）將左右式結構改為上下式的結構。

從偏旁「此」者，亦見相同的現象，如以「紫」字為例：

| 字　例 | 從上下式者 | 從左右式者 |
|---|---|---|
| 紫 | （包牘1） | （望2.6） |

## （二十二）從偏旁「殳」者

「杸」字僅見於曾侯乙墓竹簡，形體相當固定，皆作上下式的結構，辭例

多作「一殳」，或是「一晉殳」，如：

（1）

兩周金文從「殳」者，多將之置於右方，如：

　　段：〈段簋〉

　　簋：〈頌簋〉

「殳」字在偏旁位置的經營上是由左右式改爲上下式的結構。

　　從偏旁「殳」者，亦見相同的現象，如以「毆」字爲例：

| 字　例 | 從上下式者 | 從左右式者 |
|---|---|---|
| 毆 | （包 116） | （包 105） |

### （二十三）從偏旁「盾」者

「瞂」字僅見於曾侯乙墓竹簡，如：

（37）　　　　　　（97）

從楚簡的辭例觀察，應是馬車上所配備的器物，此字的後方多接上「戈」字，如：「二畫瞂，二戈」（37）。今從所列的字例可知，它的偏旁位置十分不固定，由左右式改爲上下式的結構。

　　從偏旁「盾」者，亦見相同的現象，如以「輴」字爲例：

| 字　例 | 從上下式者 | 從左右式者 |
|---|---|---|
| 輴 | （曾 78） | （曾 3） |

### （二十四）從偏旁「糸」者

「滕」字多見於包山楚簡與曾侯乙墓竹簡，以包山楚簡爲例，如：

（186）　　　　　　（牘 1）

（186）將「糸」置於「灷」下，與「舟」形成左右偏旁的結構；（牘 1）的形體與曾侯乙墓竹簡、其他包山楚簡所見的「滕」字形體相同，將「糸」置於「舟」下，與「灷」形成左右偏旁的結構。從相同字形的多數例論此一特例，（186）相對於（牘 1）的形體而言，是由左右式轉爲上下式的結構。

　　從偏旁「糸」者，亦見相同的現象。茲將之臚列於下表，以清眉目：

| 字　例 | 從上下式者 | 從左右式者 |
|---|---|---|
| 縷 | （信 2.2） | （天 2） |
| 緅 | （信 2.6） | （天 2） |

## （二十五）從偏旁「土」者

「坪」字僅見於信陽楚簡，如：

（2.21）　　　　　　　（2.21）

從其形體觀察，一則以「‧‧」取代「＝」，一則在偏旁位置的經營上，出現左右式轉爲上下式的結構現象。

從偏旁「土」者，亦見相同的現象，如以「高」字爲例：

| 字　例 | 從上下式者 | 從左右式者 |
|---|---|---|
| 塙 | （包 21） | （包 76） |

# 第五節　更換偏旁

古文字不僅在偏旁的位置不固定，在形旁的運用上亦無絕對的規定，某字必須採用某一固定的形旁。所以作爲形旁使用時，意義相近、形體相近，甚或聲韻相同或是相近者，常見替代的現象。茲將因更換偏旁而產生的異體字，分別舉例說明，論述如下：

## 一、因意義相近而互代

對於意義相近者可以相互替代的現象，唐蘭很早即提出「凡義相近的字，在偏旁裡可以通轉。」〔註22〕其後，高明據此整理出三十二項於古文字中常見的意義相近的形旁通用例。〔註23〕楚簡帛異體字在偏旁的替換上，因意義相近而代換者甚眾，茲將所見者，舉例說明。

### （一）日－月

「歲」字於楚簡多從「月」，以包山楚簡爲例，如：

---

〔註22〕唐蘭：《古文字學導論》（臺北：學海出版社，1986 年），頁 241。

〔註23〕高明：《中國古文字學通論》（臺北：五南圖書出版有限公司，1993 年），頁 109～133。

**炎**（217）

辭例爲「集歲」。此外，亦有特例者，以望山楚簡爲例，如：

**炎**（2.1）

辭例爲「周之歲」。從「月」與從「日」者替換現象，於古文字中習見，如：

期：**期**〈齊侯敦〉：**期**〈吳王光鑑〉

「日」爲太陽，可以在白天時發出光亮，「月」爲太陰，在夜晚裡發出亮光，於古人而言，不同者爲發光的時間有異，所以在字形偏旁上時有替換的現象。從其意義言，日、月皆爲發光體，又具有計算時間的作用。從二者替代的情形與其意義觀察，「日」、「月」間的替換，應爲意義相近的代換現象。

### （二）木－禾

「利」字於楚簡多從「禾」，以包山楚簡爲例，如：

**利**（122）

於楚帛書則見從「木」者，如：

**利**（丙 11.2）

「利」字於金文多從「禾」，如：

**利**〈利簋〉　　　　　　**利**〈師遽方彝〉

簡文將「禾」改爲「木」，從二者的意義觀察，「禾」與「木」皆屬於植物，作爲偏旁使用時，二者可以通用。

### （三）鳥－羽

「翠」字於包山楚簡、望山楚簡、信陽楚簡與天星觀竹簡的字形，皆作上「羽」下「皋（蕈）」的形體結構，以包山楚簡爲例，如：

**翠**（269）　　　　　**翠**（牘 1）

「翠」字於時代較早的曾侯乙墓竹簡作左「鳥」右「皋」的結構，如：

**翠**（9）

辭例皆爲「翠首」，應爲一字的異體。曾侯乙墓竹簡所從之偏旁「鳥」，就意義言與「羽」相近，「羽」爲禽鳥身上所出，以偏旁「羽」代替偏旁「鳥」，正是

義近替代的現象。

## （四）竹－艸

「笑」字見於郭店楚簡《老子》乙本者，如：

（9）

辭例爲「下士昏（聞）道，大芺（笑）之。」《說文解字》云：「笑，喜也，從竹從犬。」〔註24〕楚簡「笑」字從艸從犬。「竹」字之義爲「冬生艸」，爲植物的一種，從艸與從竹作爲形旁使用時的替代現象，應爲義近的替代。

## （五）巾－衣

「常」字於楚簡的形體有異，見於包山楚簡者，如：

（203）　　　　　（244）

「常」字於金文未從「巾」，小篆屬於「巾」部。以包山楚簡（203）爲例，「巾」豎畫上的「一」爲飾筆，是爲了美感而補白，亦是避免筆畫的修長產生之單調，所以添加「一」藉以調合。此外，將（203）與（244）系聯，（244）的偏旁由「巾」改爲「衣」。「巾」與「衣」作爲形旁時通用的例子，於《說文解字》「巾」部下甚多，如：

帬：（小篆）：（或體）

常：（小篆）：（或體）

幝：（小篆）：（或體）

帙：（小篆）：（或體）〔註25〕

「巾」與「衣」皆爲紡織品，是人身上的服飾，在意義上具有一定的關係，二者的通用，應爲義近偏旁的替換。

## （六）玉－金

「珇」字多見於曾侯乙墓竹簡，如：

（42）　　　　　（77）

辭例皆爲「黃金之珇」，不同之處爲從「玉」、從「金」之別，可知應是一字的

---

〔註24〕《說文解字注》，頁200。

〔註25〕《說文解字注》，頁361～362。

異體。又「玒」字從偏旁「金」者，於曾侯乙墓竹簡僅此一例，而此字於《說文解字》中又未見，由此推測，從「金」者應為從「玉」者的異體。楚地產金之盛，文獻資料記載甚明，如《戰國策・楚策・張儀之楚貧》云：「王曰：『黃金、珠璣、犀、象出於楚，寡人無求於晉國。』」〔註26〕又《韓非子・內儲說上》云：「荊南之地，麗水之中生金。人多竊采金。采金之禁，得而輒辜磔於市甚眾，壅離其水也。」〔註27〕雖盛產黃金，一般人卻無法隨意採之。古代金與玉皆是貴重的物質資源，一般的平常人得之不易，正因為此二者在當時皆有貴重之義，所以作為形旁時可以替換。

## （七）足－辵

「路」字於楚簡皆從「辵」，見於包山楚簡者，如：

後（94）

於曾侯乙墓竹簡多作為車名使用，如：

後（121）

辭例分別為「邟路公壽」、「路車」。從「足」與從「辵」通用的現象，於《說文解字》的重文裡亦可找到，如：

迹：𨑭（小篆）：蹟（或體）：𨒪（籀文）

远：𨖩（小篆）：遁（或體）〔註28〕

「足」與「辵」皆與「止」相關，二者通用的現象，即是義近偏旁替換的情形。

## （八）手－攴

「誓」字僅見於信陽楚簡，如：

𣂉（1.42）

於兩周金文作：

𣂉〈𤔲攸从鼎〉　　　　𣂉〈𤔲比簋蓋〉

---

〔註26〕（漢）劉向集錄：《戰國策》（臺北：里仁書局，1990年），頁540。

〔註27〕（周）韓非撰、（清）王先慎集解：《韓非子集解》（臺北：藝文印書館，1983年），頁358。

〔註28〕《說文解字注》，頁70，頁76。

金文字形從「手」不從「攴」，楚簡改從「攴」。從「手」與從「攴」通用的現象，於《說文解字》的重文裡亦可找到，如：

扶：［小篆］：［古文］

揚：［小篆］：［古文］

播：［小篆］：［古文］〔註29〕

「攴」字之義爲「小擊」，打「擊」時需使用「手」，二者的關係密切，作爲形旁時可以通用。

## （九）肉－骨

「體」字見於郭店楚簡〈窮達以時〉者，如：

［字形］（10）

辭例爲「非無體壯也」。楚簡「體」字從肉豐聲，未見於字書。從「肉」與從「骨」通用的現象，於《說文解字》的重文裡亦可找到，如：

膀：［小篆］：［或體］〔註30〕

「肉」字之義爲「胾肉」，「骨」字之義爲「肉之覆」，二者爲構成身體的重要器官之一，在意義上具有一定的關聯。作爲形旁時，可因意義相近而通用。

## （十）口－言

「譽」字見於郭店楚簡〈窮達以時〉者，如：

［字形］（14）

辭例爲「譽（譽）皇（毀）才（在）仿（旁）」。「言」由「口」出，二者在意義上有一定的關聯。古文字從偏旁「口」與從「言」者，常可因義近而通用，如兩周金文「諆」字作：

［字形］〈子諆盆〉　　　　　［字形］〈洹子孟姜壺〉

楚簡「譽」字從「口」，應是義近替換的現象。

## （十一）刀－戈

「剔」字僅見於包山楚簡，偏旁或從「刀」、或從「戈」，如：

---

〔註29〕《說文解字注》，頁602，頁609，頁614。

〔註30〕《說文解字注》，頁171。

（142）　　　　　　（144）

辭例依次爲「遊取至州衞尖＝牉敓之夫自剔」、「州人牉敓尖＝信以刀自剔」，二者辭例相近，從「刀」與從「戈」者應爲一字的異體。古文字「刀」、「戈」通用之例尚未見，「刀」與「戈」皆爲古代的兵器，通用的現象，應是義近的通用。

（十二）戈－歹

「戮」字偶見於楚簡、帛書，皆從偏旁「歹」。見於信陽楚簡者，如：

（1.1）

見於楚帛書者，如：

（丙 11.4）

辭例分別爲「戔人羸（格）上則型（刑）戮至」、「戮不義」。古文字從「戈」與從「歹」者，未見通用之例。就字義言，「戈」爲兵器的一種，主殺戮之事，「歹」爲殘骨，在意義上有些許的關係，故曾憲通云：「戈事殺戮而殘骨（骸）可見，故從戈從歹意亦相近。《說文》：『戮，殺也。』《晉語》：『戮其死者。』韋注『陳尸爲戮。』俱其證。」〔註31〕楚簡帛「戮」字從「歹」，應是義近替換的現象。

（十三）犬－鼠

「狐」字於楚簡或從「犬」、或從「鼠」，形體不定。見於曾侯乙墓竹簡者，如：

（23）

見於包山楚簡者，如：

（259）

從「犬」與從「鼠」者通用之例並不多見，二者得以代換乃因義近。「鼠」與「犬」皆爲哺乳類動物，於意義上具有一定的關係，此爲義近通用的現象。

（十四）豸－鼠

「豹」字楚簡偶見，皆從偏旁「鼠」。以包山楚簡爲例，如：

（277）

---

〔註31〕曾憲通：《楚帛書‧楚帛書文字編》（香港：中華書局，1985 年），頁 299。

楚簡從偏旁「豸」者皆作「鼠」。從「鼠」與從「豸」通用的現象，於《說文解字》的重文裡亦可找到，如：

鼮：（小篆）：（或體）〔註32〕

「鼠」與「豸」同爲哺乳類動物，在意義上具有一定的關係，作爲形旁時多見從「豸」者改作爲「鼠」。

從偏旁「豸」者，亦見相同的現象。茲將之臚列於下表，以清眉目：

| 字　例 | 從「鼠」者 | 從「豸」者 |
|---|---|---|
| 貍 | （曾2） | |
| 貂 | （曾30） | |
| 貉 | （包87） | |
| 豻 | （包271） | |
| 貘 | （包271） | |

## （十五）又－攴

「敗」字於楚簡多見，以包山楚簡爲例，如：

（60）　　　　　　（76）

辭例皆爲「司敗」。從「又」與從「攴」者無別，應是一字的異體。二者通用的例子，在兩周金文亦可見，如：

啓：〈啓卣〉：〈召卣〉

「又」本爲「手」，「攴」字之義爲「小擊」，打「擊」時需使用「手」，二者的關係密切，作爲形旁時可以通用。

從偏旁「攴」者，亦見相同的現象，如以「敢」字爲例：

| 字　例 | 從「又」者 | 從「攴」者 |
|---|---|---|
| 敢 | （包38） | （包85） |

## （十六）攴－戈

「救」字見於包山楚簡者，如：

---

〔註32〕《說文解字注》，頁483。

（226）　　　　　（249）

辭例皆為「救郙之（歲）」，從「攴」或從「戈」者相同，應為一字的異體。偏旁「攴」、「戈」通用的現象，在兩周金文亦可找到例子，如：

啟：〈召卣〉：〈虢叔旅鐘〉

救：〈周宄匜〉：〈中山王譽鼎〉

「戈」為古代的兵器，使用上多為「擊」，如：《左傳・襄公十八年》云：「公以戈擊之」、《左傳・襄公二十八年》云：「王何以戈擊子之，解其左肩」、《左傳・昭公元年》云：「子南知之，執戈逐之，及衝，擊之以戈」、《左傳・昭公二十年》云：「齊氏用戈擊公孟」、《左傳・昭公二十五年》云：「將以戈擊之」、《左傳・定公四年》云：「王寢，盜攻之，以戈擊王」、《左傳・哀公十四年》云：「公執戈將擊之」、《左傳・哀公十五年》云：「以戈擊之」等。〔註33〕「攴」字的意義為「小擊」，與「戈」字在意義上有相當程度的關係，二者作為形旁時可以通用。

從偏旁「攴」者，亦見相同的現象。茲將之臚列於下表，以清眉目：

| 字　例 | 從「戈」者 | 從「攴」者 |
|---|---|---|
| 敗 | （信1.29） | （包60） |
| 敕 | （包34） | （包39） |
| 寇 | （包102） | |
| 斁 | （包135反） | （包134） |
| 敔 | （郭・語叢四8） | （郭・五行35） |
| 攻 | （郭・成之聞之10） | （包106） |

（十七）止－辵

「墾」字在楚簡的字形以從「止」者為多，以包山楚簡為例，如：

（246）

於望山楚簡的字形則可以分為二種，如：

（1.10）　　　　　（1.55）

---

〔註33〕楊伯峻：《春秋左傳注》（高雄：復文圖書出版社，1991年），頁1035，頁1148，頁1212，頁1411，頁1462，頁1546，頁1695，頁1996。

辭例皆爲「遷（墨）禱」，應是一字的異體。從「止」與從「辵」偏旁通用的現象，於兩周金文亦可見，如：

　　過：〈過伯簋〉：〈過伯作彝爵〉

從「止」與從「辵」，二者與動作有關。由此推知，應是意義相近的互換。

從偏旁「辵」者，亦見相同的現象。茲將之臚列於下表，以清眉目：

| 字　例 | 從「止」者 | 從「辵」者 |
|---|---|---|
| 遲 | （望 1.61） | （望 1.62） |
| 從 | （包 138 反） | （包 151） |

## （十八）革－韋

「鞁」字於楚簡多見，以曾侯乙墓竹簡爲例，其偏旁或從「皮」，或從「韋」，二者形體皆備，如：

　　　　　（25）　　　　　　（41）

辭例皆爲「鞁轡，銤貼。」從「革」或從「韋」者爲一字的異體。「革」是去毛的獸皮，「韋」是熟而柔軟的獸皮，二者的意義皆與「獸皮」有關，用爲形旁時，由於意義相近故可通用。

從偏旁「韋」或「革」者，亦見相同的現象。茲將之臚列於下表，以清眉目：

| 字　例 | 從「革」者 | 從「韋」者 |
|---|---|---|
| 鞁 | （曾 7） | （曾 11） |
| 鞍 | （曾 83） | （曾 115） |
| 鞲 | （曾 84） | （曾 103） |
| 韅 | （曾 113） | （曾 56） |
| 鞾 | （包 186） | （包 271） |

## （十九）糸－市

「繢」字多見於楚簡，或從「糸」、或從「市」，形體不一。見於曾侯乙墓竹簡者，如：

檢（59）

見於包山楚簡者，如：

縺（254）

偏旁從「糸」、從「市」通用之例十分少見，今從意義上觀察，「糸」爲細絲，「市」爲人身上的紡織飾品，二者在意義上有一定的關係。作爲形旁時，從「糸」與從「市」者可以通用。

從偏旁「糸」者，亦見相同的現象。茲將之臚列於下表，以清眉目：

| 字 例 | 從「市」者 | 從「糸」者 |
|---|---|---|
| 純 | 枕（曾 65） | 純（曾 67） |
| 紫 | 帒（曾 124） | 絢（曾 122） |

（二十）巾－市

「常」字於楚簡的形體有異，見於曾侯乙墓竹簡者，如：

常（123）

見於包山楚簡者，如：

常（203）

信陽楚簡的「常」字形體與（203）相同。「巾」與「市」皆爲紡織品，是人身上的服飾，在意義上具有一定的關係，二者的通用爲義近偏旁的替換。

從偏旁「巾」者，亦見相同的現象。茲將之臚列於下表，以清眉目：

| 字 例 | 從「市」者 | 從「巾」者 |
|---|---|---|
| 布 | 布（曾 122） | 布（信 2.15） |
| 帽 | 帛（望 2.49） | 帛（信 2.5） |

（二十一）艸－竹

「葦」字於楚簡偶可見到，見於天星觀竹簡者，如：

葦（卜筮）

見於望山楚簡者，如：

葦（2.48）

辭例依序爲「長箄」、「二葦圓」。《說文解字》「艸」字有「百卉」之義，「竹」字有「冬生艸」之義，[註34] 從「艸」與從「竹」者，在意義上十分相近，由於皆爲植物的種類之一，在古文字裡作爲形旁時可相互替換。

從偏旁「艸」者，亦見相同的現象，如以「席」字爲例：

| 字　例 | 從「竹」者 | 從「艸」者 |
|--------|-----------|-----------|
| 席 | 䈞（信 2.8） | 䒭（信 2.19） |

## （二十二）皀－食

「既」字於楚簡習見，以包山楚簡爲例，如：

餀（205）　　　　　餀（225）

辭例分別爲「既禱至福」、「既禱至命」，從「皀」與從「食」者相同，應爲一字的異體。「皀」字於《說文解字》云：「穀之馨香也，象嘉穀在裏中之形，匕所以扱之，或說皀一粒也，凡皀之屬皆從皀，又讀若香。」[註35]「食」字從「皀」，義爲「一米也」，[註36] 在意義上二者有一定的關係。又「皀」、「食」作爲形旁通用之例，於兩周金文亦可見，如：

簋：𣪘〈靜簋〉：餀〈圅皇父簋〉

「食」、「皀」作爲形旁時，可因意義的相近而通用。

從偏旁「皀」者，亦見相同的現象。茲將之臚列於下表，以清眉目：

| 字　例 | 從「食」者 | 從「皀」者 |
|--------|-----------|-----------|
| 即 | 卽（信 1.8） | 卽（望 2.50） |
| 懸 | 䜌（包 207） | 䜌（包 223） |
| 飤 | 飤（包 239） | 飤（包 247） |

## （二十三）鳥－隹

「雄」字見於郭店楚簡〈語叢四〉者，如：

（14）

楚簡「雄」字從「鳥」不從「隹」。《說文解字》「隹」字云：「鳥之短尾總名也」，「鳥」字云：「長尾禽總名也」，〔註37〕「隹」與「鳥」皆為禽鳥的總名，二者應無太大的區別。又古文字從偏旁「隹」與「鳥」者，常因義近相通，以《說文解字》所收重文為例，如：

雞：（小篆）：（籀文）

雛：（小篆）：（籀文）

鷗：（小篆）：（籀文）

雕：（小篆）：（籀文）〔註38〕

「鳥」、「隹」作為形旁時，可因意義的相近而通用。

從偏旁「隹」者，亦見相同的現象，如以「雌」字為例：

| 字　例 | 從「鳥」者 | 從「隹」者 |
|---|---|---|
| 雌 | （郭・語叢四 26） | |

## 二、因字形相近而互代

所謂字形相近而互代，係指古文字作為形旁時，形體相近者，發生替代的現象。

### （一）囗－田

「禱」字見於望山楚簡者，如：

（1.119）

見於包山楚簡者，如：

（237）

辭例依次為「邇禱禀白犬」、「嬰禱大一犕」。「禱」字雖有從「囗」與從「田」的差異，就辭例言，應為一字的異體。楚簡「禱」字從「田」者較少，除包山楚簡（237）外，尚有（205，243，246）幾例，可能是書寫者的習慣，或是形

---

〔註37〕《說文解字注》，頁 142，頁 149。

〔註38〕《說文解字注》，頁 143，頁 144。

近所致，造成形近之因即爲口→甘→田。

（二）肉－舟

「祭」字於楚簡、帛書習見，以包山楚簡爲例，如：

祭（225）　　　　　　祭（237）

辭例依次爲「蒿祭」、「享祭」，應爲一字的異體。古代祭祀多以牛、羊、豕等作爲牲品，從字形觀察，正似以手持肉以爲祭祀，左邊的偏旁應是從「肉」，而非從「舟」，古文字「肉」、「舟」二者的形體相近，如：

舟：月〈楚簠〉：月〈噩君啓舟節〉
朕：朕〈鑄客鼎〉：朕〈集脮大子鼎〉

（225）將所從之「肉」改爲「舟」，不僅是形近的替換，也是形近訛變的現象。

（三）刀－人

「卲」字見於包山楚簡者，如：

卲（221）　　　　　　卲（223）

（221）與（223）的辭例皆爲「卲」，字形雖有不同，應爲一字的異體。楚簡帛文字「刀」作「刀」、「刀」、「刀」，「人」字「亻」、「ㄟ」、「ㄅ」、「ㄟ」、「人」，二者的形體雖然有別，卻十分相近。從字形觀察，（221）所從爲「人」，（223）所從爲「刀」，由於二者的字形多有相似之處，作爲形旁時，常可形近通用。

（四）刀－尸

「卲」字見於望山楚簡者，如：

卲（1.10）　　　　　　卲（1.13）

卲（1.19）

辭例皆爲「卲固」。「卲」字不從「心」，兩周金文「卲」字作「卲」〈中山王𰯲方壺〉，由此推知，偏旁「心」應屬無義偏旁。（1.10）的「卲」字所從爲「尸」，（1.13）與（1.19）所從爲「刀」。「尸」與「人」的形體十分相似，與「刀」的形體則多有差異。從「尸」與從「刀」通用的現象，主要是因爲書寫者將所從之「刀」的形體誤爲「人」，又因爲「人」的形體與「尸」相似，因而產生代換的情形。換言之，即是對於字形的形體與其原義的關係產生誤解，或是認識不

清，因而在書寫時將之誤寫。

## （五）夕－月

「名」字偶見於楚簡、帛書，見於信陽楚簡者，如：

（1.17）

見於包山楚簡者，如：

（249 反）

（1.17）的「名」字，劉雨隸爲「明」，[註39] 辭例爲「以成其明者」，將之隸釋爲「明」，其義不甚明瞭。就字形言，此字與包山楚簡（249 反）的字形相似，從「夕」與從「月」者於古文字中時有通用之例，如：

夜：〈師酉簋〉：〈番生簋蓋〉

外：〈靜簋〉：〈子禾子釜〉

夙：〈臧方鼎〉：〈大盂鼎〉

楚簡（1.17）與（249 反）所見的字形同爲一字，宜作「名」字。從「夕」與從「月」通用的現象，應具有形近與義近的雙重因素。「夕」與「月」在字形上極爲相近，本具有形近通用條件；「夕」有黃昏的意思，「月」爲夜晚時所見星體，黃昏之後明月自出，二者在意義上有所關連，亦可視爲具有義近的關係。

從偏旁「夕」者，亦見相同的現象。茲將之臚列於下表，以清眉目：

| 字　例 | 從「月」者 | 從「夕」者 |
|---|---|---|
| 盟 | （包 137） | （包 23） |
| 夜 | （包 194） | （曾 67） |

## （六）衣－卒

「裏」字習見於楚簡，見於信陽楚簡者，如：

（2.9）　　　　　（2.13）

（2.15）

見於包山楚簡者，如：

---

〔註39〕〈信陽楚簡釋文與考釋〉，《信陽楚墓》，頁 125。

患（263）

從字形觀察，曾侯乙墓竹簡、望山楚簡、天星觀竹簡皆與包山楚簡相同。此外，信陽楚簡的字形，除了與包山楚簡「裏」字相同外，又採取截取特徵的方式，在「衣」字的形體上，省減一部分的形體。再者，從「衣」與從「卒」者互見，「衣」、「卒」的形體相近，作爲形旁時可以通用。

從偏旁「衣」者，亦見相同的現象。茲將之臚列於下表，以清眉目：

| 字 例 | 從「卒」者 | 從「衣」者 |
|---|---|---|
| 裯 | （信 2.19） | （信 2.21） |
| 襡 | （信 2.19） | （天 2） |
| 被 | （包 199） | （包 214） |
| 鐶 | （仰 14） | （信 2.10） |

## （七）尸－人

「居」字偶見於楚簡，形體或從「人」、或從「尸」，並不固定。以包山楚簡爲例，如：

佸（32）　　　佸（90）

辭例依次爲「辛巳之日不以所死於其州者之居尸名族至命」、「酉以甘匿之戠（歲）爲鬲於喜，居口里」。（32）所從爲「尸」，（90）所從爲「人」。楚簡帛文字「人」的字形，作「イ」、「ヘ」、「ク」、「ヘ」、「人」，「尸」字則作「彡」、「乙」、「ク」、「彡」，二者的形體雖然有別，卻十分相近。當「人」、「尸」作爲形旁時可以通用。

從偏旁「人」或「尸」者，亦見相同的現象。茲將之臚列於下表，以清眉目：

| 字 例 | 從「人」者 | 從「尸」者 |
|---|---|---|
| 尻 | （包 10） | （包 7） |
| 屈 | （包 87） | （包 157） |
| 遲 | （包 198） | （包 202） |
| 作 | （包 206） | （包 221） |
| 屏 | （包 206） | （包 242） |

| | | |
|---|---|---|
| 優 | （包 233） | 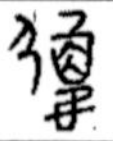（包 229） |
| 倗 | （郭・緇衣 45） | （郭・六德 30） |

（八）刀－刃

「割」字見於包山楚簡，如：

（122）

於兩周金文作：

〈無叀鼎〉 〈曩伯子
𡛊父盨〉

〈曾侯乙鐘〉

金文「割」字皆從「刀」未見從「刃」者。「刀」爲兵器的一種，故有「兵」義，「刃」字其義爲「傷」，二者不僅在意義上有所關連，在形體上亦相近。而兩周金文從「刀」與從「刃」者，亦可找到通用的例子，如：

則：〈兮甲盤〉：〈噩君啓舟節〉

從「刀」與從「刃」通用，應是形近偏旁的替代。

從偏旁「刀」者，亦見相同的現象。茲將之臚列於下表，以清眉目：

| 字　例 | 從「刃」者 | 從「刀」者 |
|---|---|---|
| 刑 | （信 1.1） | （曾 75） |
| 箾 | （信 2.4） | （包 152） |
| 解 | （包 211） | （包 246） |
| 軩 | （包牘 1） | （包牘 1 反） |

（九）日－田

「步」字多見於楚簡、帛書，以包山楚簡爲例，如：

（151） （167）

辭例依次爲「其子番步後之」、「東阪人登步」。「步」字於《汗簡》作「」，〔註 40〕與（151）形體相近。從「日」與從「田」的通用現象，亦見於中山王器，如：

〔註 40〕（宋）郭忠恕：《汗簡》（北京：中華書局，1983 年），頁 4。

昔：  〈中山王譽鼎〉：  〈奵蜜壺〉

楚簡帛文字從偏旁「日」寫作「田」者，在形體上有一項特徵，即是在「日」的上方往往有一筆斜畫，或是近乎直畫的筆畫。由此推測，「日」寫作「田」，可能是書寫者在書寫時，受到從「日」偏旁上的筆畫影響所致。文字的傳播，雖然未如語言迅速，可是，於異地流行或仿效的程度，應是不容置疑。從中山王器「昔」字下半部作「田」的寫法言，楚人或寫作從「日」偏旁，或寫作從「田」偏旁，亦可能是受到中山國文字的影響，因而把「日」寫成「田」。又從「日」與「田」的形體觀察，二者在形體上略為相近，據此推測，「步」字出現從「日」與從「田」的通用現象，可能是因為形近使然的替代。

從偏旁「日」者，亦見相同的現象。茲將之臚列於下表，以清眉目：

| 字 例 | 從「田」者 | 從「日」者 |
| --- | --- | --- |
| 昔 | 𦥯（信1.87） | 𣅀（天2） |
| 獵 | 獵（包210） | |
| 歂 | 歂（包243） | 歂（包248） |
| 箈 | 箈（包277） | |

## （十）口－甘

「禱」字於楚簡十分習見，以望山楚簡為例，如：

𥚸（1.119）　　　𥚸（1.124）

辭例依次為「遷禱彔白犬」、「既禱」。從「口」或從「甘」者，為一字的異體。兩周金文從偏旁「壽」者，如：

𡔷〈頌鼎〉　　　𡔷〈頌壺〉

𡔷〈王孫遺者鐘〉　　　𡔷〈子璋鐘〉

金文「壽」字從「口」或從「甘」者皆有。「禱」字有「告事求福」之意，所重者應為「口」，古文字習見於「口」中添加短橫畫「一」的飾筆，從「甘」者可能是在「口」中添加「一」飾筆的情形，由於後人或時人習以成性，便將所從之「口」改為「甘」。這種現象不僅是形近的替換，也是形近所造成的訛變現象之一。

從偏旁「口」者，亦見相同的現象。茲將之臚列於下表，以清眉目：

| 字 例 | 從「甘」者 | 從「口」者 |
|---|---|---|
| 壽 | （包 94） | |
| 檮 | （包 258） | |

## （十一）弋－戈

「貳」字見於包山楚簡，如：

（106）　　　　　　　（116）

辭例依次爲「貳邺異之黃金七益」、「貳邺異之金七益」，此二者應同爲一字。「貳」字從「戈」與從「弋」通用的現象，於兩周金文亦可見，如：

貳：〈邵大叔斧〉：〈邵大叔斧〉

「戈」與「弋」的形體相似，作爲形旁時可以通用。

從偏旁「弋」者，亦見相同的現象。茲將之臚列於下表，以清眉目：

| 字 例 | 從「戈」者 | 從「弋」者 |
|---|---|---|
| 弌 | （曾 60） | （曾 42） |
| 代 | （信 1.6） | |

## 三、因聲旁相近而互代

所謂「聲旁相近而互代」，係指書寫者在書寫時，爲了省減書寫的時間，遂以筆畫較少的字，取代筆畫較多、或是較爲複雜的字，但是二者之間必須具有聲韻相同或是相近的關係，方能發生聲旁相近的通用。

### （一）聚－取

「鞁」字僅見於曾侯乙墓竹簡，如：

（59）　　　　　　　（80）

辭例依次爲「鞁敗……鞁鞅」、「鞅貝，鞁鞅」，二者應爲一字的異體。「鞁」字未見於《說文解字》，裘錫圭考釋指出，簡文「鞁」應是指「革制車馬器的顏色」。[註41] 今暫從其言。該字所從偏旁「取」字反切爲「七庾切」，上古音屬「侯」

---

[註41] 裘錫圭、李家浩：〈曾侯乙墓竹簡釋文與考釋〉，《曾侯乙墓》（北京：文物出版社，1989 年），頁 510。

部「清」紐，「聚」字反切爲「慈庾切」，上古音屬「侯」部「從」紐，二者發聲部位相同，清從旁紐，旁紐疊韻。

### （二）甫－父

「脯」字僅見於包山楚簡，如：

脯（257）

辭例爲「豕脯二箕」。「脯」字之義爲「乾肉」，從肉甫聲，反切爲「方矩切」，上古音屬「魚」部「幫」紐，「父」字反切爲「扶雨切」，上古音屬「魚」部「並」紐，二者發聲部位相同，幫並旁紐，旁紐疊韻。

### （三）吾－五

「郚」字僅見於包山楚簡，如：

郚（203）　　　　郚（206）

郚（248）

辭例皆爲「郚公子春」。以（203）與（248）相較爲例，（248）的字形爲省減具有標義作用的偏旁「邑」；又以（206）與（248）比較，「郚」字從「吾」得聲，「吾」又從「五」得聲，（206）的字形從二個「五」，正是以聲近的偏旁替換的現象，亦即將原本所從的「吾」改爲「五」。「五」字反切爲「疑古切」，上古音屬「魚」部「疑」紐，「吾」字反切爲「五乎切」，上古音亦屬「魚」部「疑」紐，二者雙聲疊韻。一般而言，以聲近偏旁互代者，多是以筆畫少者取代筆畫多者，其目的不外是爲了書寫上的便利，於此將「吾」改爲二個重疊的「五」，反而增加筆畫數。由此可知，此處所從之重疊「五」，應該不是單純的爲了筆畫的減少，而是另有其因素。即目力所及，簡帛文字偏旁重複的現象亦不少，如「敗」字寫作「敗」，在形體的安排上，有左右勻稱的效果。從書法的角度言，「吾」字爲「五」與「口」構成，今以單一的「五」取代「吾」，書寫時難免產生不勻稱之感，爲了文字視覺的美感效果，所以將「五」重疊。

### （四）匈－凶

「胸」字僅見於望山楚簡，如：

胸（1.37）　　　　　胸（1.52）

辭例依次爲「胸口疾」、「口其胸」。其偏旁一從「匈」，一從「凶」，「匈」字反切爲「許容切」，「凶」字反切亦爲「許容切」，二者雙聲疊韻。

（五）𢦏－才

「載」字於楚簡的聲旁並不固定，見於曾侯乙墓竹簡者，如：

載（5）　　　　　　　𢧵（80）

見於包山楚簡者，如：

載（273）　　　　　　𨎖（牘1）

從字形的聲旁觀察，包山楚簡（273）與曾侯乙墓竹簡（5）所從之聲旁爲「𢦏」。「𢦏」字從戈才聲，反切爲「祖才切」，上古音屬「之」部「精」紐；包山楚簡（牘1）所從聲旁爲「才」，「才」字反切爲「昨哉切」，上古音屬「之」部「從」紐；曾侯乙墓竹簡（80）所從聲旁爲「哉」，「哉」字反切爲「將來切」，上古音屬「之」部「精」紐。從語言學的角度言，三者不僅韻部相同，聲母發音部位亦相同。若從《說文解字》「從××聲」的角度言，「載」字所從之聲符爲「𢦏」，「𢦏」字所從聲符爲「才」，故知「才」爲其最基本所從的聲符。楚簡「載」字聲旁的不同，正是以聲近的偏旁替代的現象。

（六）甸－田

「畋」字偶見於楚簡，形體並不固定。見於曾侯乙墓竹簡者，如：

甸（70）

見於望山楚簡者，如：

畋（2.5）

辭例同爲「畋車」。「畋」字於古籍中或寫作「田」，曾侯乙墓竹簡所從之「甸」，於古籍裡亦多與「田」字通用。「甸」與「田」通用例，如《周禮・春官・序官》云：「甸祝」，鄭玄《注》：「甸之言田也，田狩之祝。」〔註42〕《周禮・春官・小宗伯》云：「若大甸，則帥有司而臚獸于郊，遂頒禽。」鄭玄《注》：「甸讀曰田」〔註43〕「畋」與「田」通用例，如《尚書・大禹謨》云：「往于田」，〔註44〕

---

〔註42〕（漢）鄭玄注、（唐）賈公彥疏：《周禮》（十三經注疏本）（臺北：藝文印書館，1993 年），頁 265。

〔註43〕《周禮》（十三經注疏本），頁 292。

《經典釋文》云：「田本或作畋」。〔註45〕「田」字反切爲「待年切」，「畋」字反切爲「待年切」，「甸」字反切爲「堂練切」，上古音同屬「眞」部「定」，雙聲疊韻，作爲聲符時都可通用。

### （七）身－千

「仁」字在楚簡的字形頗不一致，見於包山楚簡者，如：

（180）

見於郭店楚簡者，以〈緇衣〉爲例，如：

（10）

從字形與辭例觀察，包山楚簡從尸從二，辭例爲「贘笲會仁女」，郭店楚簡從心身聲，辭例爲「子曰：『上好仁則下之爲仁也爭先。』」「仁」字於兩周金文作：

〈中山王嚳鼎〉

又「仁」字於《說文解字》的字形，爲「從二人」的會意字，其下有二個古文，「古文仁，從千心作。」「古文仁，或從尸。」後者的字形與包山楚簡、中山國銅器的「仁」字相似，前者上半部從「千」，與郭店楚簡從「身」不同，段玉裁於「仁」字古文〈注〉：「從心千聲也」。〔註46〕今將《說文解字》古文與楚簡的「仁」字系聯，楚簡「仁」字的形體不同，可從二方面討論：從文字的構形言，包山楚簡的「仁」字爲會意字，郭店楚簡的「仁」字爲形聲字，就時代先後觀察，包山楚簡的時代較早，從此角度言，它是改變文字的結構，由會意字發展爲形聲字；從聲韻言，《說文解字》所收的古文「仁」字與郭店楚簡的「仁」字之不同，應是聲旁相近的替代，「千」字的反切爲「此先切」，上古音屬「眞」部「清」紐，「身」字反切爲「失人切」，上古音屬「眞」部「心」紐，二者發聲部位相同，清心旁紐，旁紐疊韻，作爲聲旁時「身」、「千」二者可以通用。

### （八）冀－幾

「驥」字見於郭店楚簡〈窮達以時〉者，如：

---

〔註44〕　（漢）孔安國傳、（唐）孔穎達疏：《尚書》（十三經注疏本）（臺北：藝文印書館，1993 年），頁 58。

〔註45〕　（唐）陸德明：《經典釋文》（臺北：鼎文書局，1972 年），頁 38。

〔註46〕　《說文解字注》，頁 369。

（10）

辭例爲「驥（驥）駒張山驥空於卲杢」。「驥」字未收於《說文解字》，「驥」字之義爲「千里馬」，從字義與辭例的觀察，「驥」字應爲「驥」字。「驥」字從馬冀聲，「冀」字反切爲「几利切」，「驥」字從馬幾聲，「幾」字反切爲「居狶切」，上古音同屬「微」部「見」紐，雙聲疊韻。

### （九）五－午

「御」字習見於楚簡，以曾侯乙墓竹簡爲例，，如：

（31）　　　　　　　　　　（67）

辭例依次爲「御左尹之瑂＝」、「所御●坪夜君之敏車」。「御」字之義爲「使馬」，《說文解字》「御」字下收錄一個重文，「古文御，從又馬。」〔註47〕與楚簡的字形十分相近。將二者系聯比較，曾侯乙墓竹簡「御」字所從偏旁「五」或「午」應爲聲符。「五」、「午」反切同爲「疑古切」，上古音屬「魚」部「疑」紐，雙聲疊韻。

## 第六節　形體訛變

所謂形體訛變，係指在文字的使用過程中，對於字形的形體與其原義的關係產生誤解，或是認識不清，因而在書寫時將某些偏旁或是部件誤寫作和原義不同的偏旁或部件，使得字形失去原本的特徵，進而產生新的特徵。簡言之，訛變是一種積非成是的文字變化。

一般而言，字形訛變的因素可分爲幾種：一、因與某字形體相似導致訛變；二、因字形的形象特徵模糊導致訛變。〔註48〕從其產生的因素觀察，皆因增省改易而產生形體的變化。茲論述如下，以明其眞相。

### 一、夏

「夏」字於楚簡、帛書習見，除少數用作人名，或是四季名稱，絕大多數作爲月名使用。以包山楚簡爲例，如：

---

〔註47〕《說文解字注》，頁 78。

〔註48〕王世征、宋金蘭《古文字學指要》（北京：中國旅遊出版社，1997 年），頁 30～31。

（115）　　　　　　　（128 反）

（216）

從辭例觀察，（128 反）與（216）皆爲「夏层之月」，（115）爲「夏桼之月」。三者所從偏旁雖有異，卻同爲一字。《說文解字》「夏」字云：「中國之人也，從夂，從頁，從臼。臼，兩手；夂，兩足也。」〔註49〕包山楚簡出現三種不同結構，一爲從頁從日從止，二爲從頁從日從女，三爲從頁從日從虫，「止」、「女」與「虫」三者並無任何意義、聲音或是字形上相近之處。今人習字多從古人之字或是古物上的文字著手，古人學習寫字亦復如此，絕少獨立自創，由此角度言，楚簡的「夏」字應是有所承襲。「夏」字於兩周金文作：

〈伯頵父鬲〉　　　　　　〈伯夏父鼎〉

〈右戲仲嬰父鬲〉　　　　〈秦公簋〉

〈鄂君啓舟節〉

〈右戲仲嬰父鬲〉「夏」字應是最接近於原形。據張世超等人分析其形體，云：「從日，從夔，其右旁之夔，與〈無夔卣〉『夔』字幾乎全同，爲側視人形，實即去尾之夔形，頭部作（頁首）形，下山形乃止（趾形夂）之微訛。」〔註50〕張氏等人之言應可採信。據此觀察其他諸例，〈伯頵父鬲〉與〈伯夏父鼎〉的「夏」字所見足趾之形則訛變爲「中」或「屮」，與「女」相近；〈秦公簋〉「夏」字前後皆見「爪」形，足趾之形亦訛變，失去原本的形體；〈鄂君啓舟節〉「夏」字的足趾之形非僅訛變，更改置於「日」之下。

　　將楚簡與金文「夏」字系聯，〈伯頵父鬲〉與〈伯夏父鼎〉的「夏」字所見足趾之形訛變爲「中」或「屮」，並且把位置提高，由於形體的改變，本身的形象特徵，日漸的模糊，遂走向〈鄂君啓舟節〉所見的「止」，而與〈鄂君啓舟節〉同爲楚系文字的包山楚簡，在字形的書寫上，仍寫著訛變的字形，故見（128反）的「夏」字從「女」；（216）所見從「止」者，亦應是足趾之形的變體；〈伯頵父鬲〉、〈伯夏父鼎〉、〈右戲仲嬰父鬲〉「夏」字所見的「e」或「ᴗ」，

---

〔註49〕《說文解字注》，頁235～236。

〔註50〕張世超、孫凌安、金國泰、馬如森：《金文形義通解》（日本京都：中文出版社，1995 年），頁1409。

應是「手」的形狀，可是，卻被誤以為是「虫」的結構，(115) 所見從「虫」者的情形應即如此。經過與金文的比對，可知楚簡「夏」字的形體雖異，卻非其獨創書寫的字形，而是有所承繼。

## 二、嘉

「嘉」字見於包山楚簡者，如：

田 （74）　　　　　　　田 （159）

田 （164）　　　　　　　田 （166）

田 （216）

於兩周金文作：

田 〈伯嘉父簋〉　　　　　田 〈王孫誥鐘〉

田 〈中山王𧺐鼎〉

金文「嘉」字從「壹」而非「禾」，楚簡從「禾」者，應是形體的訛變。將楚簡與楚器〈王孫誥鐘〉的「嘉」字系聯，〈王孫誥鐘〉「嘉」字所從之「壹」作「田」，若將下半部省減，其形體則與楚簡所從之「禾」相近。楚簡「嘉」字從「禾」不從「壹」的現象，應是形體的改變，致使本身的形象特徵，日漸的模糊，遂產生形體的訛變。

## 三、樂

「樂」字的形體於楚簡多有差異，見於曾侯乙墓竹簡者，如：

田 （176）

見於信陽楚簡者，如：

田 （2.18）

見於天星觀竹簡者，如：

田 （卜筮）

見於包山楚簡者，如：

田 （261）

「樂」字於兩周金文作：

〈樂鼎〉　　　　　　　　　　〈令狐君嗣子壺〉

〈王孫遺者鐘〉　　　　　　　〈䣙王子㫅鐘〉

〈子璋鐘〉

金文正像大小鼓鼙相連置於架上。楚墓出土的鼓及其相關器物多已殘腐，從其表面漆上髹漆言，應爲木材所造，故「樂」字下半部可視爲從「木」所製的鼓架，或是「鐘鼓之柎」。楚簡的「樂」字未見從「米」者，其形多從「大」、「尖」、「夭」，與「入」、「火」加上飾筆「一」的現象相同，而不像鼓架之形，應是字形的訛變。金文「樂」字本亦保有鼓架的形狀，在〈王孫遺者鐘〉、〈子璋鐘〉的字形已經產生變化，除了加上「一」外，更於兩側添加「ノ丶」，包山楚簡的「樂」字形體與之相似，應是誤以爲其下半部與「火」的形體相似，因而書寫爲「夭」；〈䣙王子㫅鐘〉的「樂」字形體與信陽楚簡、曾侯乙墓竹簡相似，仍可視爲鼓架之形；天星觀竹簡所見的形體，則是另一種訛變的現象，亦即誤將「大」視爲「尖」，產生形體上的訛變。

## 四、信

「信」字於楚簡皆從「千」，以包山楚簡爲例，如：

（144）

於兩周金文作：

〈中山王𫐉方壺〉

又《說文解字》「信」字小篆作「信」，其下有二個重文，「𦫝古文信省也」，「訫古文信」。〔註51〕從三者的形體觀察，「信」字應是「從人從言」。楚簡所見從「千」者，應是「人」的訛變。古文字「人」與「千」的字形相近同，「人」字在形體上添加「一」，即與「千」字相同。從「人」、從「千」互見之例於《說文解字》中亦可找到，「仁」字下所收重文即見「從心千聲」的古文。據此可知，從「千」者應是從「人」之誤，後人不察其誤，遂將訛變的形體取代正體。

## 五、望

「望」字見於郭店楚簡〈緇衣〉者，如：

〔註51〕《說文解字注》，頁93。

　　　　　　罘（3）

見於〈窮達以時〉者，如：

　　　　　　坒（4）

見於〈語叢二〉者，如：

　　　　　　峲（33）

辭例依次爲「爲上可望而智（知）也」、「卲望」、「望生於監」。雖然形體不一，
應爲一字的異體。兩周金文「望」字通「朢」字，「朢」字作：

　　　　　　罘〈保卣〉　　　　　　　　　　朢〈士上盂〉

　　　　　　罘〈師望鼎〉　　　　　　　　　罖〈無叀鼎〉

又《說文解字》同時收錄「望」、「朢」二字，「朢」字云：「月滿也，與日相望，
似朝君。從月，從臣，從壬。」「望」字云：「出亡在外，望其還也。從亡，朢
省聲。」〔註52〕從〈保卣〉的形體觀察，正像立於土堆之上，張大眼睛遠望之
形。《說文解字》從「壬」之說，應是對其形體的誤解。其後之〈士上盂〉、〈師
望鼎〉則將「月」添加於眼睛的右側，像人遙望月亮之形。〈無叀鼎〉的「望」
字與《說文解字》「望」字相近同。從金文「朢」字的形體觀察，早期「朢」字
上方的形體爲象人目之形「罛」〈保卣〉，而後因筆畫的省減寫爲「巨」〈師望
鼎〉，最後則變爲「亾」〈無叀鼎〉，從字形的演變言，此爲明顯的形體訛變。此
外，隨著由目之形訛變爲「亾」，相對的「亾」亦成了聲符。將楚簡與金文「望」
字系聯，楚簡的字形與〈無叀鼎〉最爲相近。〈語叢二〉（33）與〈無叀鼎〉的
形體幾乎一致；〈窮達以時〉（4）是將「月」省去。又以〈緇衣〉「望」字爲例，
該字的形體已與原義無法相符，左側添加的「見」應具有原本人目的作用，表
示張眼遠望的意思。經過與金文的比對，可知楚簡「望」字的形體雖異，卻非
其獨創書寫的字形，而是有所承繼。

## 六、陵

　　「陵」字多見於楚簡、帛書，以包山楚簡爲例，如：

　　　　　　陸（102）　　　　　　　　　陸（177）

---

〔註52〕《說文解字注》，頁391，頁640。

此二例皆作爲地名之用，辭例分別爲「南陵」與「羕陵」。從字形觀察，一從「壬」，一從「土」。古文字中從「壬」者多由「土」訛變而來，以「望」字爲例，甲骨文作：

（《合》546）　　　　　　（《合》6182）

（《合》28089 正）　　　　（《合》36906）

正像一個人張大眼睛，站立於土丘之上而向前望。此字於兩周金文作：

〈保卣〉　　　　　　〈士上卣〉

〈師虎簋〉

〈師虎簋〉的「望」字於「人」的形體上添加一個「·」飾筆。「·」在古文字裡亦常發展成短橫畫「一」，如楚簡「牛」字作「」、或作「」，「賁」字作「」、或作「」。現在所見的「望」字，由於後人對該字的認識不清，誤將「人」與「土」合併，並且加上「一」，產生訛變的形體而寫成「壬」。

「土」訛變爲「壬」的現象，非僅於「望」字，從「土」之「陵」字亦復如此。據《說文解字》記載，「陵」字有「大阜」之義，「阜」字有「大陸」之義，〔註53〕「大陸」與土地相關，由此角度而論，應與「土」的關係十分密切，而非從「壬」，「土」、「壬」作爲形旁時的通用，應是字形訛變的一種現象。

從偏旁或部件「土」者，亦見相同的現象。茲將之臚列於下表，以清眉目：

| 字　例 | 從「壬」者 | 從「土」者 |
|---|---|---|
| 橦 | （曾 48） | |
| 僮 | （曾 75） | |
| 鐘 | （信 2.18） | |
| 達 | （天 1） | |
| 禮 | （望 1.120） | |
| 簈 | （望 2.13） | |
| 種 | （包 103） | |
| 陳 | （包 135） | （包 87） |

〔註53〕《說文解字注》，頁 738。

| | | | |
|---|---|---|---|
| 瞳 | 瞳（包180） | | |
| 瘴 | 瘴（包249） | | |
| 童 | 童（包276） | 童（包39） |
| 繹 | 繹（包277） | 繹（包272） |

## 七、醓

「醓」字多見於楚簡，見於天星觀竹簡者，如：

醓（卜筮）

見於包山楚簡者，如：

醓（215）　　　　　　　醓（226）

醓（238）

所引包山楚簡之辭例皆爲「醓吉」，天星觀竹簡爲「醓丁」。從字形觀察，此字應從「皿」，換言之，（卜筮）之字爲正體，其餘三者皆爲異體字。「皿」爲偏旁時，多寫作「𥁐」、「𥁐」、「𥁐」、「𥁐」，〔註54〕包山楚簡（226）的形體是由「𥁐」而來，（215）的形體是在（226）「皿」的形體上再加上「一」，由於形體的漸趨訛變，因此出現（238）從「甘」的字形。換言之，主要是因爲「皿」的部件「𠙵」、「𠙵」與「口」的形體相似，再加上書寫者一時未辨，而後又於「口」中添加「一」，與「甘」的形體相近，因而產生訛誤的情形。

從偏旁「皿」者，亦見相同的現象。茲將之臚列於下表，以清眉目：

| 字　例 | 從「𥁐（𥁐）」者 | 從「𥁐」者 |
|---|---|---|
| 蓋 | 蓋（望2.11） | |
| 監 | 監（望2.48） | 監（包164） |
| 益 | 益（包107） | 益（包115） |
| 盛 | 盛（包132） | 盛（包125） |
| 盤 | 盤（包150） | 盤（包164） |
| 鑑 | 鑑（包263） | 鑑（包277） |

〔註54〕《金文編》收錄從偏旁「皿」者，收於卷5，頁337～349。

# 第七節　其　他

　　凡無法歸屬於偏旁或形體的增減、偏旁位置不固定、更換偏旁、形體訛變等異體字項目者，悉入於其他項下。茲論述如下，以明其真相。

## 一、帝

　　「帝」字於楚帛書的形體一致，如：

　　　　　　（甲 6.2）

在信陽楚簡則略有不同，如：

　　　　　　（1.40）

辭例依次為「炎帝乃命祝融」、「帝天事之」。形體雖略有差異，應為一字的異體。從字形觀察，其下之「木」→「牛」，應是書寫者的書寫習慣，或是一時的筆誤所致。

## 二、祈

　　「祈」字的形體有二種，見於曾侯乙墓竹簡者，如：

　　　　　　（213）

見於包山楚簡者，如：

　　　　　　（266）

「祈」字小篆寫作「祈」，有「求福」之意，從字形觀察，與包山楚簡（213）的形體相近。曾侯乙墓竹簡的「祈」字，雖未見於簡帛文字，卻非憑空虛構，其形體自有其源。今觀察兩周金文的「祈」字，大致有以下幾種：一為從斻靳聲，如：

　　　　〈追簋〉　　　　　　　　〈頌鼎〉

　　　　〈蔡大師鼎〉　　　　　　〈王孫遺者鐘〉

　　　　〈邵黛鐘〉

一為從斻從言，如：

　　　　〈伯譽簋〉

一為從斻從言，如：

〈大師盧豆〉

曾侯乙墓竹簡的字形與〈大師盧豆〉相同，皆是從夊從言。進一步的說，曾侯乙墓竹簡的年代比較早，在字形的形體上，亦多受金文字形的影響，或沿襲金文的形體而來。由於書寫時代早晚問題，在字形的表現，各批資料或有差異，而此不同之處，亦正是曾侯乙墓竹簡文字之所以異於其他楚簡、帛書文字之處。

## 三、瑞

「瑞」字僅見於包山楚簡，如：

（22）　　　　　（30）

辭例皆爲「云司馬之州加公牵瑞」，二者之不同處，一從「人」、一從「玉」。此一偏旁的替換，不屬於形近、義近，或因音近而替代，僅能將之列於其他項下。

## 四、墾

「墾」字於包山楚簡多從「止」，如：

（246）

亦見從「犬」的特例，如：

（202）

二者辭例同爲「墾禱」，應爲一字的異體。

## 五、四

「四」字習見於楚簡、帛書，形體不一。見於信陽楚簡者，如：

（2.28）

見於包山楚簡者，如：

（111）　　　　　（115）

（266）

見於楚帛書者，如：

（甲 4.20）　　　　　（乙 4.6）

形體雖然不同，皆爲計量的數目字。據此可知，應是一字的異體。「四」字於兩周金文作：

三〈師遽簋蓋〉　　　　四〈邾王子旆鐘〉

四〈邵黛鐘〉　　　　四〈鄬孝子鼎〉

四〈廿七年大梁司寇鼎〉

楚簡帛文字的「四」字形體，並非獨特而無所承繼，從金文的字形即可知道它的承繼性。

## 六、攻

「攻」於楚簡多見，以包山楚簡為例，如：

攻（224）

然而亦見作：

玒（225）

辭例依次為「攻尹之玒𦎫（執）事人暊盬」、「玒尹之玒𦎫（執）事人暊盬」。「攻」、「玒」二字應為一字的異體。

## 七、道

「道」字見於郭店楚簡《老子》甲本者，如：

征（6）

見於〈語叢二〉者，如：

道（38）

見於〈語叢四〉者，如：

復（5）

辭例依次為「以道差（佐）人主者」、「已道者也」、「凡敫之道」，應為一字的異體。「道」字於兩周金文作：

道〈散氏盤〉　　　　　　道〈中山王𡋥鼎〉

道〈𠫑羌壺〉

「道」字於西周金文從行從首，至戰國時從辵從首。將楚簡與金文「道」字系聯，〈語叢二〉的形體與〈散氏盤〉較為接近，〈語叢四〉與〈𠫑羌壺〉相近。《老子》甲本的「道」字從行從人，尚未見於兩周金文。「道」字的偏旁由「首」改

爲「人」，《說文解字》「首」字云：「古文百」，「百」字云：「頭也，象形。」「頁」
字云：「頭也」，〔註55〕三者所指皆爲「人首」。「人」爲整體，「人首」僅爲人身
體的一部分，以「人」取代「首」的形象，應是以整體替代部分的方式，而且
從辭例觀察，從人從行的「衍」字爲「道」字的異體，亦應無疑議。

## 八、袏

「袏」字見於包山楚簡，如：

袏（129）　　　　　　　　袏（141）

辭例爲「××遧（歸）袏（袏）於×郢之戠（歲）」。此外，又見從偏旁「肉」之
「胙（胙）」字，與之具有相近同的辭例。《說文解字》未收錄「袏」字，卻收
錄「胙」字，胙字之義爲「祭福肉」，段玉裁以爲是後人肊造「袏」字以改經傳
所致，遂造成「袏」、「胙」二字錯出。〔註56〕從楚簡「袏」、「胙」並存的現象言，
應是許愼失收該字。又《廣韻》「袏」字云：「福也，祿也，位也」，〔註57〕其義
與「胙」字相關，皆攸關求福祿之事。「胙」、「袏」二字同爲「昨誤切」，古音相
同；偏旁雖不同，從辭例觀察，二者的意義本應相同，應可視爲一字的異體。

## 九、右

「右」字於楚簡的形體差異甚大，見於曾侯乙墓竹簡者，如：

右（153）

見於包山楚簡者，如：

右（43）

辭例依次爲「右騶」、「右司馬」，應爲一字的異體。曾侯乙墓竹簡的「右」字形
體，於楚簡帛文字中十分獨特，對於此一現象的解釋，裘錫圭以爲將「口」改
爲「工」，作此形體者乃是「以勾廓法的方式」寫出。〔註58〕

偏旁「口」、「工」互見者，除「右」字外，尚見「左」、「差」諸字。茲將
之臚列於下表，以清眉目：

---

〔註55〕《說文解字注》，頁426～427。

〔註56〕《說文解字注》，頁174。

〔註57〕（宋）陳彭年等：《校正宋本廣韻》（臺北：藝文印書館，1991年），頁369。

〔註58〕〈曾侯乙墓竹簡釋文與考釋〉，《曾侯乙墓》，頁501。

| 字　例 | 從「工」者 | 從「口」者 |
|---|---|---|
| 左 | （曾32） | （包141） |
| 差 | （曾120） | （包51） |

# 第八節　結　語

　　從以上各節的討論，可知異體字的來源甚廣。文字的使用目的，在於紀錄與溝通，爲了讓書寫便利，透過省減的方式，減少筆畫數，進而達成便利之需；爲了文字的視覺美感，添加有義或無義的偏旁，一方面可以使得同一枚竹簡上的同一字再次出現時有所變化，一方面亦可突顯該字的字義或字音；爲了符合於竹簡的格式，或是美觀的作用，文字的偏旁位置出現不固定的現象；爲了書法上的變化，或是書寫者一時記不得原本字形的形體，因此，出現以意義、形體或是聲音相近的偏旁予以替換；由於對原本字形的形體的誤解，因此改變原本的形體，而以誤解的形體取代原本的部分，造成文字的訛變。以上諸多現象於文字的發展與演變上時時可見，統稱爲「異體字」現象。

　　此外，從上述的觀察與討論，發現形體的訛變，有以下幾種因素：

　　一、形體的省減，雖然可以減少書寫的時間，但是，書寫者爲了書寫的便利，往往忽略每一個筆畫或是偏旁所代表的意義，在任意省減筆畫或偏旁之下，遂產生形體的訛變，如「嘉」字。

　　二、筆畫的增繁，或是飾筆的添加，往往會使得原有的形體與他字相似，遂造成形體的訛變，如「望」字。

　　三、因部件的形體與他字相近似，遂造成的訛變，如「夏」字。

　　四、中國文字係由一筆一畫所構成，早期的文字，圖畫性質較爲濃厚，隨著文字的發展，爲了書寫的便利，遂改以橫、豎畫的線條，取代「畫成其物，隨體詰詘」的書寫方式，其後又爲了配合在方塊的安置，遂割裂原本的形體，使其成爲獨立的部件。文字由圖象意味，走向線條的組合，其間的改變，往往會使得形體發生更改，而後再加上組合部件的分離，更造成文字產生訛變，如「夏」字。

　　由此可以看出，形體的訛變，並不是單純的原因所致，其間的因素甚多。一般而言，訛變產生的因素，主要仍是形近的訛變。換言之，甲、乙二字或偏

旁或部件的相近似，往往容易造成甲字誤寫爲乙字，或是乙字誤寫爲甲字，倘若書寫者始終未能明察，在積非成是的因襲下去，日後欲辨明該字原本的形體與訛變的形體，將要花費更多的時間。亦即造成形體的訛變，絕非瞬間發生，從諸多的例字觀察，它是在積習下產生的變異，而此種變異的過程，仍須要一段長期的演變，倘若能及時予以更正，辨明正訛，便能省去日後分別正體與訛體的困擾。然而，亦因爲訛變的現象，我們才能藉此瞭解文字演變的過程。

誠如上面所言，楚系簡帛文字的異體字現象，產生的因素甚眾，而其來源雖然繁雜，卻不出以下幾種方式。茲將本章對於異體字討論的結果與例字臚列於下，以清眉目：

## 一、偏旁或形體的增減

### （一）增　繁

1、重複形體者

格、月、朋等字。

2、重複偏旁或部件者

惑、恆、𧦂、敗、敊、翼、霝等字。

3、添加無義偏旁者

（1）添加偏旁「邑」者：「翟」字作「鄻」，下同。

（2）添加偏旁「丌」者：猶字。

（3）添加偏旁「女」者：弔字。

（4）添加偏旁「亼」者：留字。

（5）添加偏旁「口」者：丙、辰、辱、寺、等、巫、青、郬、棈、精、靜、清、精、情、婧、靘、旌、紀、組、相、恆、後、偁、還、桓、腥、毋、頸、敘、雀、己、弔、訏等字。

（6）添加偏旁「宀」者：集、中、躬等字。

（7）添加偏旁「日」者：柜、辰、辱等字。

（8）添加偏旁「甘」者：合、劍、巫、僉等字。

（9）添加偏旁「心」者：卲、裏、訓、國、鄦、恆、川、宅、衰、含等字。

（10）添加偏旁「土」者：臧、難、堯、禹、萬、佣、綳等字。

（11）添加偏旁「止」者：衡、卲等字。

（12）添加偏旁「艸」者：臾、果、怒等字。

（13）添加偏旁「貝」者：攸、分、紛字。

4、添加標義偏旁者

（1）添加偏旁「木」者：戶字。

（2）添加偏旁「臣」者：僕字。

（3）添加偏旁「馬」者：匹字。

（4）添加偏旁「爪」者：瑗字。

（5）添加偏旁「欠」者：猷字。

（6）添加偏旁「肉」者：虎字。

（7）添加偏旁「人」者：弟字。

（8）添加偏旁「韋」者：冒字。

（9）添加偏旁「糸」者：冒字。

（10）添加偏旁「心」者：哀字。

（11）添加偏旁「貝」者：府字。

（12）添加偏旁「羽」者：巠字。

（13）添加偏旁「力」者：強字。

（14）添加偏旁「石」者：缶字。

（15）添加偏旁「土」者：郹、缶等字。

（16）添加偏旁「又」者：祚、克等字。

（17）添加偏旁「邑」者：正、者、畺、羕、奠、昱、吾、秦、宅、付、沙、恆、梁、襄、夷、義等字。

（18）添加偏旁「車」者：乘、施、殿等字。

（19）添加偏旁「辵」或「止」者：上、去、往等字。

（20）添加偏旁「戈」者：囂、奇等字。

5、添加標音偏旁者

羽、兄、齒等字。

（二）省　減

1、共用筆畫者：

僕、善、名、吳、青、郜、精、精、婧、寴、靜、清、情、精、新、集、龏、

慚、忌、曻等字。

　　2、省減部件者

　　舊、學等字。

　　3、借用部件者

　　胃、群、砧等字。

　　4、截取特徵者

　　裏、被、卒、裘、襠、袒、皇、諻、篁、馬、薦、襄、樓、爲、喙、憑、則、惻、嘉、得、無、蕪、廉、襦、鯿、皆、瘳、倉、蒼、滄、愴、鼎等字。

　　5、省減同形者

　　堯、幾、皆、能、訓、紲、善、星、競、昔、哉、靁、檽、靁、繻、鑐、芒、蕒、廟、苲、草、茆、蕾、隋、臨、絕、繼、陸等字。

　　6、省減義符偏旁者

　　（1）省減偏旁「人」者：賓字。

　　（2）省減偏旁「攵」者：敓字。

　　（3）省減偏旁「斤」者：斯字。

　　（4）省減偏旁「广」者：瘳字。

　　（5）省減偏旁「舂」者：秦字。

　　（6）省減偏旁「日」或「艸」者：春字。

　　（7）省減偏旁「邑」者：鄧、斲、鄏、鄿、陰字等。

　　（8）省減偏旁「門」者：閒、鄲等字。

　　（9）省減偏旁「扒」者：游、翼（旗）等字。

　　（10）省減偏旁「廾」者：賽、甖字等。

　　（11）省減偏旁「⊠」者：其、翼、簣、巽、惎、期、基、闚、諆等字。

　　7、省減標音偏旁者

　　（1）省減聲符「彡」者：參字。

　　（2）省減聲符「○」者：環、還、鐶、繯、嬛、睘、遠等字。

## 二、偏旁位置不固定

### （一）左右結構互置者

　　1、從偏旁「玉」者：珥字。

2、從偏旁「言」者：訓字。

3、從偏旁「虫」者：融字。

4、從偏旁「羊」者：羘字。

5、從偏旁「矢」者：矰字。

6、從偏旁「木」者：桶字。

7、從偏旁「皮」者：被字。

8、從偏旁「兄」者：兄字。

9、從偏旁「豕」者：豵字。

10、從偏旁「鼠」者：鼳字。

11、從偏旁「己」者：己字。

12、從偏旁「戈」者：戴字。

13、從偏旁「金」者：繪字。

14、從偏旁「耳」者：聞字。

15、從偏旁「革」者：韃字。

16、從偏旁「糸」者：躲字。

17、從偏旁「皿」者：醢字。

18、從偏旁「广」者：廟字。

19、從偏旁「女」者：姑、娗等字。

20、從偏旁「少」者：少、雀、鈔等字。

21、從偏旁「隹」者：難、醮字等。

22、從偏旁「歺」者：死、殤等字。

23、從偏旁「角」者：角、蠃、解等字。

24、從偏旁「邑」者：邦、郢等字。

25、從偏旁「犬」者：狗、懋等字。

26、從偏旁「土」者：坪、塙等字。

27、從偏旁「示」者：祝、禱、社、祬、祱等字。

## （二）由上下式結構改為左右式結構者

1、從偏旁「口」者：名字。

2、從偏旁「人」者：僕字。

3、從偏旁「夕」者：多字。

4、從偏旁「貝」者：資字。

5、從偏旁「市」者：布字。

6、從偏旁「日」者：暑字。

7、從偏旁「革」者：冑字。

8、從偏旁「巾」者：常字。

9、從偏旁「且」者：宜字。

10、從偏旁「也」者：也字。

（三）上下結構互置者

1、從偏旁「其」者：期字。

2、從偏旁「斤」者：近字。

3、從偏旁「匚」者：區字。

4、從偏旁「木」者：桐、新等字

5、從偏旁「艸」者：春、茆等字。

（四）由左右式結構改為上下式結構者

1、從偏旁「牛」者：犧字。

2、從偏旁「革」者：鞭字。

3、從偏旁「象」者：為字。

4、從偏旁「羽」者：翠字。

5、從偏旁「米」者：糗字。

6、從偏旁「身」者：躬字。

7、從偏旁「皮」者：被字。

8、從偏旁「心」者：悜字。

9、從偏旁「耳」者：職字。

10、從偏旁「力」者：加字。

11、從偏旁「夕」者：夜字。

12、從偏旁「韋」者：韓字。

13、從偏旁「寺」者：寺字

14、從偏旁「木」者：柿、樸等字。

15、從偏旁「隹」者：雕、唯等字。

16、從偏旁「水」者：浴、淺等字。

17、從偏旁「女」者：如、好等字。

18、從偏旁「貝」者：賜、賅等字。

19、從偏旁「日」者：晦、昃、晢等字。

20、從偏旁「示」者：福、禱、祗等字。

21、從偏旁「此」者：茈、紫等字。

22、從偏旁「殳」者：殳、毆等字。

23、從偏旁「盾」者：戁、鞼等字。

24、從偏旁「糸」者：縢、縷、緷等字。

25、從偏旁「土」者：坿、塙等字。

## 三、更換偏旁

### （一）因意義相近而互代者

1、「日」、「月」互代者：歲字。

2、「木」、「禾」互代者：利字。

3、「鳥」、「羽」互代者：翠字。

4、「竹」、「艸」互代者：笑字。

5、「巾」、「衣」互代者：常字。

6、「玉」、「金」互代者：玞字。

7、「足」、「辵」互代者：路字。

8、「手」、「攵」互代者：誓字。

9、「肉」、「骨」互代者：體字。

10、「口」、「言」互代者：譽字。

11、「刀」、「戈」互代者：剔字。

12、「戈」、「歺」互代者：戮字。

13、「犬」、「鼠」互代者：狐字。

14、「豸」、「鼠」互代者：豹、貘、豻、貂、貉、貍等字。

15、「又」、「攵」互代者：敗、敢等字。

16、「攵」、「戈」互代者：救、敗、寇、敵、戲、攻、敌等字。

17、「止」、「辵」互代者：㠱、遲、從等字。

18、「革」、「韋」互代者：鞁、鞍、鞟、轆、鞧、韇等字。

19、「系」、「巿」互代者：繪、紫、純等字。

20、「巾」、「巿」互代者：常、布、帽等字。

21、「艸」、「竹」互代者：葦、席等字。

22、「皀」、「食」互代者：既、即、飤、餯等字。

23、「鳥」、「隹」互代者：雄、雌等字。

（二）因字形相近而互代

1、「口」、「田」互代者：禱字。

2、「肉」、「舟」互代者：祭字。

3、「刀」、「人」互代者：邵字。

4、「刀」、「尸」互代者：邵字。

5、「夕」、「月」互代者：名、盟、夜等字。

6、「衣」、「卒」互代者：裏、襡、被、裀、鐶等字

7、「尸」、「人」互代者：居、屄、作、屈、屍、遲、優、倗等字。

8、「刀」、「刃」互代者：割、箭、刑、解、魵等字。

9、「日」、「田」互代者：步、昔、箸、獵、戠等字。

10、「口」、「甘」互代者：禱、壽、檮等字。

11、「弋」、「戈」互代者：貣、代、玳等字。

（三）因聲旁相近而互代

1、「聚」、「取」互代者：鞭字。

2、「甫」、「父」互代者：脯字。

3、「吾」、「五」互代者：郚字。

4、「匈」、「凶」互代者：胸字。

5、「𢦏」、「才」互代者：載字。

6、「旬」、「田」互代者：畋字。

7、「身」、「千」互代者：仁字。

8、「冀」、「幾」互代者：驥字。

9、「五」、「午」互代者：御字。

## 四、形體訛變

　　醢、蓋、盛、益、盤、監、鑑、夏、陵、陳、禮、褙、瞳、瘋、篁、遛、種、僮、鐘、童、繪、嘉、樂、信、望等字。

## 五、其　他

　　帝、祈、瑞、右、左、差、甌、四、攻、祚、道等字。

# 第五章　楚簡帛文字──類化考

## 第一節　前　言

　　唐蘭曾云：「文字起於圖畫，愈古的文字，就愈像圖畫。」〔註1〕就中國文字而言，在小篆之前的甲骨文與金文，存在不少「畫成其物，隨體詰詘」的象形文，在這批象形文裡，有許多的形體與圖畫甚為接近。事實上，從其他文明古國的文字觀察，如：埃及的象形文，〔註2〕或是從現存的少數民族的文字觀察，如：納西族文字，〔註3〕其現象亦是如此。從文字的圖畫性質言，所謂的「六書」

---

〔註1〕 唐蘭：《中國文字學》（臺北：開明書店，1991年），頁117。

〔註2〕 關於古埃及文字的發展史，請見朱威烈編：《人類早期的「木乃伊」──古埃及文化求實‧古埃及文字》（臺北：淑馨出版社，1991年），頁1～40；蒲慕州譯：《尼羅河畔的文采──古埃及作品選‧導論──古埃及的文字與文學》（臺北：遠流出版事業股份有限公司，1993年），頁1～9。

〔註3〕 關於納西族的文字，方國瑜在《納西象形文字譜‧緒論》表示：該族的文字可分為象形文字與標音文字，其中又以象形文字的起源較早；其象形文字是以圖象的方式書寫，以一字象一事、一物、一意；象形文又可分為十類，如：一、依類象形；二、顯著特徵；三、變易本形；四、標識事態；五、附益他文；六、比類合意；七、一字數義；八、一義數字；九、形聲相益；十、依聲託事等。（雲南：雲南人民出版社，1982年），頁37～79。

之象形與指事，應以象形的起源較早，據許愼所言，亦以爲象形先於指事：

> 古者庖犧氏之王天下也，仰則觀象於天，俯則觀法於地，視鳥獸之
> 文與地之宜，近取諸身，遠取諸物，於是始作易八卦以垂憲象。及
> 神農氏結繩爲治而統其事，庶業其繁，飾僞萌生；黃帝之史倉頡，
> 見鳥獸蹄远之跡，知分理之可相別異也，初造書契……倉頡之初作
> 書，蓋依類象形，故謂之文，後形聲相益，即謂之字。〔註4〕

象形文字的特色，較具圖畫性質，其缺點亦在於此。由於書寫者的觀點不同，書寫的文字形體多有差異，而閱讀者亦往往識讀不易，徒增辨識的困擾。再者，象形文字的書寫不易，一個文字的書寫，爲了抓住其形體上的特徵，往往要多花費一些時間。所以，在文字的發展過程，爲了文字的易於記憶以及書寫，複雜、曲折的筆畫，往往要以簡單的橫畫或是豎畫取代，使文字走向規範化。亦即爲了使文字的形體趨於固定，便於書寫與識別等，「類化」由此產生。

本章希望透過對於楚簡帛文字的形體觀察，找出其「類化」爲共同的偏旁或部件的文字爲何？其類化後的形體爲何？以及產生類化的因素有那些。

## 第二節　類化的定義

語言學上有一種「同化作用」，亦即兩個不相同或是不相似的音放在一起念時，其中一個音由於受到另一個音的影響，轉而變成相同或相似的音。據謝雲飛指出，透過音節間的變化，語言學上的「同化作用」，可以依其同化的現象分爲：一、全部同化，即兩個不相同或不相似的音放在一起念時，變成完全相同的音；二、部分同化，即兩個不同的音放在一起念時，變成近似的音；三、前向同化，即前一音節的韻尾輔音同化後一音節的聲母輔音；四、後向同化，即後一音節的聲母輔音同化前一音節的韻尾輔音；五、近接同化，即兩個接連在一起的音素，連唸時產生的同化作用；六、遠接同化，即兩個發生變化關係的音素之間，尚有其他的音素存在。〔註5〕事實上，不僅於語言學上有這種現象，在文字的形體發展、演變過程，某一字的形體，有時也會受到個體本身、他字

---

〔註4〕（漢）許愼撰、（清）段玉裁注：《說文解字注・敍》（臺北：黎明文化事業股份有限公司，1991年），頁761。

〔註5〕謝雲飛：《語音學大綱》（臺北：學生書局，1990年），頁158～161。

或語境的影響，產生形體相近或是相同的現象，對於文字形體的相互影響而趨同、趨似的情形，一般稱之爲「類化」。

關於「類化」的定義，歷來學者多有不同的說法。如王夢華云：

> 類化是漢字形體演變中的一種現象，是字形與字形之間相互影響的一種運動和結果。在字形的相互影響中，某些字把它們在形體結構上所共有的特點推及到別的字身上，使被影響的字在形體結構上也具有這個特點，這就是類化。換句話說，一個字和另一些字原來的形體結構是不同的，由於互相影響，使它們之間由原來的不同而變爲一部分結構相同了，這種現象就是類化。〔註6〕

趙誠云：

> 根據漢字發展的大勢來看，愈是古老的系統，形體差別愈豐富，分類愈多，特殊而例外的現象愈複雜。與此相應，規範性就要弱得多。從某種意義上來講，這種現象對於語言是一種負擔。最好的解決方法之一就是以類相從，按照類的關係發展，特殊的書寫符號向形、音、義相近的某一類靠攏，逐步減少例外和特殊，簡言之可稱爲類化。……從文字形體發展的趨勢而言，以類相從者爲類化。〔註7〕

龍宇純云：

> 化同情形可以歸爲二類，其一指相近諸體變爲另一體的類化現象，其一指甲乙形近甲變爲乙的同化現象。……所謂同化現象通常皆罕見之形變爲習見之形，此不謂習見之形即絕無同化於他形之可能。……文字同化，並不以上述偏旁爲限，亦有兩字因形近而混同爲一者。〔註8〕

林澐云：

> 文字形體的早期演變，固然受到每個文字基本符號單位原來是由什

〔註6〕王夢華：〈漢字形體演變中的類化問題〉，《東北師大學報》1982 年第 4 期，頁 70。

〔註7〕趙誠：〈古文字發展過程中的内部調整〉，《古文字研究》第 10 輯（北京：中華書局，1983 年），頁 355～356。

〔註8〕龍宇純：《中國文字學》（臺北：學生書局，1987 年），頁 267～275。

麼圖形簡化的制約。但是,隨著文字逐漸喪失圖形性,而在學習和使用者的意識中僅成為區別音義的單純符號,上述的制約性就越來越弱。起源於完全不同的圖形的諸字,只要在局部形體上有某方面雷同,往往便在字形演變上相互影響而採取類似的方式變化字形。這種現象可稱之為「類化」。〔註9〕

劉釗云:

> 類化又稱「同化」,是指文字在發展演變中,受語言環境,受同一文字系統內部其它文字的影響,同時受自身形體的影響,在構形和形體上相應的有所改變的現象,這種影響或來自文字所處的具體的語言環境,或來自同一系統內其它文字,或來自文字本身,這種現象反映了文字「趨同性」的規律,是文字規範化的表現。〔註10〕

龍氏將「類化」與「同化」歸併於「化同」之下,其言「類化」係指相近諸體變為另一體的現象,「同化」係指甲乙二字形體相近而甲字變為乙字的現象。就其而言此二者不可等同視之。將龍氏的主張與其他學者相較,其說法並未完全跳脫出其他學者之言,只是細分為「類化」與「同化」二種現象。相較之下,龍氏的所謂的「類化」,應屬狹義的類化,劉、林等人的「類化」,則為廣義的類化。茲據學者們的意見,及以上的觀察,所謂「類化」可以界定為:

> 構成文字形體的偏旁或是部件,受到本身偏旁或是部件,或其他形
> 近字,或所處的語言環境影響,致使該字的形體、偏旁或是部件,
> 產生部分的相同、相近的形貌。

此外,由於楚系簡帛文字類化現象甚眾,難以狹義的「類化」歸併一切,故於此採取一般所謂的廣義「類化」定義,予以論述。

中國文字分為六書,早期的古文字多見象形字,所謂「象形」者,係指「畫成其物,隨體詰屈」,每一個文字為了確切的表現其形體與意義,因而使得形體趨於圖象化,亦因此造成字與字之間的形體差異甚大,在個別性大於共性的情

---

〔註9〕林澐:〈釋古璽中從「朿」的兩個字〉,《古文字研究》第19輯(北京:中華書局,1992年),頁468。

〔註10〕轉引自林宏明:《戰國中山國文字研究》(國立政治大學中國文學系碩士論文,1997年),頁64。

形下，文字使用者必須熟記大量的圖象，再者，亦造成文字在發展與使用上的侷限，爲了打破此一瓶頸，文字在形體上勢必走向類化，方能使得形體得以歸類。類化現象的產生，主要可以分爲四項：一、從字義的角度出發，在義類相同或是相近的文字上，添加同一個義符，換言之，如與大地相關者，多添加偏旁「土」，凡爲禽類者，皆添加偏旁「鳥」；二、從語意的角度出發，將構形特殊的文字，予以形體上的改變，而將之歸入與其語意相近或是相關的類別裡；三、從字形的角度出發，將一些時常作爲構形偏旁者，異化爲不同的形體，使得眾多的文字可以分門別類；四、將原本字形模糊的文字，透過字義分化形體相同的字，使其可以分別歸屬於不同的類別。

類化一般可以分爲四種：一爲文字本身結構的類化；二爲受到其他形近字影響的類化；三爲集體形近的類化；四爲受語言環境影響的類化。在諸多類化的現象，以集體形近的類化最爲常見，如楷書中從「享」、「夫」、「賓」的字，於小篆的形體殊異，然而在文字演變的過程，遂轉而成爲具有相同形體的文字。

從「享」者，如：

享：

郭：

敦：

鶉：

據《說文解字》記載，「享」字云：「從高省，曰象進孰物形」；「郭」字云：「從邑𩫖聲」；「敦」字云：「從攴𩫖聲」；「鶉」字云：「從鳥敦聲」，〔註11〕其所從偏旁不盡相同，卻因爲形體相近，而在隸寫爲楷書時，類化成相同的偏旁。

從「夫」者，如：

奏：

奉：

秦：

泰：

春：

〔註11〕《說文解字注》，頁231，頁301，頁126，頁155。

據《說文解字》記載，「秦」字云：「從禾舂省」；「奉」字云：「從手廾丰聲」；「奏」字云：「從本從廾從屮」；「泰」字云：「從廾水大聲」；「春」字云：「從日艸屯，屯亦聲。」〔註12〕以上五字的偏旁亦不相同，卻在隸寫為楷書時類化成相同的形體。

從「寋」者，如：

塞：

寒：

據《說文解字》記載，「塞」字云：「從土寋聲」；「寒」字云：「從人在宀下，從茻上下為覆，下有仌也。」〔註13〕亦在隸寫為楷書時類化成相同的形體。

文字類化的現象，亦多見於楚簡帛文字，茲據上述所分類之文字本身結構的類化、受到其他形近字影響的類化、集體形近的類化、受語言環境影響的類化等四項，條分縷析，論述如下：

# 第三節　文字本身結構的類化

所謂文字本身結構的類化，係指構成文字的偏旁或是部件，其中一個的形體，受到另一個影響，致使該形體趨向於相同或是相近的情形。

## 一、翡

「翡」字僅見於望山楚簡，如：

（2.13）　　　　　　（2.13）

《說文解字》「翡」字云：「從羽非聲」，〔註14〕就楚簡字形言，應從羽肥聲，由上列的形體觀察，前者上半部所從的「羽」字左側為「肉」，並非「习」。從文字本身的形體觀察，造成偏旁不同的因素，應是受到下半部「肥」字左側的「肉」影響，致使「翡」字左側上下偏旁皆作「肉」。

## 二、死

「死」字習見於楚簡，見於望山楚簡者，如：

---

〔註12〕　《說文解字注》，頁330，頁104，頁502，頁570，頁48。

〔註13〕　《說文解字注》，頁696，頁345。

〔註14〕　《說文解字注》，頁140。

死（1.48）　　　　　　符（1.176）

見於包山楚簡者，如：

（27）　　　　　　（42）

（125）

「死」字於甲骨文作：

（《合》17057）　　　　　（《合》17059）

（《合》21306 乙）

於兩周金文作：

〈大盂鼎〉　　　　　　〈中山王𧊒鼎〉

甲、金文的形體皆從歺從人，除包山楚簡（42）與之相似，其餘則略有不同。楚簡「死」字所見「又」，應是金文「月」的減化，其上部件作「屮」，則是類化的結果。望山楚簡（1.48）所見左邊「歹」可能受到右邊「人」的影響，其下半部亦因類化而改作「人」的形體，（1.176）則是將相同偏旁的「人」省減。

### 三、發

「發」字多見於楚簡，以包山楚簡爲例，如：

（128）　　　　　　（148）

（171）

於兩周金文作：

〈姑發胃反劍〉

金文「發」字與包山楚簡（171）相近。楚簡「發」字，從「弓」的字形最多，而且與金文的字形最爲接近，其他省減「弓」而重複「屮」形體者，可能是受到同側上方的形體影響所致，遂類化爲相同的形體。


## 第四節　受到其他形近字影響的類化

所謂受其他形近字影響的類化，係指一個字的偏旁或是部件，受到另一個形近字的影響，致使形體與該形近字相同。

## 一、戠

「戠」字習見於楚簡，以包山楚簡爲例，如：

戠（18）　　　　　　戠（84）

戠（128 反）　　　　戠（243）

戠（248）

於甲骨文作：

十（《合》22835）

於兩周金文作：

戠〈豆閉簋〉

從甲、金文的形體觀察，皆未見「戠」字下半部所從偏旁與楚簡相同。楚簡「戠」字所見的形體，與「昔」字的形體相近，「昔」字於楚簡寫作「昔」、「昔」，據此推測，應是受到「昔」字的影響，所以，「戠」字在形體上遂出現與「昔」字相近的偏旁。

## 二、夏

「夏」字習見於楚簡帛文字，除少數用作人名，或是四季名稱，絕大多數作爲月名使用。以包山楚簡爲例，如：

夏（115）　　　　　　夏（128 反）

夏（216）

從辭例觀察，（128 反）與（216）皆爲「夏屎之月」，（115）爲「夏柰之月」。此三者雖然所從之偏旁有異，卻同爲一字。《說文解字》「夏」字云：「中國之人也，從夊，從頁，從臼。臼，兩手；夊，兩足也。」〔註15〕於包山楚簡則出現三種不同結構，一爲從頁從日從止，二爲從頁從日從女，三爲從頁從日從虫，「止」、「女」與「虫」三者並無任何意義、聲音或是字形上相近之處。「夏」字於兩周金文作：

夏〈伯顥父鬲〉　　　　夏〈伯夏父鼎〉

夏〈右戲仲曖父鬲〉　　夏〈霝君啓車節〉

〔註15〕《說文解字注》，頁 235～236。

〈右戲仲嚶父鬲〉「夏」字應是最接近於原形。據張世超等人分析其形體，云：「從日，從夒，其右旁之夒，與〈無夒卣〉『夒』字幾乎全同，爲側視人形，實即去尾之夒形，頭部作（頁首）形，下形乃（趾形夊）之微訛。」〔註 16〕從〈右戲仲嚶父鬲〉的形體觀察，張氏等人之言應可採信。據此觀察其他諸例，〈伯顕父鬲〉與〈伯夏父鼎〉的「夏」字所見足趾之形則訛變爲「」或「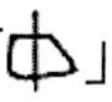」，與「女」相近；〈鄂君啓車節〉「夏」字的足趾之形非僅訛變，更改置於「日」之下。

將楚簡與金文「夏」字系聯觀察，〈伯顕父鬲〉與〈伯夏父鼎〉的「夏」字所見足趾之形則訛變爲「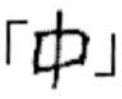」或「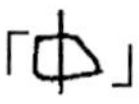」，並且把位置提高，由於形體的改變，本身的形象特徵，日漸的模糊，走向〈鄂君啓車節〉所見的「」。又楚簡「女」字作「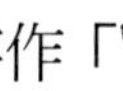」、「」，形體與〈伯顕父鬲〉「夏」字下半部所從部件「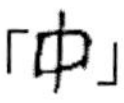」相似。〈鄂君啓車節〉與包山楚簡（128 反）「夏」字從「女」，應是受到足趾之形的訛變影響，在字形的書寫上，類化爲「女」。此外，（216）所見從「止」者，亦應是足趾之形的變體。〈伯顕父鬲〉、〈伯夏父鼎〉、〈右戲仲嚶父鬲〉「夏」字所見的「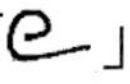」或「」，應是「手」的形狀，被誤以爲是「虫」的結構。楚簡「虫」字作「」、「」，（115）所見從「虫」者的情形，因其部件與「虫」的形體相似，書寫者一時未察，遂產生訛變。經過與金文的比對，楚簡「夏」字的形體，主要是受到字形的訛變與類化的影響所致，才有從「虫」、從「女」與從「止」的不同。

## 三、樂

「樂」字的形體於楚簡多有差異，見於曾侯乙墓竹簡者，如：

（176）

見於信陽楚簡者，如：

（2.18）

見於天星觀竹簡者，如：

（卜筮）

見於包山楚簡者，如：

（261）

〔註 16〕張世超、孫凌安、金國泰、馬如森：《金文形義通解》（日本京都：中文出版社，1995 年），頁 1409。

「樂」字於兩周金文作：

| | | | |
|---|---|---|---|
| | 〈樂作旅鼎〉 | | 〈瘋鐘〉 |
| | 〈召樂父匜〉 | | 〈鼄公華鐘〉 |
| | 〈徐王子旃鐘〉 | | 〈余購逨兒鐘〉 |
| | 〈王孫誥鐘〉 | | 〈王孫遺者鐘〉 |

從金文的字形觀察，正像大小鼓鼙相連置於架上。楚簡帛「火」字作「夾」，「入」字作「大」，「內」字作「尖」，皆於豎畫上添加一筆短橫畫「一」的飾筆，楚簡的「樂」字未見從「米」者，其形多從「大」、「尖」、「夾」，與「入」、「火」、「內」加上飾筆「一」的現象相同，不像鼓架之形，應是字形訛變的現象。將金文與楚簡的「樂」字系聯觀察、比對，金文的「樂」字本亦保有鼓架的形狀，在〈王孫遺者鐘〉的字形已經產生變化，除了加上短橫畫「一」外，更於兩側添加「八」，包山楚簡的「樂」字形體與之相似，應是誤以為其下半部與「火」的形體相似，而書寫為「夾」；〈余購逨兒鐘〉的「樂」字形體與信陽楚簡、曾侯乙墓竹簡相似，仍可視為鼓架之形；天星觀竹簡所見的形體，則是另一種訛變的現象，亦即誤將「大」視為「尖」，產生形體上的訛變。換一個角度而言，楚簡「樂」字多從「大」、「尖」、「夾」，與「入」、「火」、「內」字添加飾筆「一」的現象相同，而不像鼓架之形，這是書寫時受到形近字「入」、「火」、「內」字的影響，使形體類化與該字相同的現象。

## 四、執

「執」字多見於楚簡，以包山楚簡為例，如：

（15 反）

此字於甲骨文作：

| | | | |
|---|---|---|---|
| | （《合》185） | | （《屯》38） |

於兩周金文作：

| | | | |
|---|---|---|---|
| | 〈師同鼎〉 | | 〈兮甲盤〉 |
| | 〈散氏盤〉 | | 〈不嬰簋蓋〉 |
| | 〈多友鼎〉 | | |

從甲、金文的字形觀察，「執」字正像人的手被套在手梏之中。右側爲人的形體，
〈不毀簋蓋〉與〈多友鼎〉的「執」字，將「足」的位置標示，由於其形體與
楚簡帛「女」字作「中」相似，在楚簡帛文字類化時，遂將之寫作「甲」，其
上像「手」的部分，與楚簡帛「舟」字作「月」、「月」的形體相近，而類化作
「田」，進一步在書寫時將原本爲一體的字，分離爲兩個形體。

### 五、從偏旁「羕」者

「羕」字習見於楚簡，以包山楚簡爲例，如：

羕（40）

於兩周金文作：

羕〈鄝子妝簠蓋〉　　　　羕〈陳逆簠〉

從金文的字形觀察，其下半部所從應爲「永」，然而在〈鄝子妝簠蓋〉的「羕」
字形體則有所改變，與楚簡的形體相近。文字的書寫須透過學習，據此可知，
楚簡的「羕」字應是受到金文的影響，致使其下半部的形體寫作「巛」。此外，
進一步的觀察楚簡帛文字偏旁或部件從「巛」者，如「眾」字作「眾」。「羕」
字下半部形體，亦可能受到「眾」字影響，而類化爲相近的形體。

從偏旁「羕」者，亦見相同的現象。茲將之臚列於下表，以清眉目：

| 字 例 | 從「巛」者 | 從「永」者 |
|---|---|---|
| 鄴 | 鄴（曾119） | |
| 漾 | 漾（包12） | |
| 儀 | 儀（包188） | |

## 第五節　集體形近的類化

所謂集體形近的類化，係指許多個形體原本不同的文字，在文字的演變過
程裡，日漸趨於相同的形體。

### 一、類化爲「皿」的形體

#### （一）從偏旁「者」者

「者」字多見於楚簡，以包山楚簡爲例，如：

（圖）（27）　　　　　　　　（圖）（227）

此字於兩周金文作：

（圖）〈者濾鐘〉　　　　　（圖）〈舒蚕壺〉

（圖）〈中山王𣆇鼎〉　　　（圖）〈兆域圖銅版〉

從上列「者」字的形體觀察，多從「口」，「口」中所見短橫畫「一」為飾筆的添加。「皿」字尚未見於楚簡帛文字，而從偏旁「皿」者，如：「血」字作「（圖）」，「蓋」字作「（圖）」，「衊」字作「（圖）」。（227）的字形則類化為「皿」。又兩周金文「皿」為偏旁時多寫作「（圖）」、「（圖）」、「（圖）」、「（圖）」，〔註17〕由於其部件「（圖）」、「（圖）」與「口」的形體相近，遂寫作「（圖）」。「者」字本從「口」，在文字的類化過程，便將從「口」者類化作從「皿」的形體。因此，楚簡帛「者」字才會出現從「皿」與從「口」的字形。

從偏旁「者」者，亦見相同的現象。茲將之臚列於下表，以清眉目：

| 字　例 | 從「皿」者 | 從「口」者 |
|---|---|---|
| 箸 | （圖）（信 1.28） | （圖）（包 1） |
| 糈 | （圖）（信 2.24） | （圖）（包 266） |
| 都 | （圖）（包 113） | （圖）（包 102） |
| 煮 | （圖）（包 147） | |

## 二、類化為「羊」的形體

### （一）南

「南」字僅見於包山、望山楚簡，以包山楚簡為例，如：

（圖）（90）　　　　　　　　（圖）（96）

（圖）（102）

此字於甲骨文作：

（圖）（《合》8748）

於兩周金文作：

---

〔註17〕容庚：《金文編》卷 5（北京：中華書局，1992 年），頁 337～348。

南，南〈大盂鼎〉　　　　南〈兮甲盤〉

從甲、金文的字形觀察，皆未見似「羊」的形體或部件，包山楚簡（90）的形體與〈大盂鼎〉的「南」字相近。楚簡「南」字部件與「羊」相近者，多為上下兩個組合的部件而處於分離的狀態。由此推測，可能是書寫者個人的習慣，致使「南」字類化出形體近似「羊」的部件。

### （二）兩

「兩」字習見於楚簡，見於曾侯乙墓竹簡者，如：

系（43）

見於包山楚簡者，如：

庳（111）　　　　　　摩（115）

窄（237）　　　　　　雨（簽）

信陽楚簡「兩」字多與（237）相同，天星觀竹簡與（115）相同。又「兩」字於兩周金文作：

四〈小臣宅簋〉　　　　兩〈函皇父簋〉

兩〈函皇父盤〉　　　　兩〈兆域圖銅版〉

從金文與楚簡的「兩」字觀察，包山楚簡（簽）和曾侯乙墓竹簡（43）的字形與金文比較接近，其不同者在於將「从」改為「丨」、「丨」，其他所見部件近似「羊」的楚簡「兩」字，則與〈中山王䩵兆域圖銅版〉「兩」字近同。「兩」字的部件於金文的形體本不似「羊」，觀察此字下半部的形體作「四」或「兩」，究其因素，可能是為了文字視覺美感作用，因此在「丨」之上添加「＝」作為補白之用，後人不察，遂將之改寫作與「羊」相近的形體。

　　文字的目的在於記錄語言，文字的傳播、發展與演變，除了一般所知的現象外，應與語言具有相同或相近的情況。當語言發生變化時，它會由音變的發生地，向四周的方言傳佈，進而影響其他同支、近支，甚或是遠支的語言，相對的，當文字發生變化時，也應該會有相同的情形。從中山國文字與楚系文字的諸多雷同之處而論，二者的文字應有所交流，亦即透過軍事、外交、經貿等文化的活動，使二者使用的文字得以互通。據此推測，包山、信陽、天星觀諸

簡所見的「兩」字，可能受到中山國「兩」字的影響，而後在類化的過程，遂出現部件似「羊」形體的「兩」字。

### （三）從偏旁「蒲」者

「備」字多見於楚簡、帛書，以包山楚簡為例，如：

像（213）

「備」字所從之「蒲」於甲骨文作：

凷（《合》320）　　　　　凷（《合》1053）

凷（《合》1973）

於兩周金文作：

〈毛公鼎〉　　　〈番生簋〉

從甲骨文與金文的字形觀察，其形體正像矢置於箭囊中。包山楚簡的「備」字形體與金文有所差異，這是文字類化產生的不同。其上半部與「羊」的形體相近，應是「矢」在金文的形體與羊角多有相似之處，所以，在文字類化的過程，遂使得「備」字的部件與「羊」形體相近。

從偏旁「蒲」者，亦見相同的現象。茲將之臚列於下表，以清眉目：

| 字例 | 從「羊」者 | 從「𠈋」者 |
|---|---|---|
| 驌 | （曾142） | |
| 繡 | （包簽） | |

### （四）從偏旁「害」者

「箒」字主要見於包山、信陽楚簡，以信陽楚簡為例，如：

（2.4）

從字形觀察，偏旁「害」之「𡴀」正像「羊」字的形體。所從偏旁「割」，於兩周金文作：

〈無吏鼎〉　　　〈異伯子㝅父盨〉

皆不見「羊」的形體，楚簡所見「割」字的部分形體似「羊」，應是類化所致。

從偏旁「害」者，亦見相同的現象，如以「割」字為例：

| 字　例 | 從「羊」者 | 從「」者 |
|---|---|---|
| 割 | ![](包 121) | |

### （五）從偏旁「魚」者

「魚」字習見於楚簡，以曾侯乙墓竹簡為例，如：

於甲骨文作：

於兩周金文作：

甲、金文的字形，皆為「魚」字象形，未見形體似「羊」者。從楚簡「魚」字形體出現似「羊」的部件觀察，此一部分應是魚身與魚鱗。至於產生形體似「羊」的因素，應是書寫者為了書寫上的方便，或是書寫的習慣，將原本的形體予以省減，或是以形體相近的「羊」取代原本的形體。換言之，亦即以筆畫簡單者取代筆畫複雜者。而在類化的過程中，遂使得「魚」字與其他諸字一樣具有近似「羊」的偏旁或是部件。

從偏旁「魚」者，亦見相同的現象。茲將之臚列於下表，以清眉目：

| 字　例 | 從「羊」者 | 從「」者 |
|---|---|---|
| 簌 | ![](信 2.3) | |
| 魯 | ![](包 2) | |
| 敏 | ![](包 121) | |

### （六）從偏旁「鬲」者

「遌」字僅見於包山楚簡，多作為人名使用，如：

其所從偏旁「鬲」於兩周金文作：

從金文的字形觀察，〈大盂鼎〉的「鬲」字仍保留「鬲」原本的形體。「鬲」為古代的炊具，其形體據馬承源云：「大口，袋形腹，猶如三個奶牛乳房拼合而成，其下有三個較短的錐形足。」〔註18〕據此可知，其下應為三袋足之形，而非似「羊」的形體，包山楚簡（56）寫作似「羊」的形體，是受到形體相近、以及金文書寫上的影響；從另一個角度而言，楚簡帛中某些文字的部件寫作「羊」字的形體，是受到類化作用的影響，進而產生相同的部件或偏旁。

從偏旁「鬲」者，亦見相同的現象。茲將之臚列於下表，以清眉目：

| 字　例 | 從「羊」者 | 從「𢆶」者 |
|---|---|---|
| 獻 | 𣥐（天 1） | 𣥐（包 105） |
| 鄘 | 𨵗（包 110） | 𨵗（包 168） |
| 偏 | 𠊼（包 171） | 𠊼（包 166） |

## 三、類化為「𦥑」的形體

### （一）庚

「庚」字習見於楚簡，以包山楚簡為例，如：

　　　　𤰞（209）　　　　　　　𤰞（216）

辭例皆為「以庚集歲（歲）之顯柰之月」。「庚」字於甲骨文作：

　　　　𤰞（《合》1391 正）　　　　　𤰞（《合》21635）

　　　　𤰞（《合》22226）　　　　　　𤰞（《合》31016）

於兩周金文作：

　　　　𤰞〈庚嬴卣〉　　　　　　　𤰞〈鄦君啓舟節〉

金文「庚」字的形體多沿襲自甲骨文。《說文解字》「庚」字云：「位西方，象秋時萬物庚庚有實也。庚承己，象人臍。凡庚之屬皆從庚。」〔註19〕此說多參雜陰陽五行之學說，已無法確知「庚」字之本義。又郭沫若於〈釋支干〉云：「觀其形制當是有耳可搖之樂器，以聲類求之當即是鉦。……『庚』之本義其失甚古，

---

〔註18〕馬承源：《中國青銅器》（臺北：南天書局有限公司，1991 年），頁 112。

〔註19〕《說文解字注》，頁 748。

後行之義，如：『庚』，更也、續也、道也，或堅強貌、橫貌，與鉦義均無涉，蓋出自假借也。」〔註20〕其說應可從。從楚簡與〈鄂君啓舟節〉的字形觀察，應是在甲、金文原本的形體基礎上略加改變，因而二者的「庚」字形體相似。「庚」既是「有耳可搖之樂器」，則「𤰇」或「用」應爲樂器的主體，楚簡「庚」字的形體與其他諸多的文字具有相同的「𠁩」，是楚系文字的類化所致，亦即「𤰇」的形體與「𠁩」相近，在類化作用下，因而造成形體上的近同。

## （二）陳

「陳」字僅見於包山楚簡與天星觀竹簡，此字多作爲人名使用。以包山楚簡爲例，如：

（87）　　　　　　（135）

從字形觀察，（87）從「土」，（135）從「壬」，二者有所差異。古文字從「土」者常訛誤爲「壬」，詳細說明，請參見本論文第四章第六節「形體訛變」之「陵」字項下的論述。

「陳」字於兩周金文作：

〈九年衛鼎〉　　　　〈墬逆簋〉

〈楚王酓忎盤〉

「陳」字右邊偏旁爲「東」，「東」字於甲骨文作：

（《合》8736）

於兩周金文作：

〈競卣〉

從甲、金文的字形觀察，多未見作「𤰇」，而同爲楚系文物的〈楚王酓忎盤〉其上的「陳」字形體與楚簡所見相同，可知此應是楚系文字類化所產生的形體。

## （三）量

「量」字僅見於包山楚簡，如：

（53）

〔註20〕郭沫若：〈釋支干〉，《郭沫若全集・考古編》第 1 卷（北京：科學出版社，1982 年），頁 173～174。

於兩周金文作：

「大克鼎」 　　　　　　　　　　　「廿七年大梁司寇鼎」

從金文的字形觀察，其下所從的形體，與「東」字相同，楚簡所見的「量」字下半部作「坙」，此應是楚系文字的類化所致，因而造成形體上的差異。

### （四）融

「融」字偶見於楚簡、帛書，以包山楚簡爲例，如：

（217）　　　　　　　　　　　　（237）

於兩周金文作：

「癲鐘」 　　　　　　　　　　　「邾公釿鐘」

從金文的字形觀察，其形體正像城垣相對之形。金文「融」字中間部件的形體未見作「冃」，楚簡「融」字中間部件的形體作「冃」，此應是楚系文字的類化所致，遂造成形體上的差異。

### （五）冒

「冒」字多見於包山楚簡，作爲人名使用，如：

（131）

於兩周金文作：

「九年衛鼎」

從金文的字形觀察，其上半部非如楚簡所從之「冃」。楚簡「冒」字上半部作「冃」的現象，應是楚系文字的類化所致，因而造成形體上的差異。

### （六）從偏旁「嚻」者

「嚻」字僅見於包山楚簡，如：

（168）

於兩周金文作：

「小盂鼎」 　　　　　　　　　　「令狐君嗣子壺」

從金文與簡文的字形觀察，金文「嚻」字的形體未見作「冊」，楚簡「嚻」字作「冊」，此應是楚系文字的類化所致。亦即「⊕」的形體與「冊」相近，在類化的作用下，致使「⊕」類化爲「冊」的形體。

從偏旁「畾」者，亦見相同的現象，如以「驫」字為例：

| 字　例 | 從「畾」者 | 從「⊕」者 |
|---|---|---|
| 驫 | （曾 183） | |

## （七）從偏旁「尹」者

「尹」字於楚簡的形體十分固定，以包山楚簡為例，如：

（12）　　　　　　（122）

辭例依次為「大馬尹市」、「士尹姑訢反」。又「尹」字於甲骨文作：

（《合》3473）　　　　（《合》3491）

（《合》5452）

多作為人名使用，如「黃尹」、「束尹」，字形從又持丨筆。金文早期「尹」字的字形多與甲骨文相似，後期形體則日漸有異，如：

〈毛公鼎〉　　　　　〈噩君啓舟節〉

從金文「尹」字的形體觀察，楚系「尹」字於楚簡、金文的字形一樣，並無差異，而原本從又持丨筆的形體已經消失，轉而寫作「尹」的形體。

從偏旁「尹」者，亦見相同的現象，如以「笋」字為例：

| 字　例 | 從「尹」者 | 從「尹」者 |
|---|---|---|
| 笋 | （包 180） | |

## （八）從偏旁「君」者

「君」字於楚簡的形體十分固定，以包山楚簡為例，如：

（4）　　　　　　（86）

辭例依次為「凡君子二夫」、「羕陵君」。該字上半部構成的部分，無論於甲骨文、金文皆與「尹」字十分相似。「君」字於甲骨文作：

（《合》24132）　　　（《合》24134）

於兩周金文作：

〈史頌鼎〉　　　　〈散氏盤〉

〈邵黛鐘〉　　　　〈哀成叔鼎〉

〈鄂君啓舟節〉

「君」字形體的演變情形，與「尹」字相同，所以，在楚簡、帛書的形體上亦有相同之處。

從偏旁「君」者，亦見相同的現象。茲將之臚列於下表，以清眉目：

| 字　　例 | 從「尹」者 | 從「月」者 |
|---|---|---|
| 帬 | （信 2.15） | |
| 群 | （帛乙 9.1） | |

## 四、類化爲「朿」的形體

### （一）寡

「寡」字僅見於天星觀竹簡，如：

（遣策）

於兩周金文作：

〈毛公鼎〉　　　　　　　　〈中山王𧊒鼎〉

金文「寡」字早期的寫法，在形體上爲「人」的形體，未見「彡彡」的添加，〈中山王𧊒鼎〉的「寡」字則在人形部件左右側添加「彡乀」。將金文與楚簡「寡」字系聯觀察，楚簡「寡」字於下方兩側添加的短斜畫「〃丶」，最早可能是爲了補白的作用，或是爲了使該字的形體勻稱，因而添加的飾筆，可是，隨著類化的作用，遂使得該字的形體與其他形體相近者，類化爲相同的形體。

### （二）光

「光」字多見於楚簡，以包山楚簡爲例，如：

（207）　　　　　　　（268）

（270）　　　　　　　（276）

「光」字於甲骨文作：

（《合》94 正）

於兩周金文作：

〈毛公鼎〉　　　　　　　〈虢季子白盤〉

〈中山王嚳鼎〉

從甲、金文「光」字的形體觀察，其上爲「火」，其下正像一個人跪坐。進一步
觀察得知，〈中山王嚳鼎〉與楚簡的「光」字形體十分相近，即二者的「光」字
下半部形體多相近。其次，中山王器在「火」的較長豎畫上添加飾筆「‧」，楚
簡則添加短橫畫飾筆「一」。古文字往往在豎畫上添加小圓點，而後再演變爲橫
畫，故知「‧」發展作「一」是文字發展的一般規律。從此角度而言，楚簡的
「光」字可能受到中山國文字的影響。又「光」字早期的形體，本像人跪坐之
形，未見「″ ″」的添加，據此觀察，此應爲飾筆，而添加的目的應爲了補白，
但是隨著類化的作用，遂致使其形體與其他諸字產生相近似的形體。

### （三）鳶

「鳶」字僅見於包山楚簡，如：

（265）

於甲骨文作：

（《合》5658 反）　　　　（《合》28421）

從甲骨文的形體觀察，其上爲角與眼睛，其下爲身體，正似某一種動物的象形，
楚簡將其下半部寫作「 」，應是楚系文字類化的結果所致。換言之，「鳶」字
屬於象形文字，在書寫上比較不方便，書寫者爲了書寫上的便捷，遂簡化其形
體，其次，在類化的作用下，遂使得該字的形體與其他諸字，類化爲相同的形
體。

### （四）從偏旁「茻」者

「備」字多見於楚簡、帛書，見於曾侯乙墓竹簡者，如：

（137）

見於望山楚簡者，如：

（1.109）

見於包山楚簡者，如：

（213）

「備」字所從之「茻」於甲骨文作：

 （《合》320）　　　　　　 （《合》1053）

 （《合》1973）

於兩周金文作：

〈毛公鼎〉　　　　　　　　〈番生簋〉

從甲、金文的字形觀察，正像矢置於箭囊中。曾侯乙墓竹簡的「備」字形體與金文相似，應是它的年代較早，深受金文的影響，因此書寫上仍依循金文的字形，尚未出現類化的現象。至於其它楚簡與帛書的「備」字形體和金文多有差異，這是文字類化產生的不同。

　　從偏旁「菁」者，亦見相同的現象，如以「繼」字為例：

| 字　例 | 從「糸」者 | 從「糸」者 |
|---|---|---|
| 繼 | （包簽） | |

## （五）從偏旁「翏」者

「戮」字偶見於楚簡、帛書，皆從偏旁「歹」。見於信陽楚簡者，如：

（1.1）

見於楚帛書者，如：

（丙11.4）

辭例依次為「戔人畬（格）上則型（刑）戮至」、「戮不義」。此字於兩周金文作：

〈中山王嚳鼎〉

其部件與楚簡帛文字所見不同，信陽楚簡「戮」字的部件作「糸」，應是楚系文字類化的結果所致。從金文的字形觀察，「戮」字下半部所從的形體似「人」，遂類化為「糸」的形體。

　　從偏旁「翏」者，亦見相同的現象，如以「鄝」字為例：

| 字　例 | 從「糸」者 | 從「人」者 |
|---|---|---|
| 鄝 | （包105） | |

## （六）從偏旁「彔」者

「彔」字主要見於曾侯乙墓竹簡，其形體十分固定，如：

（73）

「彖」字於甲骨文作：

　　　　（《合》137 正）

於兩周金文作：

　　　　〈彖彧卣〉　　　　　　　〈頌鼎〉

　　　　〈頌簋〉　　　　　　　　〈頌簋蓋〉

從甲、金文的字形觀察，「彖」字形體上所見的小點，原本並不十分固定，亦非全置於兩側，而且形體非作「彖」。其次，「彖」的形體於〈頌鼎〉、〈頌簋〉出現，楚簡的字形與其相似，應是受金文影響所致。再者，楚系文字所見字形中的某一部件作「彖」者甚眾，應是楚系文字類化的現象。

從偏旁「彖」者，亦見相同的現象。茲將之臚列於下表，以清眉目：

| 字　例 | 從「彖」者 | 從「彖」者 |
|---|---|---|
| 逯 | （包 130） | |
| 㝡 | （包 145） | |
| 鄒 | （包 154） | |
| 綠 | （包 269） | |

## 五、類化爲「丷」的形體

### （一）啻

「啻」字見於包山楚簡，如：

　　　　（154）

其一部分的部件作「丷」。又「啻」字於兩周金文作：

　　　　〈師酉簋〉　　　　　　　〈師虎簋〉

形體與楚簡所見相異。「啻」字部件作「丷」，應是類化所致。

### （二）穖

「穖」字僅見於包山楚簡，作爲人名使用，如：

　　　　（145）

於兩周金文作：

〈庚贏卣〉　　　　　〈大簋〉

金文的字形，正像一隻張大眼睛的動物，眼睛上方的「」應是睫毛。據此可知，楚簡「」字的類化有兩方面，一為將眼睛的象形類化作「」，一為將睫毛的形體類化為「」。

### （三）胄

「胄」字多見於楚簡，以包山楚簡為例，如：

（269）　　　　　（270）

（牘1）

偏旁「革」的形體或有差異。「革」字於兩周金文作：

〈噩君啟車節〉

從字形觀察，應以（牘1）與金文的形體最為接近。「胄」字所從偏旁「革」的部件作「」，應是類化現象所致。

### （四）從偏旁「者」者

「者」字多見於楚簡，以包山楚簡為例，如：

（27）　　　　　（227）

於兩周金文作：

〈者瀘鐘〉　　　　　〈舒蜜壺〉

〈中山王響鼎〉

金文「者」字，上半部所從形體，未見作「」者。此外，將金文與楚簡系聯觀察，春秋時期的「者」字上半部作「」，戰國時期則作「」或「」，又戰國中期晚段的包山楚簡作「」，應是受到書寫者為了書寫的便利影響所致，亦即省減、改變筆畫所造成。而後在文字的類化過程，遂與其他形體相近者，類化成相近似的形體。

從偏旁「者」者，亦見相同的現象。茲將之臚列於下表，以清眉目：

| 字　例 | 從「」者 | 從「」者 |
|---|---|---|
| 煮 | （包147） | |
| 楮 | （包149） | |

| 暑 | 暜（包 173） | |
|---|---|---|
| 鞳 | 鞳（包 260） | |
| 粕 | 粕（包 266） | |
| 堵 | 堵（帛甲 2.31） | |

## （五）從偏旁「鼎」者

「眞」字多見於楚簡，見於曾侯乙墓竹簡者，如：

眞（61）

見於天星觀竹簡者，如：

眞（遣策）　　　　　　　　　眞（遣策）

見於包山楚簡者，如：

眞（265）　　　　　　　　　眞（牘 1）

於兩周金文作：

眞〈眞盤〉

從金文與簡文的字形觀察，曾侯乙墓竹簡的「眞」字，仍保有金文的形體，其他諸簡則將所從「鼎」以截取特徵的方式省減，並且類化爲「眞」。再者，從包山楚簡（牘 1）的字形觀察，其形體作「眞」，與一般的「眞」不同，此一現象在楚簡帛「昔」字或從偏旁「昔」字者、「戠」字或從偏旁「戠」字者多可見到，其產生的因素，可能是受到其上半部的短斜畫「丶」或是短豎畫「｜」的影響，故將「日」寫作「田」。

從偏旁「鼎」者，亦見相同的現象，如以「繽」字爲例：

| 字　例 | 從「眞」者 | 從「鼎」者 |
|---|---|---|
| 繽 | 繽（包 265） | |

## （六）從偏旁「革」者

「革」字習見於楚簡，以包山楚簡爲例，如：

革（264）　　　　　　　　　革（271）

於兩周金文作：

革〈鄂君啓車節〉

〈鄂君啓車節〉的「革」字上半部所從爲「廿」，與（264）相同。據此可知，楚簡「革」字部件作「十」，應是類化現象所致。

從偏旁「革」者，亦見相同的現象。茲將之臚列於下表，以清眉目：

| 字　例 | 從「十」者 | 從「廿」者 |
|---|---|---|
| 鞎 | 鞎（包 268） | |
| 鞁 | 鞁（包 273） | |

## （七）從偏旁「歺」者

「死」字習見於楚簡，以包山楚簡爲例，如：

死（27）　　　　　　死（42）

死（125）

「死」字於甲骨文作：

死（《合》17057）　　　　死（《合》17059）

死（《合》21306 乙）

於兩周金文作：

死〈大盂鼎〉　　　　　　死〈中山王䂨鼎〉

甲、金文的形體皆從歺從人，包山楚簡（42）與之相似，其餘則略有不同。楚簡所見「又」，應是金文「卩」的省減。至於其上的部件作「十」，則是類化的結果。

從偏旁「歺」者，亦見相同的現象。茲將之臚列於下表，以清眉目：

| 字　例 | 從「十」者 | 從「歺」者 |
|---|---|---|
| 薨 | 薨（包 91） | 薨（包 91） |
| 殤 | 殤（包 222） | 殤（曾 172） |
| 殆 | 殆（包 248） | 殆（包 217） |
| 殟 | 殟（秦 99.11） | 殟（曾 39） |

# 六、類化爲「日」的形體

## （一）敗

「敗」字習見於楚簡，以包山楚簡爲例，如：

（60）　　　　　　　　　（128）

辭例皆爲「司敗」。從字形觀察，（60）爲重複偏旁「貝」。古文字多見偏旁重複的現象，如：

　　　吾：〈毛公鼎〉

　　　敔：〈攻敔王光劍〉

楚簡所見形體不同的「敗」字，應爲一字的異體。「敗」字於兩周金文作：

　　　〈冉鉦鋮〉　　　　　　　〈噩君啓舟節〉

左邊偏旁爲「貝」，於〈冉鉦鋮〉中尚見兩個「貝」字完整的重疊，而〈噩君啓舟節〉的形體則與楚簡相同。關於「敗」字偏旁「貝」類化爲「」的因素，應是「貝」字原本的形體比較具有圖畫的形象，書寫者爲求書寫上的方便，遂將原本圖象文字曲折的筆畫改以一筆橫畫取代。改寫後的「貝」字，與「目」字的形體相近，在文字類化的過程，遂出現從「目」或從「貝」的字，類化爲同一個形體的現象。

（二）穪

「穪」字僅見於包山楚簡，作爲人名使用，如：

　　　（145）

於兩周金文作：

　　　〈庚嬴卣〉　　　　　　　〈奮簋〉

從金文的字形觀察，正像一隻張大眼睛的動物，眼睛上方的「屮」應是睫毛。楚簡「穪」字將眼睛的象形寫作「」，應是類化的作用所致。

（三）眾

「眾」字偶見於楚簡、帛書，以楚帛書爲例，如：

　　　（丙 11.3）

於甲骨文作：

　　　（《合》15）　　　　　　　（《合》31972）

於兩周金文作：

〈師旋鼎〉 ,〈師袁簋〉

甲、金文皆不從「」，金文「眾」字上半部所從爲「目」，爲眼睛的象形，楚簡「眾」字則不見「目」的象形，而類化爲「」，並以此取代「目」的形體。

## （四）組

「組」字習見於楚簡，其形體略有差異，除了習慣於右側偏旁的下方添加短橫畫飾筆「一」外，於曾侯乙墓竹簡則出現添加無義偏旁「口」的現象。關於飾筆「一」與無義偏旁「口」的添加，請參見本論文第三章「楚簡帛文字——增繁與省減考」第二節「增繁」項下的說明。「組」字見於望山楚簡者，如：

（2.19）

曾侯乙墓竹簡與天星觀竹簡皆與之近同。見於包山楚簡者，如：

（259）

與其形體相同者，尚有信陽楚簡與仰天湖竹簡。又「組」字於兩周金文作：

〈師袁簋〉

金文「組」字右側偏旁「且」的形體與望山、曾侯乙墓、天星觀竹簡相近，與包山、信陽、仰天湖竹簡略有差異。就其形體而言，「且」字與「目」字的形體類似，在文字類化的過程，遂產生「且」的形體類化爲「」，與「目」字形體相近。

## （五）謂

「謂」字習見於楚簡、帛書，其形體雖然有所差異，卻皆不從「言」，應以「胃」字通假爲「謂」。以包山楚簡爲例，如：

（15反） （83）

（84） （86）

（89）

（83）、（84）與（86）「謂」字右側的兩筆斜畫爲飾筆，並無任何表義的作用。「胃」字於兩周金文作：

〈少虞劍〉

其上半部的形體與（83）、（89）相近，未見作「」。「謂」字在書寫時或沿襲

金文的形體而略有省改，或與其他楚簡帛文字一起將上半部類化爲「θ」。

### （六）從偏旁「相」者

「相」字偶見於楚簡、帛書，以包山楚簡爲例，如：

粕（121）

於甲骨文作：

（《合》18410）

於兩周金文作：

〈庚壺〉　　　　　　　　〈中山王嚳方壺〉

右邊所從爲「目」，甲骨文與〈庚壺〉皆保留眼睛的象形，楚簡與〈中山王嚳方
壺〉的「相」字相似，已將象形的部分簡化。換言之，即以豎畫與橫畫取代原
本曲折的圖象文字，而後又類化爲「θ」的形體。

從偏旁「相」者，亦見相同的現象。茲將之臚列於下表，以清眉目：

| 字　例 | 從「θ」者 | 從「目」者 |
|---|---|---|
| 葙 | 葙（天1） | |
| 湘 | 湘（包83） | |

### （七）從偏旁「見」者

「見」字習見於楚簡、帛書，其形體多有不同。見於望山楚簡者，如：

（1.49）

見於包山楚簡者，如：

（135）　　　　　　　　（208）

（218）

見於楚帛書者，如：

（乙12.11）

其下半部的形體，雖然有所差異，卻皆爲人的身體。又「見」字於甲骨文作：

（《合》3103）　　　　　（《合》7001）

於兩周金文作：

〈見尊〉　〈沈子它簋蓋〉

〈九年衛鼎〉　〈㝬鐘〉

〈中山王嚳方壺〉　〈噩君啓舟節〉

甲、金文的字形，正像一個人張大眼睛或立、或跪坐的向前看。此字所重者爲「目」，形體上除多保留「眼睛」的象形外，亦特地將「眼睛」的部分放大。然而，亦有爲求形體美而變化的字形，如〈中山王嚳方壺〉的「見」字，即是將「眼睛」的形體改替，使其更具美術性。至於同爲楚系的〈噩君啓舟節〉「見」字，其形體與楚簡帛相同，已將「眼睛」的象形類化爲「」。

從偏旁「見」者，亦見相同的現象。茲將之臚列於下表，以清眉目：

| 字　例 | 從「」者 | 從「」者 |
|---|---|---|
| 梘 | （信 2.3） | |
| 覩 | （包 19） | |
| 䚢 | （包 164） | |
| 觀 | （包 249） | |
| 䚕 | （包 259） | |
| 鋧 | （包 276） | |
| 䙼 | （磚 3） | |

### （八）從偏旁「蜀」者

「燭」字僅見於包山楚簡，如：

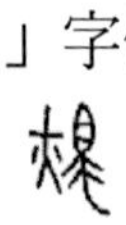（163）

「燭」字所從偏旁「蜀」於甲骨文作：

（《合》6858）

於兩周金文作：

〈班簋〉

甲、金文「蜀」字其上半部所從爲「目」，爲眼睛的象形。包山楚簡「燭」字偏旁「蜀」，已將眼睛的象形類化作「」。

從偏旁「蜀」者，亦見相同的現象。茲將之臚列於下表，以清眉目：

| 字　例 | 從「◎」者 | 從「◎」者 |
|---|---|---|
| 濁 | （雨 1） | |
| 襡 | （信 2.19） | |
| 繘 | （望 2.48） | |
| 癟 | （包 129） | |
| 僩 | （仰 9） | |

### （九）從偏旁「童」者

「童」字習見於楚簡，以包山楚簡爲例，如：

（39）　　　　　　　（276）

（39）從「土」，（276）從「壬」，古文字從「土」者常訛誤爲「壬」，詳細說明，請參見本論文第四章第六節「形體訛變」之「陵」字項下的論述。「童」字於甲骨文作：

（《合》30178）　　　　（《屯》650）

於兩周金文作：

〈史牆盤〉　　　　　　〈毛公鼎〉

〈番生簋蓋〉

從甲骨文與〈毛公鼎〉「童」字的形體觀察，「Ｙ」或「◎」之下即爲眼睛。古文字「目」本爲眼睛之形，在楚系文字類化的過程裡多作「◎」的字形。楚簡帛文字「童」寫作「◎」，應是類化所致。

從偏旁「童」者，亦見相同的現象。茲將之臚列於下表，以清眉目：

| 字　例 | 從「◎」者 | 從「◎」者 |
|---|---|---|
| 襅 | （曾 48） | |
| 僮 | （曾 75） | |
| 鐘 | （信 2.18） | |
| 潼 | （天 1） | |
| 褈 | （望 1.120） | |

| 篳 | （望 2.13） | |
| 穜 | （包 103） | |
| 瘇 | （包 249） | |
| 縜 | （包 272） | |

### （十）從偏旁「睘」者

「環」字習見於楚簡，以包山楚簡為例，如：

（213）

辭例為「備玉一環」。與此辭例相同者尚有望山楚簡（1.28）、（1.54）等，而（1.54）的字形作「」。據此可知，楚簡的「環」字有省減聲符的現象，詳細說明，請參見本論文第三章第三節「省減」之「省減聲符」下「環」字的論述。兩周金文「睘」字作：

〈作冊睘卣〉　　　　〈番生簋蓋〉

其上半部所從為「目」，在〈作冊睘卣〉中仍書寫作眼睛的形狀，於〈番生簋蓋〉雖然保持眼睛之形，卻已有些微的改變，楚簡「環」字不見「目」形，而類化為「⊖」，並以此取代「目」的形體。

從偏旁「睘」者，亦見相同的現象。茲將之臚列於下表，以清眉目：

| 字　例 | 從「⊖」者 | 從「⊘」者 |
| --- | --- | --- |
| 繯 | （曾 123） | |
| 嬛 | （曾 174） | |
| 鐶 | （望 2.37） | |
| 還 | （包 10） | |

### （十一）從偏旁「悳」者

「德」字習見於楚簡、帛書，以包山楚簡為例，如：

（232）

於兩周金文作：

〈大盂鼎〉　　　　〈番生簋蓋〉

〈大克鼎〉　　〈蔡姞簋〉

〈虢叔旅鐘〉　　〈秦公簋〉

〈噩君啓車節〉

上半部所從爲「目」，其下爲「心」，早期的金文多保留眼睛的形體，從上列字例可知，在〈虢叔旅鐘〉、〈秦公簋〉等器銘，已經將眼睛的象形改動，寫作「」。至於同爲楚系文物的〈噩君啓車節〉，其「德」字與楚簡相似。據此可知，楚系文字裡偏旁或是部件爲「眼睛」形體者，容易類化爲「」的字形。

從偏旁「悳」者，亦見相同的現象，如以「繐」字爲例：

| 字　例 | 從「」者 | 從「」者 |
| --- | --- | --- |
| 繐 | （望 2.6） | |

## （十二）從偏旁「貝」者

「貝」字偶見於楚簡，以曾侯乙墓竹簡爲例，如：

（80）

於甲骨文作：

（《合》8490 正）　　（《合》19442）

（《合》29694）

於兩周金文作：

〈效卣〉　　〈士上卣〉

〈剌鼎〉　　〈六年召伯虎簋〉

從甲、金文的字形觀察，「貝」字像兩片貝殼相對之形，而楚簡的「貝」字則已失去貝殼相對的象形。文字的書寫，除了要求字體的美觀外，書寫時的速度快慢也是一大重點。由書寫的便捷而言，「貝」字類化爲「」的原因，應是「貝」字原本的形體比較具有圖畫的形象，書寫者爲求書寫上的方便，遂將原本圖象文字曲折的筆畫，改以一筆橫畫取代。改寫後的「貝」字，與「目」字的形體相近，所以在文字類化的作用下，出現從「目」或從「貝」的字，類化爲同一個形體的現象。

從偏旁「貝」者，亦見相同的現象。茲將之臚列於下表，以清眉目：

| 字　例 | 從「目」者 | 從「㓁」者 |
|---|---|---|
| 敗 | （曾 8） | |
| 實 | （曾 16） | |
| 分 | （曾 39） | |
| 貴 | （曾 137） | |
| 賸 | （曾 137） | |
| 贏 | （曾 157） | |
| 貽 | （曾 178） | |
| 賜 | （信 1.10） | |
| 贛 | （信 1.10） | |
| 賠 | （信 1.45） | |
| 賅 | （天 2） | |
| 賹 | （包 118） | |
| 貯 | （包 122） | |
| 瞳 | （包 180） | |
| 府 | （包牘 1） | |
| 財 | （常） | |

（十三）從偏旁「寽」者

「得」字多見於楚簡、帛書，以包山楚簡爲例，如：

（90）　　　　　　　　（102）

二者皆從「又」，差異之處，僅在「目」的位置不同。「得」字於甲骨文作：

（《合》133 正）　　　　　（《合》439）

於殷周金文作：

〈得鼎〉　　　　　　〈師旂鼎〉

〈大克鼎〉　　　　　〈中山王嚳鼎〉

　　 $\maltese$ 〈陸璋方壺〉　　　　　　$\maltese$ 〈子禾子釜〉

甲骨文「得」字正像以手拿貝之形，戰國時期的金文「得」字多將所從之「貝」改寫爲「目」。楚簡帛的「得」字不見「貝」的形體，一方面是受金文的影響，另一方面則可視爲類化作用導致所從之「貝」與「目」的形體相同。

　　從偏旁「尋」者，亦見相同的現象，如以「橻」字爲例：

| 字　例 | 從「目」者 | 從「臼」者 |
|---|---|---|
| 橻 | 梩（望 1.7） | |

### （十四）從偏旁「酉」者

　　「酉」字習見於楚簡，其形體十分不固定。以包山楚簡爲例，如：

　　　$\maltese$（7）　　　　　　$\maltese$（61）

　　　$\maltese$（89）　　　　　　$\maltese$（籤）

「酉」字多從「木」，於起筆長橫畫之上所見的短橫畫「一」爲飾筆。又「酉」字於甲骨文作：

　　　$\maltese$（《合》1777）　　　　$\maltese$（《合》3280）

　　　$\maltese$（《合》17578 正）　　$\maltese$（《合》34417）

於兩周金文作：

　　　$\maltese$〈遹簋〉

甲、金文「酉」字的形體，多保留裝酒的瓶子之形，將楚簡「酉」字的象形特徵與之相較，則相形減少。書寫者爲求書寫上的方便，將原本圖象文字曲折的筆畫，改以簡單的橫畫或豎畫取代，由於改寫後的「酉」字下半部的部件，與「目」字的形體相近，遂在文字類化的過程，出現從「酉」或從「目」者，類化作近同的形體之現象。

　　從偏旁「酉」者，亦見相同的現象。茲將之臚列於下表，以清眉目：

| 字　例 | 從「目」者 | 從「酉」者 |
|---|---|---|
| 鄭 | 禎（曾 165） | |
| 猶 | 猷（信 1.24） | |
| 酪 | 酪（包 138） | |

| 牆 | 揞（包253） | |
|---|---|---|
| 酨 | 酨（包255） | |

## （十五）從偏旁「复」者

「遉」字於楚簡、帛書的形體十分固定，以楚帛書爲例，如：

遉（丙6.3）

「遉」字所從之「复」，於甲骨文作：

叟（《合》43）　　　　叟（《合》20346反）

又具有相同偏旁的「復」字，於兩周金文作：

復〈散氏盤〉　　　　復〈多友鼎〉

《說文解字》「复」字云：「行故道也。從攵，畐省聲。」〔註21〕其說與甲、金文的「复」字形體並不相符。從甲、金文的字形觀察，上半部所從爲器物之形，「口」爲該器物的腹部，未見於「口」中添加橫畫。楚簡帛所見「复」字部件「口」多作「日」，應是類化所致。

從偏旁「复」者，亦見相同的現象。茲將之臚列於下表，以清眉目：

| 字　例 | 從「日」者 | 從「口」者 |
|---|---|---|
| 腹 | 腹（包239） | |
| 榎 | 榎（包牘1） | |

## （十六）從偏旁「鼎」者

「貞」字習見於楚簡，以包山楚簡爲例，如：

貞（220）　　　　貞（223）

於兩周金文作：

貞〈散氏盤〉

從字形觀察，「貞」字所從應爲「鼎」。又「鼎」字於兩周金文作：

鼎〈麥方鼎〉　　　　鼎〈大盂鼎〉

鼎〈利簋〉　　　　鼎〈哀成叔鼎〉

---

〔註21〕《說文解字注》，頁235。

「鼎」字爲象形，其上爲圓腹，其下爲足，書寫者爲求書寫上的方便，將原本象形文字裡較曲折的筆畫，改以一筆橫畫取代。改寫後「鼎」字的上半部形體，與「目」字的形體相近，在文字類化的過程，出現從「鼎」或從「目」的字，類化爲同一個形體的現象。

從偏旁「鼎」者，亦見相同的現象。茲將之臚列於下表，以清眉目：

| 字 例 | 從「目」者 | 從「鼎」者 |
|---|---|---|
| 惻 | （包 207） | |
| 則 | （帛甲 6.24） | |

## （十七）從偏旁「膚」者

「膚」字多見於楚簡，以包山楚簡爲例，如：

（84）　　　　　（193）

（84）「膚」字右側所見兩道短斜筆「〃」，爲飾筆的添加。「膚」字於兩周金文作：

〈九年衛鼎〉

未見作「目」者。楚簡所見「目」，可能是由金文「膚」字「凸」而來，在類化過程中將它與「目」視爲等同，所以書寫時多寫作「目」。

從偏旁「膚」者，亦見相同的現象。茲將之臚列於下表，以清眉目：

| 字 例 | 從「目」者 | 從「凸」者 |
|---|---|---|
| 犢 | （天 1） | |
| 牆 | （包 237） | |

## 七、類化爲「夾」的形體

### （一）從偏旁「陵」者

「陵」字的形體十分固定，以包山楚簡爲例，如：

（102）　　　　　（177）

此二例皆作爲地名之用，辭例分別爲「南陵」與「羕陵」。從其字形觀察，一者從「壬」，一者從「土」。古文字的形體，從「壬」者多由「土」訛變而來，關

於「陵」字的字形訛變現象，請參見本論文第四章第六節「形體訛變」之「陵」字項下的論述。

關於「陵」字的考釋，學者意見頗不一致。曾憲通以爲〈鄂君啓節〉與〈東陵鼎〉的「陵」字與楚帛書的「陵」字形體極爲相近，所以楚帛書所見之字亦應釋爲「陵」；〔註22〕鄭剛認爲「來」字的形體與「陵」字上半部形體相近，而且「來」、「陵」二字於上古音的聲母相同，韻母爲對轉，「陵」字改從「來」聲，遂形成形聲異體構；〔註23〕劉信芳以爲此字就形體言當爲「陞」字，就辭例與文獻資料相互對照，應爲「陵」字。〔註24〕據以上諸家對於文字的考釋，以及與竹簡資料的比對，當以曾憲通所言釋爲「陵」字較爲合理。

「陵」字於兩周金文作：

〈墬純釜〉　　　　　　　 〈靈君啓車節〉

又「陵」字所從偏旁之「夌」字於甲骨文作：

（《合》1094 正）　　　　　　（《合》8243）

從二者的字形觀察，金文所見從偏旁「夌」者，與甲骨文相似，仍可看出字形演變的軌跡。〈靈君啓車節〉「襄陵」的「陵」字，與楚簡、帛書所見相同。楚簡帛此字亦應爲「陵」字。此字的字形，與其他金文所見不同，應是楚系文字類化的結果。

從偏旁「陵」者，亦見相同的現象，如以「蓤」字爲例：

| 字　例 | 從「夾」者 | 從「火」者 |
|---|---|---|
| 蓤 | （包 153） | |

（二）從偏旁「來」者

「憖」字僅見於包山楚簡，如：

（194）

---

〔註22〕曾憲通：《楚帛書‧楚帛書文字編》（香港：中華書局，1985 年），頁 274～275。

〔註23〕鄭剛：〈戰國文字中的「陵」和「李」〉，中國古文字研究會成立十週年學術研討會論文，頁 1～5。

〔註24〕劉信芳：〈從褱之字匯釋〉，《容庚先生百年誕辰紀念文集》（廣東：廣東人民出版社，1998 年），頁 611～612。

從其形體觀察，應是從來從犬從心。「來」字於甲骨文作：

　　　　𥝌（《合》21573）　　　　　𥝌（《合》27167）

　　　　𥝌（《合》27504）

又從「來」之「麥」字於甲骨文作：

　　　　𡕨（《合》9621）　　　　　𡕨（《合》9625）

於兩周金文作：

　　　　𡕨〈麥盂〉

據甲、金文「來」字或是從偏旁「來」的形體觀察，「來」字的形體與「夾」相似。從前後不同時代的文字現象觀察得知，在類化的過程，遂將「來」字上半部的形體寫作「夾」或「夾」。

　　從偏旁「來」者，亦見相同的現象。茲將之臚列於下表，以清眉目：

| 字　例 | 從「夾」者 | 從「來」者 |
|---|---|---|
| 邌 | 𥝌（信 2.11） | |
| 埭 | 埭（望 1.124） | |
| 㦰 | 㦰（包 138 反） | |

## 第六節　受語言環境影響的類化

　　所謂受語言環境影響的類化，係指文字的形體，受到所處的語境因素影響，而增添、改變偏旁。

### 一、裏

　　「裏」字多見於楚簡，其形體有從「衣」與從「糸」二種。見於望山楚簡者，如：

　　　　𧘇（2.10）

見於包山楚簡者，如：

　　　　𧘇（268）

辭例分別爲「丹組之裏」、「丹黃之裏」。二者辭例相近，而字形不同，就辭例而

言，「縺」字應是受到其紡織物品性質的影響，所以，在字形上將原本所從「衣」改爲「糸」，亦即受到語言環境影響所致，因而將所從的「衣」改作「糸」。

## 二、生

「生」字多見於楚簡、帛書，其形體有從「糸」與不從「糸」二種。見於天星觀竹簡者，如：

絓（遣策）

見於包山楚簡者，如：

生（272）

辭例皆爲「生繪之童」。從二者的辭例觀察，「生」字之後跟隨「繪」字，「繪」字本身從「糸」，所以，「生」字可能受到後面一字的影響，因而添加「糸」。亦即受到語言環境影響所致，遂添加偏旁「糸」，寫作「絓」。

## 三、丹

「丹」字於望山楚簡的形體有從「糸」與不從「糸」二種，如：

丹（2.48）　　　絹（2.48）

辭例皆爲「丹緅之褠」。從望山楚簡的辭例觀察，該辭例所見文字多從偏旁「糸」者，可知應是受到語言環境影響所致，因而添加偏旁「糸」。望山楚簡同一枚竹簡所見從「糸」與不從「糸」的「丹」字，應同爲一字，而在意義上應無差別。

## 四、黃

「黃」字習見於楚簡、帛書，其形體有從「糸」與不從「糸」二種。不從「糸」者以曾侯乙墓竹簡爲例，如：

黃（55）

從「糸」者以仰天湖竹簡爲例，如：

縜（8）

辭例依次爲「黃紡之裏」、「一紫繪之石繢緺」。二者的辭例相近，從仰天湖竹簡的辭例觀察，「黃」字之後加上「緺」字，「緺」字本身從「糸」，因此，「黃」字可能受到後面一字的影響，遂加上「糸」，寫作「縜」。換言之，它是受到語言環境影響所致，因而添加偏旁「糸」。

## 五、白

「白」字多見於楚簡，以包山楚簡為例，如：

（263）

辭例為「一秦縞之白裏」。「白」字於此從「糸」，從辭例觀察，應是受到其紡織物品性質的影響，所以在字形上添加「糸」，亦即受到語言環境影響所致，因而類化為「帛」字。

## 六、童

「童」字於天星觀竹簡作：

（遣策）

辭例為「素繢生綹之童」。於包山楚簡從「糸」，如：

（272）

辭例為「紸綹之童」。「童」字雖然有從「糸」、不從「糸」的差別，辭例卻十分相似。從包山楚簡的辭例觀察，該辭例所見的文字，多從偏旁「糸」者，可知應是受到語言環境影響所致，因而添加偏旁「糸」。包山楚簡與天星觀竹簡所見從「糸」與不從「糸」的「童」字，應同為一字，在意義上應無差別。

## 七、剌

「剌」字僅見於天星觀竹簡，如：

（遣策）　　　　　（遣策）

二者的辭例皆為「鷞羽之剌」。從辭例觀察，後者的「剌」字所從偏旁「羽」，應是受到該辭例中的前一字「羽」的影響，才寫作從羽之「翷」。

## 八、化

「化」字見於郭店楚簡《老子》甲本者，如：

（6）

見於〈尊德義〉者，如：

（2）

辭例依次為「化（禍）莫大唇（乎）不智（知）足」、「祟（禍）福之羽也」，「化」

字通假爲「禍」。從〈尊德義〉的辭例觀察，「化」字的後面接著「福」字，寫作從化從示的「祡」字，應是受其影響，而在類化的作用下，寫作「祡」字。

# 第七節　結　語

　　古文字裡保留大量的象形文字，這些具有圖畫性質的文字，不僅書寫不易，對後人而言亦不易辨識。在文字的發展過程裡，爲了加強它的溝通功效，文字的形體勢必走向規範化，亦即將形體相近者等同視之，無論在偏旁或是部件上，只要形體有所雷同、相似者，同化爲相同或相近的形體，這種現象即是類化。

　　在類化的過程裡，被類化的文字，往往朝向簡化或是繁化發展。在某些情況下，類化與簡化是一致的，它把一些筆畫繁雜者，或是圖畫意味濃厚的文字省改，使其變爲易寫、易記或是易識的字，因此，類化與簡化在目的上是相同的，皆是爲便利書寫者的文字記錄。相對的，受到語言環境影響的類化，往往出現添加偏旁的現象，此種類化的作用與增繁相同，亦使得象形或會意字轉爲形聲字，增加形聲字的數量。

　　據以上幾節的討論與觀察，類化的因素，可分爲以下幾項：一、形體的簡化。爲了書寫的方便，書寫者往往將圖象文字曲折的

　　筆畫，改以一筆的橫畫或是豎畫取代，由於簡化後的形體與某些字的形體相近，所以在類化過程逐出現同一個形體，如：從「貝」之字、從「蜀」之字、從「見」之字、從「目」之字、從「酉」之字等，其原本的形體爲「貝」、「目」、「酉」的象形，卻類化作一個相同或相近的形體。

　　二、筆畫的增繁、飾筆的添加。爲了使其形體結構更加的勻稱或是穩定，書寫者往往在原有的筆畫上，添加一些不具有音、義作用的筆畫，由於積習成性，致使某些字在類化過程，與他字產生具有相同或相近的形體，如「樂」字等。

　　三、文字的訛變。在文字的發展過程，某些字由於形體的改變，致使本身的特徵日漸模糊，而與某些字的形體相近似，遂與該字類化作相近同的形體，如「夏」字等。

　　四、組合部件的分離。中國文字是由一筆一畫結構而成，由於書寫者的大意，或是個人的書寫習慣，某些字的筆畫往往分離，致使該字在類化的作用，

與他字產生相同或相近的形體，如「南」字等。

五、受同一辭例的前後字或語言環境的影響。文字的書寫除了個體的問題外，也會受到同一語境的影響，一如語言學的「同化」作用，同一辭例中，文字之間會相互的影響，改變其原有的形體，這種類化的作用，大多爲偏旁的添加或是更改。

誠如上面所言，楚系簡帛文字的「類化」現象，產生的因素雖多，其來源卻不出以下四種。茲將本章對於類化討論的結果與例字臚列於下，以清眉目：

## 一、文字本身結構的類化

翡、死、發等字。

## 二、受其他形近字影響的類化

戠、夏、樂、執、恙、漾、鄴、僕等字。

## 三、集體形近的類化

### （一）類化為「皿」的形體者

者、煮、都、箸、楮等字。

### （二）類化為「羊」的形體者

南、兩、備、驌、繡、箭、割、魚、魰、篇、魯、遏、偈、鄗、獻等字。

### （三）類化為「」的形體者

尹、筓、君、帬、群、庚、陳、量、罶、驑、融、冒等字。

### （四）類化為「」的形體者

彔、逯、𥁕、郘、綠、寡、光、備、繡、戮、翏、廌等字。

### （五）類化為「」的形體者

者、豬、煮、楮、暑、楮、堵、眞、蠽、革、鞎、鞅、胄、死、殤、殜、殆、𩰫、啻、穫等字。

### （六）類化為「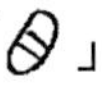」的形體者

相、湘、葙、見、觀、覞、梘、鋧、𩕘、靚、驜、燭、癘、襡、僞、綢、濁、童、䡴、瘇、穜、篭、僮、禮、鐘、潼、禳、環、還、鐶、繯、嬛、眾、德、纏、穫、貝、臢、贛、賜、贏、貯、分、貴、盼、䑕、賅、貿、賺、贈、瞳、府、攽、敗、得、酉、酭、醃、酪、鄭、猶、組、謂、逡、腹、榎、貞、則、

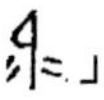

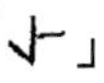

側、膚、䐗、犢等字。

（七）類化為「夾」的形體者

陵、薆、愁、遬、埱、栽等字。

## 四、受語言環境影響的類化者

裏、生、丹、黃、白、童、剌、化等字。